とんぼさま

仁志耕一郎
Nishi Koichiro

幻冬舎

とんぼさま

【目次】

松本平の春風……5
諏訪湖の烈風……29
塩尻峠の突風……67
甲斐駒の旋風……113
吹き返しの風……179
大八州の大風……223
王道への新風……259

カバーデザイン　bookwall

カバーイラスト　三木謙次

松本平の春風

一

風があった。

白く雪を被《かぶ》った信州の山々に囲まれた松本平《だいら》の空は、抜けるように青い。

春先は北風が強いからか、晴れの日が多い。その春の日差しの中、寒風を楽しむように深志城《ふかしじょう》の天守楼《てんしゅろう》の上を三羽の鳶《とび》がゆったりと飛んでいく。風の中には庭先に咲いた白牡丹《しろぼたん》の甘い香りが仄《ほの》かにあった。

節分を過ぎて久しいにも拘《かかわ》らず、ここ信濃松本平は寒い。弓を構え、弦《つる》を引く指先も凍えるほどだ。気合を入れて肌脱ぎしたものの、肩から腕にかけて鳥肌が立っている。

的《まと》までの距離はおおよそ十五歩《ぶ》（約二十七メートル）。的は一尺二寸（約三十六センチメートル）の黒地の真ん中に、八寸（約二十四センチメートル）の白い小眼《こまなこ》を作っている陰的《いんまと》だ。小眼は、鎧兜《よろいかぶと》の覆えない顔を表している。

構えの足踏みは二足開き。胴造りをして体を安定させ、手の内を整え、的を見定め、弦を引いて会《かい》に入る。そして矢を放つ、離れとなる。これが歩射の手順だ。

戦場《いくさば》では槍《やり》隊の後ろに弓隊が並び、まず矢合わせから始まる。矢合わせは遠くに飛ばすことが目的で、前面の槍隊と敵との間合いが詰まったところで歩射に入る。

ほかに騎射《きしゃ》という、小笠原家が最も得意とする弓術がある。これは疾走する馬の上で馬を操りながら、動く敵を射るものだ。

矢合わせ・歩射・騎射は、各々射り方と手の内が異なるため、いずれもかなりの鍛錬を要す。それゆえ、弓術は奥が深い。

小笠原長時《ながとき》は的を睨《にら》んでから、一旦、目を閉じて心を整えた。

武士《もののふ》の心というは清く、矢の如く、的に真っ直ぐ向かうべし——。

風に負けては的を射貫《いぬ》けない。手の内の小指を絞り、矢を放つ。

矢は中央の小眼の白い円からわずかに右下に逸《そ》れ、黒い部分に刺さった。

「お見事……」

背後で矢を持って控えている二木重高《ふたつぎしげたか》が、やや控えめに言った。

重高は近年、長時の側近に加わった一人である。幼い頃に、ここ深志城の西にある安曇《あずみ》郡西牧を治める西牧一族に人質として出されている。長時の御伽《おとぎ》衆の小姓として一緒に過ごしたこともあり、歳《とし》が二つ上とさほど変わらないこともあって幼馴染みと言っていい。それゆえ、気心も知れている。お見事と控えめに言ったのも、長時が満足していないことを知っているからだ。

先に放った十本の矢も一様に的を射貫いてはいるものの、様々なところに刺さっており、真ん中の小眼を射貫いている矢は一本もない。父長棟《ながむね》であればすべての矢を小眼に、しかも茅《かや》を束ねた如く、矢が刺さっているだろう。

長時は残心《ざんしん》の姿勢のまま、重高に訊ねた。

「重高、人を狙うて射たことがあるか。矢合わせでなくじゃ」

矢合わせは遠くにいる敵を射るため、矢先を上に向けるだけで狙うことはしない。

「五年前に諏訪《すわ》家との戦《いくさ》で幾度か」

天文《てんぶん》六年（一五三七）、小笠原家は隣国、諏訪頼重《よりしげ》と松本平の南、塩尻で戦っている。今は和睦し、南からの脅威は一切ない。

「わしはない。鳥や犬猫すらもない。どうも命を奪う戦は性《しょう》に合わぬ。やはり動く的は違うか」

兵を率いて戦に出たことは何度もあるが、未だに弓を射ることも、刀を抜いたこともない。

「やはり難しゅうござります。動く先を読まねばなりませぬし、ゆっくり胴造りをしておっては逆にこちらが射られてしまいますゆえ」

「呑気《のんき》に残心しておる間もないということか。どんな気分じゃ、人を射るとは」

「戦場では無我夢中で、気分などと言っておる間などありませぬ」

愚問だったかもしれない。

長時は残心を解いて、濡れ縁で必死に寒さを堪《こら》えている、馬廻り衆の須沢清左衛門《すざわせいざえもん》に目を向けた。

祖父貞朝《さだとも》と父長棟の二代に亘《わた》り仕えている、小笠原家の古参の家臣だ。家中では頑固な一徹者として知られている。還暦とあって、髷《まげ》や眉毛に白いものが目立つ。

「爺《じい》は長年、戦に出ておるゆえ、幾度も人を射たことがあろう」

清左衛門は嫌なものでも思い出すかのように眉根を寄せた。

「気分などと言うておる暇はありませぬ。それより若、このような雪のちらつく日に、弓などせずともよいではござらぬか。風邪などを召され、豊松丸《とよまつまる》（後の長隆《ながたか》）様にうつされては一大事」

昨年、長時の正室、仙《せん》は嫡男を産んだ。

「本音は、寒さが身に沁《し》みるのであろう、爺。わしに構わず、屋敷に入っていよ」

「何のこれしきの寒さ。屁でもござらぬわ。それより若、弓などより、今のうちに兵法でも学ばれませ。後々困ることになりまするぞ」

「兵法など軍師が学べばよいことじゃ。わしは駆け引きなど姑息《こそく》なことを考えるのは性に合わぬ。書物の文言より、体を動かして己を鍛えるほうが性に合うておる。体は日頃より少々いじめておかねば、いざという時には役に立たぬものぞ」

清左衛門は呆れたような渋い顔で頭を振った。

「いくら武術が巧うなったとて、多勢を相手にする戦場では、さほど役に立ちませぬ」

「一芸を見極められぬ者は、何を習うても物にはならぬ。父上の言じゃ」

「されど、小笠原家が一つとなった今、若には宗家を担うという役目がござる。兵法を学ぶもその一つ。嫡子としての務めにござるぞ」

小笠原家を一つにする――。父の長年の悲願でもあった。

鎌倉幕府の時より守護職として信濃に君臨してきた小笠原家だったが、他家同様、相続争いで三家に分かれていた。三家とは、ここ松本平の府中小笠原家と、南の伊那郡の松尾城を居城とする松尾小笠原家、それと鈴岡城を居城とする鈴岡小笠原家だ。三家はともに宗家を主張し、三つ巴《どもえ》の争いを代々繰り返してきた。

天文三年（一五三四）春、父長棟は三つに分かれていた小笠原家をようやく統一する。小笠原家が旗揚げして以来、最大の領地となり、父の率いる小笠原家は、村上・木曾・諏訪と並び、信濃四大将と称されるまでになった。

宗家の跡を継ぐのは、嫡男としては当然のことだ。当主ともなれば国を護るために戦もしなければならない。しかし幼い頃、戦から帰ってきた父の血腥《ちなまぐさ》い体臭を嗅《か》ぐ度に嘔吐していたからか、血の臭《にお》う戦は未だに好きになれなかった。

「案ずるな、爺。父上はまだまだ意気盛んじゃ。あの分では、もう二十年はかたいわ」

「大殿は今年で五十になられました。人間五十年」

「何を言う。爺はそれより十も長生きして、こんなにも口五月蝿《くちうるさ》い、否、口達者ではないか」

「口達者は生まれつき。それがしのことより、大殿のことにござる。若い頃に無理をなされてばかりおられたゆえ、いつ倒れられてもおかしくはござらぬ。宗家の周りには未だに東西南北四方に味方の顔をした、油断ならぬ国人衆が大勢おるというに、大殿にもしものことがあれば、宗家は大変なことになりまするぞ」

信州は古《いにしえ》から善光寺平・佐久平・松本平・伊那平の四つの盆地と、諏訪湖と木曾谷で、信濃十二郡とされた。小笠原家は松本平と、飛地の伊那平の南、下伊那を領地としている。ただ、清左衛門が言うように小笠原家は一枚岩ではない。

深志城のある府中の北、北安曇《あずみ》には仁科《にしな》一族がおり、西は梓《あずさ》川を境に西牧一族がいる。南の南《みなみ》筑摩《ちくま》には三村一族がおり、東は山家《やまべ》一族が薄《すすき》川の谷沿いを領地としていた。飛地の伊那平には下条・知久《ちく》・座光寺《ざこうじ》などの伊那衆がおり、それぞれに領地を有している。

国人衆は各々でいくつもの城や砦《とりで》を築き、独立して領地を護った。敵味方となって幾度となく諍《いさか》いを起こしたこともある。ただし、連合しなければ小笠原家麾下《きか》の国人衆も生きていけない。

小笠原家の周りには多くの戦国大名が群雄割拠している。北は越後の長尾氏。東は村上氏や長野氏。その向こうに上野《こうずけ》の上杉氏や、武蔵・相模を治める北条氏がいる。西の木曾谷は木曾氏。

南の諏訪湖周辺は諏訪氏と高遠氏。さらに南には甲斐の武田氏と、駿河《するが》・遠江《とおとうみ》・三河の三国を有する今川氏がいる。各々領地を広げるための、また、凶作と飢饉《ききん》の続く乱世を生き抜くための戦を繰り広げていた。

「心配無用じゃ。父上は、母上を残してはまだまだ死ねぬと、言うておられたわ」

清左衛門は渋い顔をさらに歪ませた。

「大殿も気弱になられた。兵法を学ぶのが嫌なら、国人衆と親睦をはかり、絆を深めておかれませ。互いに気心が知れれば、そう容易《たやす》くは裏切れぬもの。このままでは不安にござる」

そこへ、清左衛門の愚痴を遮るかのように、小姓がやってきた。

「失礼仕《つかまつ》ります。大殿のお呼びにござります。すぐさま、大広間へお渡りくださされますよう」

わかった。長時は笑みを浮かべて清左衛門を見た。

「父上もわしに小言が言いたいらしい。近頃、めっきり愚痴っぽくなられたでな。愚痴と自慢話は聞きたくはないものよ。母上ですら辟易されて、お相手をなさらぬほどぞ。そういえば爺、母上が、爺は近頃、背中が曲がってきたと言うておられたぞ」

「はあ……？　御台《みだい》様がそれがしのことを？」

清左衛門の顔が微かに緩んだ。

母華《はな》ノ方《かた》の美貌は松本平一と言われ、「白狐《びゃっこ》の化身」という言い伝えが未だに残っている。頑固一徹の清左衛門ですら、母の話になると険が消えてしまうから面白い。

「老けるにはまだ早い。若い頃の爺は凛々《りり》しかったと、言うておられた」

「凛々しかった……。まことにござるか、若」

「ああ。今の様を見て、少しがっかりされておったわ」

清左衛門は咳払いすると、急に顔を引き締め、背筋を伸ばした。

「やはり武士は日頃の鍛錬が肝心。若のように、体は日頃より少々いじめておかねば、いざという時に役には立たぬかもしれませぬな。若、その弓をお借りしても宜しいか」

「よいが、風はまだ冷たいぞ。春先から爺が風邪で寝込んだら大変じゃ。のう、重高」

重高は返事をせず、黒く伸びのある眉を寄せ、苦笑いを返した。

「何の、これしきの寒さ。百戦錬磨で鍛えし、この体にござる」清左衛門は素早く庭に降り立ち、長時から弓を奪うように取った。「重高、矢を持て。若に代わり、わしが小笠原流歩射の真骨頂《しんこつちょう》をそなたに伝授してやろう」

「できれば凜々しいお姿で、お願いいたしとう存じまする」

「何じゃと」構えに入った清左衛門が、一旦、解いて振り返った。

「顔は皺々《しわしわ》じゃが、体は鋼《はがね》の如《ごと》く若い。そなたのような鈍《なまく》らな体ではないわ、たわけが」と言ってさらりと片肌を脱いだ。「わしの姿を、とくとその胸に刻んでおけ」

長時が背中を向けた途端、背後で大きなくしゃみが聞こえた。

二

大広間へと続く廊下には、春の日差しが降り注いでいた。

廊下の隣の中庭には、何本も植えられた梅の木が紅と白の可愛い花を付けている。その下には、母の植えた白牡丹が大輪の花を咲かせていた。仄かな甘い香りが長時の鼻先をくすぐる。

春の到来を告げるのは梅だが、小笠原家は白牡丹を尊ぶ。春をより華やかにしてくれるからだ。

ふと見上げると、白梅の小枝にメジロが止まっているのに気づいた。つい足を止め、見入ってしまう。

メジロは小さい嘴《くちばし》を盛んに白い梅の花に突っ込み、蜜を吸っていた。突っついては辺りを見回し、見回しては突っつく。目の周りの白い輪と鶯《うぐいす》色の羽が、何とも可愛く映る。思わず顔が緩む。

その奥、西側の塀の上に、白く雪を被った穂高岳が見えていた。

春の日差しを待ち望んでいたかのように朝の光をたっぷりと浴び、青い空に映えている。その山々の雪解け水がやがて松本平に注ぎ、田畑には恵みの水となり、野の花を咲かせ、色のなかった冬景色を鮮やかで豊かなものにしてくれる。

やはり春はいい。何もかもが芽吹き息づいていく。それを目にしているだけで、気分が高揚してくる。長時は体の中に春を取り込むように両手を広げ、思いっきり吸い込んだ。その時だった。

「長時！」と、大広間から父の呼ぶ声が聞こえた。「何をしておる。早く、せぬか」

――まったく。父上は気短であられる。

「少しは景色を愛でるくらいの、心の余裕があって欲しいものじゃ」

長時は小声で毒づくと、もう一度、庭を眺めてから、ゆっくりと父長棟が待つ大広間に入った。

父は、京の三好家から贈られた唐草模様の脇息《きょうそく》に肘を置き、手に持った巻物を眺めていた。

その側《そば》には、母の華ノ方だけが澄まし顔で座っている。面長の瓜実顔に艶《つや》やかな黒髪。富士額の下には涼やかな切れ長の目。四十路に入っても、背筋を伸ばし、凜《りん》とした品のある佇《たたず》まいは三十路と言ってもいいくらいだ。藤色の小袖と薄い若芽《わかめ》色の打掛が色白の肌によく似合っている。

が、いつになく顔が厳しい。こういう時は小言が多くなる。

長時は父の前に座り、二人に一礼した。

「母上、なかなかの御召物《おめしもの》にござりますな」

母の気持ちを和らげる妙薬は、着物を褒めることだ。

「よき小袖であろう。京から取り寄せたものぞ。ようやく雪が解け、京への道も通じたようじゃ」と一旦、母は相好《そうごう》を崩したものの、すぐに顔を引き締めた。「今は御召など、どうでもよい」

父は手に持っていた巻物をやおら桐箱に収めるや、渋い顔ながら穏やかに訊ねてきた。

「豊松丸は息災か」

「健やかにござりまする」

「それは上々。やはり郷原《ごうはら》稲荷のご利益か。於華《おはな》も子が欲しゅうて、子宝祈願の稲荷社を建立し、筑摩神社の別当寺に梵鐘《ぼんしょう》を寄贈したものよ。お蔭で七人の子を授かった。於仙《おせん》にも、どんどん産んでもらわねばならぬ。時に長時、こなた、いくつになる」

「二十九にござります」

「もうそんな歳か。月日の経つのは早いものよ。きょう呼んだのはほかでもない。長時、わしは入道《にゅうどう》することにした。されば、家督をこなたに譲る」

長時は一瞬、何を言われたのかわからなかった。齢《よわい》五十とはいえ、眼光鋭い父の顔は精力に溢れて見える。それゆえ、父が隠居するのはまだまだ先のことと思っていた。

やや間が空いた。その間を埋めるように母の厳しい声が飛んだ。

「又二郎《またじろう》（長時の通称）殿。父上、有り難う存じまする、でありましょう」

なるほど。それで母は、いつになく厳しい顔で臨んでいたのか。

「有り難う存じまする、父上……されど、何ゆえ、きょうにござりまする」

「わしはもう五十ぞ。今が潮時じゃ。こなたとて来年は三十になる。家督を譲られてもおかしくはない。いずれ親戚家臣一族を集め、相続の儀を執り行うが、前もって申し伝えておこうと思うてな」

父は脇息から肘をはずし、居住まいを正した。

「天子様より賜りし〈三階菱《さんがいびし》〉の小笠原家とわが領地、こなたに託す。長時、頼みおくぞ」

「はっ。若輩者ながらこの長時、小笠原宗家の長《おさ》として、一族郎党、国人衆を束ね、松本平を……いや、伊那の郡ともども……」

あまりに突然だったこともあり、言葉に詰まった。こういうかしこまった文言を述べるのは苦手であり、どう続ければいいかもわからない。それを責めるように、母から溜め息が漏れた。

「ご先祖が天子様より賜り、代々護りし〈三階菱〉と、この松本平の地を、わが命に代えて護り抜き、子々孫々まで末永く渡していく所存にござ候《そうろう》――でありましょう。このような大事なる時に澱《よど》みなく口上も言えぬとは、先が思いやられまするぞ」

作法には厳しい母だが、とりわけきょうは言葉に険がある。

「家臣たちの前で上手く言えれば、それでよいではないか、於華」

「なりませぬ。又二郎殿は生まれてより嫡子として生き、今や宗家の当主を継がねばならぬ運命《さだめ》。これは常日頃、当主としての自覚が足りぬゆえにござりまする」長時を睨んだ。「こなたは一族の棟梁としては、あまりに呑気すぎる」

「そうかもしれませぬな」長時は母の怒りを受け流すように言った。

「何を他人事《ひとごと》のように言うて。その頓狂《とんきょう》が案じられる。少しは大殿の厳格さを見習いなされ。又二郎殿が軽んぜられれば、宗家は侮りを受ける」

「母上も心配性にござりますな。父上はまだまだ長生きされまするぞ」

「それゆえ、大殿がご健勝にあらせられる間に備えをしておけと申しておる。家督を譲り受けたからと、すぐに国を仕切れるとは思いなさるな。まして内にも外にも敵がおるというに」

「案ずることはない、於華」言下に父が口を挟んだ。「わが家には長時を補佐する家臣や親戚が大勢おる。隣国北信濃には明姫《あきひめ》の殿御《とのご》、村上（義清《よしきよ》）殿もおれば、上伊那には福姫《ふくひめ》の殿御、藤沢（頼親《よりちか》）殿もおる。西の木曾殿とは昔からの縁続きぞ」

父は小笠原家を一つにして以降、国人衆を牽制するために他国と多くの姻戚関係を結んできた。

「下伊那には孫次《まごじ》郎《ろう》（信定《のぶさだ》）が、側には又四《またし》郎《ろう》（貞種《さだたね》）と弟たちもおる。さらには」ちらりと母を見た。「護り神の白狐権現様もおいでじゃ。その美しさに家臣一族郎党は骨抜きよ」

「大殿まで、このような時にご無体な。又二郎殿。今は大殿がご健勝であらせられるゆえ心配はいらぬが、ご油断召されるな」

「この長時、父上には遠く及ばぬは百も承知。われはただ、父上が敷かれた道を踏み外さぬよう進んでいくだけ。それが、それがしの分でありましょう」

父は苦笑した。「幼き頃より妹二人の面倒をみていたせいか、そなたは男としては優しすぎる。それゆえ、ここぞという時の胆力がないのやもしれぬ」

母は父に同意するように深く頷いた。

「好きな武術には一途《いちず》じゃが、故実《こじつ》にはまったく身が入らず、庭の草花や鳥を眺めてばかり。小言を言えばすぐに逃げ出して、母はほとほと困りましたぞ」

故実とは代々伝わる儀式や作法で、礼節を重んじる小笠原家ではとかく多い。

「ま、長時も歳を重ねていけば、当主としての器もできよう。やってみるがよい。どれほど難儀なものかがわかろう。言うておくが、当主の座だけは逃げ出すわけにはいかぬぞ、長時」

「それは元より承知」

「将軍家へは京の三好殿を通して伝えてもらう。名ばかりじゃが、将軍家から正式に信濃守護職に就いた証《あかし》を頂かねばの」

力のない足利幕府の政権下では、信濃守護職と名乗る大名は一つではない。小笠原氏・村上氏・木曾氏・諏訪氏・平賀氏の五家もあった。

「されば長時、先祖代々護りし松本平の地を努々《ゆめゆめ》奪われぬよう頼むぞ」

「ははっ。かしこまって候」

と返したものの、父の剛健たる性格だ。このまま静かに隠居するとも思えない。

長時が面《おもて》を上げると、父は満足げに頷きながらも、「おう」と何かを思い出したように後ろに顔を向けた。そして太刀置きから太刀を取り上げ、長時の前に突き出した。

「これは父上の愛刀〈千代鶴《ちよづる》〉ではござりませぬか」

柄《つか》と鞘《さや》を合わせた長さは約四尺（約一二〇センチメートル）。柄には紫色の柄巻きが巻かれ、鞘にも鯉口《こいぐち》から柄と同じ長さで柄巻きが巻かれている。鍔《つば》には金で小笠原家の〈三階菱〉の家紋が記してあった。

「入道する身。もはや無用じゃ。されど長時、宗家の当主自らが刀を抜くようなことがあっては、断じてならぬ。当主というは刀を振るのではなく、軍配を振ることぞ」

「はっ。しかと骨身に刻んでおきまする」

「とは申せ、戦は時の運。負け戦もある。当主たるもの、一旦、刀を抜きし時は臆することなく斬り進まねばならぬ。その時、この〈千代鶴〉が、己が身を護り、将兵を奮い立たしてくれようぞ」

「この上ない名刀。有り難く頂戴仕る」

父はふいに母に目配せした。

「内祝いの、酒《ささ》の支度でもして参りまする。又二郎殿、大殿に負けぬよう精進なさりませ」

母は跪座《きざ》の姿勢をとり、膝退《しったい》して下がっていった。


長時はほっと息を吐いた。やはり母がいると肩が凝る。

父は母の後ろ姿を見ながら、「こなたにも、あの霊力《れいりょく》さえあればのう」としみじみと呟いた。

「霊力？　それは、何のことにござりますか」

「人を惹《ひ》きつける力とでも言おうか。御仏《みほとけ》が発する後光のようなものよ。於華には、それがある。残念じゃが、そなたら兄弟にはない。それが持って生まれた器よ。於華が男であれば、わし以上の武将になっておったやもしれぬ」

そうかもしれない。母は、表は美しい女子だが、内面は男と言っていい。だから、いつも構えてしまい、肩が凝るのかもしれない。ただ、家臣たちにはそこが魅力らしい。

「長時、家来を束ねるは難儀なものぞ。慈悲深ければ家来に侮られ、威張りすぎれば疎まれる。一番は、於華のように家来を惚れさせてしまうことよ。それが霊力というものよ」

惚れさせる力が、霊力――なるほど。確かに家臣の誰もが未だに母の美貌に魅入られている。府中小笠原家は父が護ってきたが、陰では母の持つ霊力に護られてきたとも言える。

「さてと」父は笑みを収めると、顔を引き締めた。「家督は家督として、それに匹敵するほどの、いや、それ以上のものをこなたに託さねばならぬ」

父は脇にあった、数本の巻物を目の前に並べた。巻物は七本。長さは八寸ほど。黄朽葉《きくちば》色の布の表紙を紫の紐で結び、表には、礼《れい》・軍《ぐん》・射《い》・御《おん》・書《しょ》・作《さく》・体《てい》の文字が一文字ずつ書いてある。

「これは松尾の定基が持っておった、小笠原家代々に伝わる家宝じゃ。これを手に入れるために、どれほどの血が流れたことであろうか」

三家に分かれていた小笠原家の争いの種となった、いわば三種の神器《じんぎ》なるものが目の前に並ぶ、門外不出とされた奥義書《おうぎしょ》〈糾法七巻《きゅうほう》〉だった。糾法とは、弓術・馬術に、礼法を加えた総称で、かつて小笠原家は禁裏より〈弓馬の奥義を窮め、礼法を加え、武家の定式《じょうしき》とせよ〉との勅書を賜り、小笠原家の祖加賀美遠光《かがみとおみつ》の次男、長清《ながきよ》が流儀として完成させたのだった。即ち――。〈糾法七巻〉を持った家こそが、小笠原宗家、嫡流の証となる。

「長時、この糾法も領地同様、子々孫々、渡してゆかなければならぬ。ゆえに、嫡男以外には断じて渡してはならぬ、一子相伝《いっしそうでん》ぞ。身内の争いは、わしの代で終わりじゃ。わかったの」

はっ。骨身に刻んでおきまする、とは言ったものの、故実同様、まったく興味がない。作法には、物心ついた頃より母に押し付けられたせいもあって、正直、辟易していた。

「それより難儀なのは、これぞ」と父は懐からもう一本、やや小ぶりの巻物を取り出した。

巻物の長さは五寸。他の七巻より短い。色も黄朽葉色の布よりやや色の濃い梅茶色の革で包まれ、焦げ茶色の紐で巻かれている。表には〈神伝糾法《しんでん》〉という四つの文字が並んでいた。

「これは禁裏《きんり》から持ち出されたものじゃ。これからのことは、家臣一族はもとより、弟たちにも断じて話してはならぬ」と前置きしてから、「わしが父より聞いた話じゃが――」と続けた。

その昔、鎌倉幕府が倒れた後、帝《みかど》の後醍醐《ごだいご》天皇と将軍足利尊氏《たかうじ》は対立。禁裏は南北に分かれて戦った。後に「南北朝」と呼ばれた。小笠原家は立場上、将軍足利尊氏に従わざるを得なかった。

圧倒的な軍事力を持つ足利軍の前に帝は敗れ、尊氏に三種の神器を渡し和睦する。

　帝は幽閉先の京花山《かざん》院に護送される折、兵の中の〈三階菱〉の旗に目を留められ、当時の小笠原家当主、貞宗《さだむね》を召された。貞宗は将軍家の命《めい》とはいえ、畏《おそ》れ多くも帝に弓を引いたことは臣下の礼に悖《もと》ると号泣。その様子に帝も心を痛められたのか、懐より一本の巻物を出され、密かに託されたのが〈神伝糾法〉だったという。

「帝は、こう仰せられたそうな。これはかつて賢所《かしこどころ》の奥に隠されてあった、禁裏が代々受け継いできた奥義書と。それゆえ、密かにどこかに隠しおくよう命じられたのじゃ」

　密かに隠す……？

「して、その中身は何でござりますか」

　父はしばらく考え込むように間を置いてから、やおら口を開いた。

「今は時処位《じしょい》が揃うてはおらぬ。そなたの心の位《くらい》では、到底、わからぬことよ」

　時処位とは、時と場所、位は心の高さを指す。志と言ってもいい。小笠原家では物事が成就するには、時と場所、心の位が合致した時に初めて叶うとされている。

「長時、聞かぬが花よ。聞かば、これに書かれた法を使いとうなるやもしれぬでのう」

　法？　剣の奥義なら身に付けておきたい。長時はつい身を乗り出した。

「つまりは、何かの技ということにござりますか」

「まぁ、そのようなものとだけ言うておく。ただ、その巻物を開いたとて、われらのような頭では、到底、読めぬ。禁裏だけで使われておる、奇妙な文字で書かれておるでのう」

「されば、父上もご存じないのでござりますか」

「知っておる。実を言うと、わしも開いてはみたが、まったく読めんでの。廣澤寺《こうたくじ》の玄霊和尚《げんれいおしょう》に、教えてもろうたのよ」

玄霊は小笠原家の菩提寺《ぼだいじ》、廣澤寺の住職だった。

「いずれ話す時が来たならば、わしが教える。それまで楽しみに持っておれ、長時」

「されど何ゆえ、わが家の糾法と書いてあるのでありましょうや」

「帝が自ら筆を取り〈神伝糾法〉と書かれたのは、この世から隠すためぞ。さらには、わが小笠原家で代々護ってゆけよ、との御心でもある」

「……代々護る？」

「つまり、代々護ってゆけば、わが小笠原家は安泰。小笠原の家名は、この先も残るということよ」

――なるほど。その道理だけはすぐに呑み込めた。

「承知しました。わが宗家の家宝として子々孫々、渡してゆきまする」

三

相続の儀が執り行われた天文十一年（一五四二）七月、突然、父長棟は病に倒れ、十月に亡くなった。

「世の中には、命に代えても残さねばならぬものがある。頼んだぞ、長時」

それが父の最期の言葉だった。

享年五十一。あまりに急すぎて、気持ちが追いつかない。小笠原宗家の家督を相続したとはいえ、長時は当主としての覚悟がまったくできておらず、目の前が真っ暗になるほどの衝撃だった。

それは母ほか、弟たちも同じだった。ことに母の取り乱しようは酷《ひど》い。父の死を受け入れられないらしく、遺体の側で一晩中、慟哭《どうこく》した。朝には気が触れたように「大殿、朝にござりますぞ。さあ、お目覚めなされて」と父の遺体に話し掛け、周りの侍女たちを心配させたほどだった。

父、死す――の報せに、伊那平の鈴岡城からはすぐ下の弟、次男信定が駆けつけてきた。やはり父という後ろ盾を失った心細さは隠しきれない。迎えに出た弟の四男貞種も普段は何事にも動じないのに、人目を憚《はばか》ることなく信定に抱きつき、ともに泣いていた。

旗本や側近たちも同様だった。須沢清左衛門などは号泣した。

妹の明姫が嫁いでいる隣国北信濃の村上義清や、その下の妹福姫が嫁いだ上伊那の藤沢頼親、木曾の木曾家や奈良井家からも続々と弔いの使者とともに哀悼の品々が届いた。

反面、松本平や伊那平の国人衆たちの反応は冷ややかだった。北の仁科一族や南の三村一族は名代を寄越してきたにすぎず、東の山家一族や西の西牧一族に至っては、それすらもない。伊那平の国人衆からは下条家のみが駆けつけるという寂しいものだった。

葬儀は深志城の東にある、府中小笠原家代々の菩提寺である龍雲《りゅううん》山廣澤寺で盛大に行われた。

本堂の中央に住職の玄霊禅師が座し、その両脇には伊那の観音寺から駆けつけた弟の三男清鑑《きよかね》と五男統虎《むねとら》が並び、その下に十余人ほどの僧侶が参列し、丸一日、読経が続けられた。

二十歳の清鑑も十七歳の統虎も、さほどに父とは時を過ごしていないが、経を読む肩が悲しみに震えていた。統虎は剃《そ》り落とした坊主頭がまだ青白く、それだけに痛々しくさえ映る。

長時は己でも腑甲斐ないと思うが、そんな弟たちや家臣たちを気遣うこともできないほど落胆が大きく、狼狽《ろうばい》していた。

住職の玄霊には、そんな長時の胸の内がわかったのだろう。葬儀の後、玄霊は長時だけを寺の一室に呼び入れ、茶を点《た》ててくれた。

父によって京から呼び寄せられた玄霊は、松本平では碩学《せきがく》で知られる。長時は幼い頃、弟とともに論語などを学んだ。それだけに玄霊には、ほっとするものがあった。歳は七十近い。眉が白く頬がこけ、黒い直綴《じきとつ》を纏《まと》った体も痩せてはいるが、茶筅《ちゃせん》を持つ手はしっかりとしていた。

玄霊は点てた茶を長時の前に置いてから悔やみの言葉を述べると、穏やかな顔を向けた。

「いよいよ当主として、信濃守護職として、宗家を背負うていかねばならなくなりましたな」

「還暦までは断じて死なぬと、わしに言うておられたに……」

長時は玄霊の点てた茶を静かに飲み干した。普段、甘みを感じる茶が、きょうは苦い。それが、より一層悲しみを誘う。

「今にして思えば、父上は己の命が尽きることがわかっておられたやもしれぬ」

「ご聡明な大殿だけに、そうかもしれませぬな」

「それにしても、このように早く逝ってしまわれるとは。ようやく宗家が整うたというに、さぞかし心残りであられたであろう」

「そうでござりましょう。当主としての心得など、又二郎様に御教示されたかったはず」

「まだまだ教えてもらわねばならぬことは山の如くあった……。この先、わしはどうすればいいのやもわからぬ」

つい本音が口を衝《つ》いた。父を失い、改めて父の存在の大きさに気づかされている。

「周りには心強いご家来衆も大勢おられますし、大殿は宗家の証、糾法の書も残されていかれたではありませぬか」

糾法の書――。門外不出とされた奥義の書〈糾法七巻〉のことだ。

そういえば、父がいずれ話す時が来たならば、わしが教えてやろう、と言っていた巻物が一つ残っていた。それだけに、今は遺言のようにも思えてくる。

長時はいつも首から提げている巾着を懐《ふところ》から出し、〈神伝糾法〉を取り出した。これを代々護ってゆけば小笠原家は残るという父の言葉を信じ、肌身離さず持ち歩いている。

「和尚、これをご存じであろう。父上は生前、和尚から教えてもろうたと言うておられたが、わしに教えぬまま逝ってしまわれた。これには一体、何が書かれておるのでござるか」

「又二郎様がお持ちでござりましたか……」やや困ったような渋い顔になった。「今、お教えしても、わかるものではありませぬ。いずれ、時が来たならば」

「わしの心の位が、そこまで行ってはおらぬと言いたいのであろう。それは父上からも言われた。だが、何が書かれているかだけでも知りたい」

玄霊は渋い顔のまま頷いた。

「されば、申し上げまする。その書を一言で申すならば、人束ねの法、と言えましょう」

──人束ねの法！　父を失った今、家督を継いだ長時が一番、欲して止まぬものだ。

「されば、その法を身に付ければ、家臣や国人衆の束ねもできるということにござるか」

長時は悲しみも忘れ、つい意気込んだ。父のいなくなった今、不安だけでも早く取り除きたい。

「さにあらず。国どころか、天下の束ね。否、唐天竺《からてんじく》までも束ねることができるやもしれませぬ。しかも、兵も武もなく」

「何と！　和尚はそれをご存じなのでござるな。いや、どうしたら身に付けられる」

「すべからく、回光返照《えこうへんしょう》の退歩を学ぶべし。というても、今の又二郎様にはおわかりになりますまい。平易に申さば、上位の心を作ることにござります」

「上位の心？　それは、どういう意味ぞ」

「外へ外へと求めるのをやめ、内なる己の心に向かうことにござります」

己の心に向かう……？

「禅でも組めと言われるか」

「それも一つの手立てにござります。人は神仏にも餓鬼畜生《がきちくしよう》にもなれる心を、生まれながらに持っておりまする。されど、ほとんどが餓鬼畜生の下位の心に留まったまま」

「餓鬼畜生の……下位の心？」

「はい。この乱世は誰もが我欲《がよく》に心を奪われ、餓鬼、畜生、妖怪《ようかい》になっておる、まさに魑魅魍魎《ちみもうりよう》、百鬼夜行《ひやつきやこう》の世にござりまする。それを束ねるというは至難《しなん》の業《わざ》。されど、崇高な上位の心に立てば、戦をせずとも、仁によってこの世を束ねていける。それが巻物に書かれておる、いわば本筋にござります」

「仁によって……。つまりは、この中に武将としての上位の心、否、心の構えがあると？」

玄霊は言下に頭《かぶり》を振った。

「命を奪う戦をする武将など、上位の心であるはずがござりませぬ。仏法で説く九品《くほん》の中でも、せいぜい下品上生《げぼんじようしよう》がよいところ。上位の心は遥か上。大殿も生前、よう座禅をなされておられたと、先ほど御台様から伺いました。大殿も目指しておられたやもしれませぬな」

心当たりがある。あれほど戦に明け暮れた父が小笠原家を一つにして以降、戦を重ねていた隣国諏訪氏とは和睦し、さらには村上義清に長時の妹を嫁がせるなど、護りの姿勢を取っていた。

そればかりか、戦にもそれほどの関心を見せなくなり、顔までも穏やかになっていた。

父も老いた。初めはそう思った。が、今にして思えば、小笠原家伝来の家宝を手に入れてから変わった。いや、これを手にしたからかもしれない。

「では、父上も上位の心を目指しておられたと……？」

「それゆえ武ではなく、仁の心で束ねようと苦心されたのでありましょう。大殿ならば、あと四、五年もあれば、たどり着けたやもしれませぬ。もっとも、その心の位にたどり着けたとしても、今の世では役に立ちませぬ。糾法でいう時処位の、時が合いませぬゆえ」

「と、いうと？」

「今の世は男の心が勝ちすぎておる弱肉強食の世。この書が役に立つのは、世の中が男と女子の心が五分五分になった時にござります」

「何……五分五分じゃと？」

思わず訊き返した。男と女子の力が同じになるはずがない。体力においても、知力においても差がありすぎる。玄霊は長時の心を見透かしたかのように言葉を継いだ。

「人の世は、競う男の心が勝ちすぎても、和する女子の心が勝りすぎてもなりませぬ。男と女子の心が五分五分に整うて、初めて真の人の世となる。男の心が勝ちすぎる今は、まさに地獄や餓鬼、畜生の世。女子供や老人など、弱者は生きにくい世にござります」

なるほど。それならわかる。が……。

「されば、それは、いつのことぞ」

「仏法で言う、正法《しょうぼう》・像法《ぞうぼう》・末法《まっぽう》の、末法の世が終わる時にござりましょう。正法の世が五百年。その後の像法の世が五百年。最後の末法の世が千年となっております る。今は末法の世の、丁度真ん中辺り。あと五百年ほど先にござりましょうか」

五百年！――馬鹿な。長時は、あまりに絵空事のような馬鹿げた話に腹が立った。

「このような時に和尚は、わしをおからかいか」

玄霊は目を細めた。

「少し短慮になられましたかな。心で思うたことをすぐに顔に出されるようでは、宗家の当主は務まりませぬぞ」

「……したが、五百年も先とは」

それでは持っていても、何の益もないということではないか、と危うく言いそうになった。

その呑み込んだ言葉をあたかも察したかのように、玄霊は言葉を継いだ。

「とは申せ、捨ててはなりませぬ。人の世となった時にそれがなくば、末法の世を終えた民は、今以上に苦しまねばならなくなりまする」

「ならば、この寺に寄贈する。わしが持っておるより、和尚が持っておられたほうがよい。父上もそのほうが、あの世で安堵《あんど》なされよう」

〈神伝糾法〉を差し出した。玄霊は渋い顔のまま大きく溜め息を吐《つ》いた。

「それはなりませぬ。春先、小笠原家の永代供養にお出ましの折、大殿からの言付け、否、御遺言にござります。又二郎様に今の世では役に立たぬと教えたならば、きっとこの寺で預かってくれと頼むに違いない。その時は固く断ってくれ。それは宗家の代々の家宝ゆえ、と」

さすが父だ。死んだ後、長時がどう行動するかまで読み切っている。

「……父上の遺言ならば致し方ない」

玄霊は苦笑いした。

「又二郎様、まずは当主としての心を作り、家臣・一族それぞれの心をじっくりとご覧なされ。人の心も己の中にある。それがわかれば、束ねなど、さして難しいことではござりませぬ。それを会得なされて後、さらに遥か上をお目指しあれ。焦ってはなりませぬぞ。一歩一歩じっくりとお進みなされ。時が来たら、すべてをお教えしましょうぞ」

つまり、当主としての心もまだできていないということだろう。とにかく、今は玄霊の語る夢物語より、父亡き後の小笠原家を護ることが先決だ。

「……わかった」

長時は悲しみを抑え込むように〈神伝糾法〉を懐にねじ込んだ。

その年の暮れ、長時は朝廷より正式に信濃守護職に任命され、十七代目小笠原家当主となった。

長時には松本平の師走の風が、例年以上に冷たく感じられた。

諏訪湖の烈風

一

己は一体、何のために、この世に生まれてきたのだろうか――。

長時は深志城の一室から、降りしきる梅雨の雨を見ながら思った。

六月に入ってから晴れたのは、わずか一日だけ。毎日、雨が降り続いている。きょうはさらに酷く、松本平の空には先ほどから幾つもの稲光が走っている。

家督を譲り受け、父が亡くなって早六年。己が何に向かって生きているのかもわからない。命を落とすかと思われるほどの大怪我《おおけが》をしたからか、鉛色の空を見ていると、つい感傷に浸ってしまう。

信濃の風景は、父が生きていた頃とまったく違った。隣国の諏訪氏は、父が病の床に臥《ふ》した天文十一年（一五四二）七月に、甲斐の武田晴信に呆気なく滅ぼされてしまった。さらには三年前の天文十四年（一五四五）、長時の義弟で福与《ふくよ》城主の藤沢頼親も武田勢に攻められ降《くだ》っている。

昨年天文十六年（一五四七）、佐久で唯一、武田に抵抗していた志賀城主笠原清繁《かさはらきよしげ》は、関東管《かん》領《れい》の上杉憲政《のりまさ》と連合するも敗れた。武田の圧勝だったという。以降、城持ちの国人衆の中には、武田の軍旗・軍勢を見ただけで開城し、武田方に降る者が続出した。

　弱小国人衆は強者に服属して所領を安堵してもらい、さらに家臣となって戦功を上げて所領を増やそうとする。戦国の世の武士《もののふ》の習いであり、生き残る術《すべ》でもある。

　近年、信州の勢力図は日を追う毎に変わっていく。というより、武田晴信という男に信濃全土が塗り替えられていったと言っていい。

　松本平の国人衆も、武田がいつ塩尻峠を越えて攻めてくるかと戦々兢々《せんせんきょうきょう》としていた。信州を侵食する武田は、すべてを呑み込む山津波のようであり、何もかも焼き尽くしてしまう大火のようでもある。しかし――。

　今年の二月、武田晴信は、長時の義弟で「北信濃の雄」と言われた村上義清に挑み大敗した。諏訪郡代の板垣信方《いたがきのぶかた》や甘利《あまり》虎泰《とらやす》など名だたる重臣が討ち取られ、晴信自身も大怪我をしている。義清から勝利の報せとともに、〈この機を逃さず、挙《こぞ》って諏訪攻めを――〉との書状が届いたのは三月だった。

　長時は即座に動いた。四月初め、義弟藤沢頼親が再び反旗を翻し、義父仁科盛能《もりよし》率いる仁科一族とともに兵三千で諏訪に討ち入り散々なまでに荒らしまわった。父自慢の、とんぼの前立て具足を身に着けたこともあり、家臣たちは長棟が健在だった頃と同じように攻めていた。郡代板垣信方のいない武田の諏訪勢は、拍子抜けするほど呆気なかった。

　ところが、諏訪湖の南にある桑原《くわばら》城を全軍で囲み、まさに開城という段になった時だった。あろうことか、突然、仁科一族が引き揚げてしまう。

　理由は諏訪の領地の配分だった。仁科一族の棟梁仁科盛能は、桑原城を落とし、さらに南にある武田方の上原城を落とした折には、恩賞として諏訪湖の北、諏訪大社の下社《しもしゃ》を欲しいと申し出た。だが、長時は、諏訪大社は上社《かみしや》と下社二つで一つとし、分けられないと突っぱねた。

当然の返答だった。家臣が戦の前に主君に恩賞を求めること自体、尋常ではない。まして、要求が通らないからと戦線を離脱するなど裏切りに近い。だからこそ二度目の諏訪攻めでは、国人衆を頼りとしなかった。

再び諏訪下社に攻め入ったのは、六月十日。もっとも、いくら梅雨の晴れ間の奇襲とはいえ、供回りのわずかな兵だけで諏訪に討ち入るのは愚行だったかもしれない。

奇襲は相手の不意を衝くことにある。そこで身内の騎馬武者百騎余りと馬廻りの雑兵五百人で固めた。二木重高が二人の弟たちとともに側にいたこともあり、さして不安もなかった。

「重高、晴信の鼻を明かしてやろうぞ」

村上義清に嫁いだ明姫からの書状に〈わが御屋形様は自慢の長槍を持ちて馬に乗り、自ら先陣を切って敵に向かうほどの剛の者にて候――〉という文面が頭にあったことも事実だが、つい生前の父のように振る舞ってみたくなっていた。相手は諏訪下社を護る地下衆《じげ》。武勇伝をつくるには恰好の相手と思った。

四月の討ち入りの時と同じく他愛もなかった。騎馬武者は一人もいない。奇妙にも、あれほど血腥さを嫌悪していたにも拘らず、嘔吐することはなかった。長時は馬上で太刀を振るい、逃げる敵を追い掛けた。諏訪勢は蜘蛛《くも》の子を散らしたように逃げ回るだけで、向かってくる者もいない。「殿！　深追いはなりませぬぞ」という重高に、「案ずるな」と笑って返したほどだった。

気がつくと長時だけが諏訪下社の参道の中ほどに入り、周りを五十人余りの地下衆に囲まれていた。そこに向かってきたのが、ぎこちないほどに妙な動きを見せる鎧武者だった。何度か槍で突いてくるが、簡単に撥《は》ね除《の》けられるほど、槍の下手な武者だった。

「それでも槍を振るうておるつもりか」

長時は槍を叩き落とし、兜を割った。そして、首を刎《は》ねようと太刀を振り上げた時だった。

敵の武者が目を見開き、馬上の長時を見た。相手が女とわかるのに、さほどの時は掛からなかった。長時は振り上げた太刀を、思わず止めてしまう。

「戦場は男の場じゃ。女子が出てくるでないわ！」

叫んだ刹那《せつな》、長時の言葉を遮るように片鎌槍《かたかまやり》が伸び、太股《ふともも》に激痛が走った。

槍が刺さったのは、佩楯《はいだて》の隙間だった。長時は何とか太刀で払い除けたが、さらに繰り出してきた片鎌槍の横に突き出た鎌で、左肩を引き裂かれてしまう。先の女武者とは比べるべくもなく槍遣いが巧く、執拗に繰り出してきた。

幸い、重高たち騎馬武者が二十騎ほど駆けつけてくれたから助かったものの、繰り出された片鎌槍があと一寸内側に入っていれば、間違いなく、横に突き出た鎌で首を刎ね飛ばされていた。

そんな長時を助けるために、馬廻りの十七騎が、片鎌槍と五十人ほどの地下衆の餌食《えじき》となった。

長時は重高に支えられ、馬の背にしがみついて逃げた。

「ははは……。あの憐れな様を見よ。あれが小笠原宗家の主《あるじ》ぞ」

武田方の嘲《あざけ》り笑う声が背後で聞こえていた――。

無様だった。今、振り返っても顔が赤くなる。が、それにも増して憤るのは武田のやり方だ。男の戦場に女子まで駆り出すとは、何たる無粋。邪道にもほどがある。

その時、現実に引き戻すように、太股の痛みが体中を突き抜けた。――くっ！

「傷はまだ痛みまするか」

訊ねたのは仙だった。側で長時の太股に巻かれた晒《さら》し布をほどいている。

「いや、さほどには」とは言ったものの、傷の痛みの余韻が残り、思わず仙の腕を摑んでいた。

「やはり太股のほうが痛みまするか」

「わ……わずかじゃ」

長時は痛みに耐えようと、いつも首から提げている巾着をもう片方の手で握った。

中には父から託された〈神伝糾法〉の巻物が入っている。上位の心を説いている書とはわかったが、それが一体何のことかはまだまったくわからない。今は単に御守りとして持ち歩いている。

――もしかしたら、この巻物に救われたやも……。

長時はそんなことを思いながら、体に溜まった痛みを吐き出すように大きく息を吐いてから、息を吸い込んだ。その時、傷口から臭う血腥さに、思わず吐き気をもよおした。うっ……。

「殿……」

「何でもない。で、どうじゃ、傷の具合は」

「糸で縫うてありますが、まだ塞《ふさ》がってはおりませぬ。膿《う》まなければよいのですが。それより殿、腕をお放しくだされ。これでは手当てができませぬ」

「おう、すまぬ」

「酒を掛けまするぞ」

「頼む」

仙は酒を口に含んでから、撒き散らした。

「うっ……くくく」

「沁みまするか」

「いや……。何ともない。酒の匂いで救われたわ」

「ところで殿は、何ゆえ、側室を置かぬのでござります」

長時の痛みを逸らすために話題を変えたことはわかった。無理に笑みを浮かべている。

「何ゆえ、今……そのようなことを訊く」

「別に意味はござりませぬが。近頃、殿は人が変わられたような気がいたしまする。若い女子でも側に置けば、少しはと……」と語尾を濁した。

「少しは、何じゃ。いや、わしがどう変わったと申す」

「あれほど戦嫌いだった殿が、何ゆえ、戦にお出になったのかと。それを案じておりまする」

別に好きでやっているわけではない。が、当主になった以上、同盟する他国からの要請があれば出陣しなければならない。長時の要請に国人衆が応じないとなれば、自ら出て行くしかなかった。

「それで側女《そばめ》か。わしが於仙に飽きて、戦をしておるとでも申すのか」

仙は探るように、一旦、鋭い視線を向けてから、巻いている晒し布に目を落とした。

「いえ、決してそのようなことは……。ただ、仁科の家では側室を置くのが当たり前にござりましたゆえ。そういえば、亡くなられた大殿様も側室を持たれませせなんだな。これは小笠原家の習いにござりますか」

父長棟は戦国の世には珍しく側室を持たなかった。母がとりわけ嫉妬深いわけではなく――というよりはむしろ、父のほうが嫉妬深くなってしまうほど母の美貌に魅せられていた。

「小笠原の習いというわけではないが、わしはこれ以上、他家を背負い込むのも面倒でな」

先の諏訪討ち入りでもそうだったが、義父仁科盛能は父の死後、何かにつけ小笠原宗家に口を出してきた。これで他家から姫を取れば、女房の実家同士が競いだし、ますます争いの種が増えていく。

「されど、殿。そういう娘でない女子もおりましょう」

「わしは於仙だけで満足なのじゃ」

仙は顔を赤らめた。

夫婦になってから、すでに十年が経つ。

初めての出会いは天文四年（一五三五）の暮れ。長時が幕府より「大膳大夫《だいぜんのだいぶ》」に任じられた折、仁科家の当主盛能の名代として祝いの品々を届けに来たのが仙だった。当時、長時は二十二。仙は十三の少女ながら清楚《せいそ》な気品を兼ね備え、すでに大人の女になりつつあった。

その二年後、仁科盛能の申し出で輿入れが決まり、翌天文七年に長時の正室となった。十六になった仙は大人の女として美しく輝いていた。細面に富士額、切れ長の目。これが仁科盛能の娘かと疑いたくなるほど美しく、性格も安曇の気風を表した心根の優しい女だった。

輿入れの日に仙が言った言葉は、今も胸にある。

仙は小笠原宗家と仁科の家をつなぐために参りました。そのために多くの子を儲けまする。それが、天が仙に与えた役目と心得まする――。

仙はその言葉どおり、三人の男子を儲けている。

「わしが側室を取れば、於仙との間に女子同士の争いが起きよう。争いは外の戦だけで十分じゃ。家の中まで争いがあっては気が休まらぬ」

「ならば、何ゆえ、武田と事を構えられまする。殿に万が一のことがあったら……仙は生きてはいけませぬ」

仙は言葉を詰まらせた。この度の怪我が、よほど身に沁みたのだろう。三日三晩、肩と太股の深手で熱にうなされる長時に、仙は寝ずに付き添って看《み》ていたらしい。自戒せねばならぬと思った。

「心配をかけたのう。されど、わしは武田晴信という男が嫌いでな。あの男の許には降れぬ」

嫌う理由はある。隣国諏訪を騙し討ちのような形で手に入れたばかりか、義弟の福与城主藤沢頼親が箕輪《みのわ》の戦いで武田に敗れた際、和議に応じて弟を人質に出し開城したにも拘らず、武田勢は直後、難攻不落の福与城を焼き払ってしまった。その騙しのやり口を何とも思わぬ厚顔無恥さに武士《もののふ》として我慢がならない。

加えて、先の諏訪攻めの折に見た、女子まで戦に駆り出してくる邪道。そんな愚劣な男が、小笠原家の所領である広々とした松本平に魅せられ、わが物にしたいと狙っているという。

父から譲り受けた領地。断じて渡せるものではない。長時には小笠原宗家の当主として、また、信濃守護職として命を懸けても護らなければならない使命がある。今は、それがこの世に生まれた理由のような気もする。が……。

今の姿では如何《いかん》とも情けない。そんな無様な長時を、天が叱咤《しった》するように稲妻が光った。

二

朝も明けきらぬ中、小雪は何とか部屋を出た。

大勢の男に体を弄《もてあそ》ばれ、やっとの思いで出てきた。いつものことだ。大きな戦の前になると乱《らっ》破《ぱ》たちが集まり、村はずれの適当な家を襲う。そこで女の乱破は男どもの相手をさせられる。

武田家の御為《おんため》。この一戦で、われらの力を御屋形様に示そうぞ――。

口では立派なことを言う男どもだが、結局は人より多く禄《ろく》を食《は》むため、手柄を立てて直臣の端に加えてもらうことしか頭にない。所領を持たない無足衆《むそく》。中でも「三ツ者」と呼ばれる乱破には、武田の法度も、さしたる決まりもない。やっていることといえば、野伏せりや野盗と同じ。

役目の合間、敗軍の諸将の家々から娘をさらい、乱破の鍛錬と称して犯し続ける。

男がそそられるように身悶《みもだ》えしなければ、一人前ではないと教えられた。しかし、その実、男の慰み者でしかない。いや――。

女など、畜生ほどにも思っていない。時には雑兵の中に入れられ、鎧兜を着せられ頭数として戦に加えられることもある。先日の小笠原勢が諏訪下社を襲ってきた時も、そうだ。無理矢理、侍大将の鎧兜を着せられ、長槍を持たされた。重くて身動きすらできなかった。

単に囮《おとり》だった。攻めくる小笠原勢の前面に立ち、敵将の馬を槍で突け。指示はそれだけだった。

小雪は赤い手綱を付けた武将の前に後ろから押し出され、槍で突いた。が、簡単に槍を落とされ、被っていた兜も割られてしまう。馬上の武者が太刀を振り上げた時には終わったと思った。

しかし――。

敵将は相手が女と見るや、太刀を止めてしまった。一瞬の間が、あれほど長く感じられたことはない。敵将の躊躇《ためら》いが、驚いたまなざしがはっきりと見て取れた。

何で女子が戦場に――そんな心のうちまで、はっきりと聞こえてきそうだった。男にあれほど本気で叱られたのも、亡父以来かもしれない。それだけに、今も耳の奥から離れない。

戦場は男の場じゃ。女子が出てくるでないわ！――。

直後だった。味方の片鎌槍が馬上の敵将の太股を捉え、その血しぶきを浴びるや、片鎌槍の主に邪魔だとばかりに蹴られ、その場に転がされた。

それが昨夜《ゆうべ》の乱破連中の、酒の肴となった。

「やはりこちらの調べどおり、女は殺せぬ男だったのう」

「極楽とんぼと、家来はおろか民百姓から渾名《あだな》されるのもようわかる」

「されば、次の戦はあの女を大将にすればよいの。松本平を奪い取るなど、わけもないぞ」

「それはいい。では、今宵はその大将殿から抱くとするか。きっと武運も付こうぞ」

では、わしもまずはあれから。次はわしじゃ……。

男三十人ほどが、われ先にと小雪に群がった。昨夜は女が十人だったが、小雪が一番多く相手をさせられたように思う。男たちは次々と小雪の上に乗ってきた。

もっといい顔をせぬか。それでは男は満足せぬぞ。腰を動かせ……。

肥溜《こえだ》めにでもなったような気分だった。一刻でも早く終わらせるために、小雪は必死で命ぜられるままに体をよじらせ、男が欲するままに、よがり声をあげた。

その間、頭の中にはあの敵将の澄んだ優しいまなざしだけがあった。あのまなざしをもう一度見たい。今はそれだけが生きる糧となっている。

外は、雷とともに雨が激しく降っていた。

火照《ほて》った体を鎮めるには好都合だが、これだけでは男の穢《けが》れは体から消せない。小雪は屋敷の裏にある井戸まで、やっとの思いでたどり着くと、素っ裸になり、頭から水を浴びた。

何度も水を被る。そうでなければ男の獣のような体臭や、吐き出された膿の臭いは消せない。これもいつものことだった。

それにしても、あの男が敵の大将とは思いもしなかった。あれでは戦には勝てないような気がする。武田方に殺された父や兄も、あんな優しい男だった。だから戦に敗れたのだ。今にして思えば、あのまなざしは父や兄に似ているかもしれないとさえ思う。

小笠原信濃守、長時――。

なぜか近頃、その名を胸のうちで呟く度に、あの時のまなざしを思い出し、妙に体の芯が疼《うず》く。命を救われたからだろう。何か体の中で蠢《うごめ》く女性《にょしょう》の虫のようなものが、あの男を求めてやまない。どうせなら、あの男に抱かれながら一緒に死にたいと思えるほど、胸が熱くなってしまう。

――男なぞに惚れるとは……われも焼きが回ったか。

その時、稲妻とともに背後に人の気配がして振り向いた。

「誰じゃ」

「わしじゃ」

褌《ふんどし》姿の男が雨にうたれ立っていた。乱破の頭《かしら》というだけで名も知らない。まだ女を抱き足りないのか、こちらを見る目がいやらしい。小雪はつい溜め息を吐いた。

「お頭も、われを抱きたいか」

「一晩に同じ女は、二度は抱かぬ。わしに抱かれたことを覚えてはおらぬのか」

「覚えてなどおらぬ。あれは乱破の修行であろうが。違うのか」

「ん？　ああ、そうよ。お前は巧うなった。ほかの女子どもはお前の何倍も刻《とき》がかかるでな」

男が果てるまでの刻だ。コツさえ摑めば、山で鎌首をもたげる蝮《まむし》より容易く萎《な》えさせられる。

「ふん。で、何か、われに」

「深志城に行き、長時の様子を調べてこい。あの傷では戦に出てこぬかもしれぬでな」

そうかもしれない。かなりの深手だった。

「但し、殺してはならぬ」

「何ゆえ」

頭は白い歯を見せ、破顔した。

「あのような男でも信濃守護よ。戦場で討ち取ってこそ、わが御屋形様の名が上がるというものじゃ。闇討ちなどする値打ちもないでな」

「…………」

なぜかはわからないが、自分の大切なものが穢された思いがして不愉快だった。

「今、発《た》てば朝の炊き出しに間に合う。紛れ込むには一番よ」

ここは深志城から東へ半里ほど行った山裾だった。小雪の足でも深志城へは四半刻《しはんとき》（約三十分）と掛からない。

「お前も元は武家の娘じゃ。紛れ込むには雑作もなかろう。侍女の着物は、あれに」軒下を指差した。そこには紺の包みが吊り下げられてあった。「深手に効く妙薬も入れてある」

「妙薬？　何ゆえ」

「長時の傷の手当てよ。芋を擂《す》り下ろしたものに混ぜ、傷口に塗れば治りは早い。御屋形様も、それで治された。この度の戦で、御屋形様は長時の首級《みしるし》を挙げられる。それゆえ、何としても戦場に出てもらわねば困るのよ。お前はこれが終わったら、しばらく休んでおれ」

戦には出なくていいということだ。

「死ぬなよ」

「何ゆえ、そのようなことを言う」

訝《いぶか》しげな目を向けると、頭は井戸水をくみ上げて、音を立てて飲んだ。

「死にたがっておるからよ。女乱破は戦には欠かせぬ」

「お頭たち、男にもな」

「おうよ。女が減れば楽しみも減る。それゆえ死ぬな。死ねば、お前の妹たちが代わりとなる」

小雪は頭を睨んだ。

「お頭、忘れたのか。妹たちには断じて同じようなことはさせぬと、言うたではないか」

「妹らはまだ十一と九つぞ。まだ男の相手はできぬ。されど、すぐに娘になるでな」

「では、われに言うたは偽りか」

頭は意味ありげに、にやりと笑みを浮かべた。

「お前次第よ。妹らを養女に欲しいという御重役もあるでなぁ。ま、お前が生きておる間だけは、心配はいらぬとだけ言うておく」

つまり、妹たちは人質ということだ。男どもにただ利用され、逃げることも、死ぬこともできない囚われの身。

――われは何のために、この世に生まれてきたのか……。

長時の包み込むようなまなざしが浮かんだと思ったら、それを打ち消すように頭の声が飛んだ。

「おい！　わかったら、さっさと行け。刻を無駄にするでないわ」

三

翌朝、仙がいつものように長時の傷の手当てをして部屋を下がると、しばらくして外から「兄上、失礼いたしまする」と声があった。

静かに戸を開け、顔を覗かせたのは弟の貞種だった。きちんと正座して一礼し、入ってきた。

貞種は四男で、長時より十歳下の二十五である。兄弟の中では一番礼節を重んじる律儀者で、気遣いもなかなかだ。若草色の小袖に、朽葉色の袴姿だからか、丈があるのに童顔で痩せているため、未だに若衆っぽさが抜けない。

「兄上、傷の具合は如何《いかが》でござります」

貞種は筋を通すことを何より重んじるので、先の諏訪攻めには連れて行かなかった。

「些《いささ》か痛むが……大事ない。又四郎も、この兄を愚かと思っているのであろう」

貞種はそれには答えず、涼しげな目を床に落とした。

「兄上のお体は、兄上一人のものではござらぬことをお忘れなきよう。加えて、父上から託された〈三階菱〉の家紋を穢さぬよう、お願い申し上げる」

何……。思わず見返すと、貞種は跳ね返すような視線を向けた。

「わが家は、天賜《てんし》の家紋にござ候」

小笠原家の家紋の〈三階菱〉には由来がある。

伝承によれば、源頼朝が鎌倉で幕府を開いた時、宮中で怪異が起こり、弓矢の名手で小笠原家の祖加賀美遠光が帝に召し出され、それを退治した褒賞として「王」の一字を賜った。しかし、源氏の棟梁源頼朝の手前、臣下の身で「王」を頂くことは畏《おそ》れ多く、「王」の字を三つの菱形で表し家紋とした。それゆえ、小笠原家では「天賜の家紋」とも言う。つまり——。

貞種は、軽挙は慎めと言いたいのだ。あまりの慇懃《いんぎん》な弟の苦言に、黙るしかなかった。

「……で、何か急用か」

「先ほどより、ご家老の下野守《しもつけのかみ》様がお見えになっておられます」

「甚平《じんぺい》が？」

平瀬城主、平瀬八郎左衛門義兼《よしかね》は長時の幼い頃の傅役《もりやく》で、この深志城を護る北の支城の一つである平瀬城を護っている。平瀬城はここから西街道を北に一里ほど行った、梓川と奈良井川が合流する犀《さい》川の東岸、平瀬の郷にあった。

「何用じゃ、この嵐に」外は、先ほどより一層雨が激しくなり白く煙っていた。「酷い雨じゃ。この分では、今年も不作やもしれぬのう」

貞種はそれには答えず、話を戻した。

「兄上とじっくり話がしたいと言うておられまする」

先日の諏訪に押し入った件で、苦言を言いたいのだろう。

「又四郎。説教なら、母上や須沢の爺から散々聞いたゆえ、もうよいと申し伝えい」

どちらも先日の長時の行動を暴挙といい、「匹夫《ひっぷ》の勇《ゆう》」と詰《なじ》った。

「されど、雨風の中をわざわざ来られたのです。会わぬというのは如何にござりましょう。下野守様はご家老でござれば、礼を欠くかと……」

「わしに会いに来たのではないわ。母上に会いに参ったのよ」

「兄上！」貞種は低い声で咎《とが》めるように言った。「それ以上は」

もう少し大人になられてくだされ。言外に伝えている。

「わかった。会えばよいのだろう。今、行くと伝えておけ」

「有り難う存じます」

「何ゆえ、又四郎が礼を言う」

「されば、下野守様の顔はもとより、それがしの顔を立てて頂いたゆえです」

「気苦労よのう。家臣に気を遣い、この兄にも気を遣わねばならぬとは」

「仁によって一族家臣・領民を束ね、上下の別なく礼を尽くす。それが宗家の家法にて候」

貞種は几帳面に言うと、一礼して下がっていった。

――何が礼ぞ。礼など尽くしておって、あの武田に勝てるか。


長時が右足を引きずりながら大広間に続く廊下に出ると、侍女が待っていた。

「さ、殿。われの肩にお摑まりくだされ」

「いらぬ」と言うが早いか、侍女はするりと脇に入ってくると、手馴れた様子で肩を貸した。まるで男のように身が軽い。

おそらくこれも、貞種が差し向けたのだろう。さすが気配りにも念が入っている。

長時は小柄な肩を抱きながら、ゆっくりと進んだ。

廊下横の中庭は降り続く雨で池のようになっており、生暖かな湿っぽい風が流れ込んでいた。それと一緒に、母の着けている匂い袋の濃厚な香りが運ばれてくる。

大広間に目を向けると、母の華ノ方と平瀬義兼が向かい合って座っているのが見えた。

母は父亡き後、名を賢静院《けんせいいん》と改めた。出家はしているが、頭は剃り上げていない。長い髪を肩の辺りで短く切る尼削《あまそ》ぎにしているだけで、装いも尼装束ではない。白い小袖の上から青鈍色《あおにびいろ》の薄物を羽織っているだけの簡略なもの。青鈍色が透けていることもあり、それがかえって艶めかしく、とても五十過ぎには見えない。息子の長時でさえ、女性《にょしょう》最後の色香を感じる。

侍女は長時への気遣いか、大広間の手前で二人に見られぬよう、するりと脇から消え下がった。

――身軽な女子じゃ。

平瀬義兼は長時を見るや平伏した。

肩衣《かたぎぬ》に半袴《はんばかま》姿。雨で裾がかなり濡れている。歳は五十近い。

片足を引きながら歩く長時に、母がこれ見よがしに口を開いた。

「下野守殿、笑うてくだされ、あの様を。大殿が生きてあれば、さぞ嘆かれたでありましょう。姿も心根も醜い。まさに無躾《ぶしつけ》とは、このことよ」

無躾とは礼儀作法をわきまえないことを指すが、「見難《みにく》き姿」は「醜い心」から生まれるとされ、小笠原家ではそれを無躾という。

長時は母の言葉を気にもせず、何とか上座に着いた。その途端、右太股の傷に焼け火箸《ひばし》で突かれたような激痛が走った。苦痛を押し殺した目が義兼の目と合い、思わず怒鳴っていた。

「この雨の中、何用じゃ！」

「されば――」何にも動じない義兼の落ち着きのある低い声だった。「武田が退いておる今、諏訪へのわが軍の攻めの段取りや日取り、揃える兵の数などを打ち合わせしたく、戦評定《いくさひょうじょう》の前に参上仕った次第」

「下野守殿の言うとおりぞ」母が言下に口を挟んだ。「戦は謀《はかりごと》じゃ。ふらっと出掛けて攻め取れるものではない。武田晴信というは、頼親殿の福与城を騙して焼くほどの卑怯者ぞ。しっかりと備えねば、してやられまするぞ」

母の小言にはさすがに辟易する。

「心配はござりませぬ、母上。勝負はこれからにござります」

母の目がみるみる尖っていく。

「又二郎殿！　大殿が亡くなられてから、何か勘違いされてはおられぬか。下野守殿ほか、家臣一族がこの宗家を支えておられるゆえ、この松本平に住まうことができるのじゃ。それを忘れて、その威張りようは、礼節を重んじるわが家の者とも思えぬ」

「父上のように振る舞えと言われたは、母上ぞ。それを咎められるとは心外」

「お黙りなされ！」母は途中で遮った。「今、わが娘婿の村上殿は武田を攻め、佐久から追い出そうと、武田が押さえた城を次々と取り返しておられる。しかも、武田晴信という不埒者《ふらちもの》は村上殿との戦で深い傷を負い動くのもままならぬというに、この好機を何とする。大将たるは、機を見る敏、事を決する断がなくては務まらぬ」

都合が悪くなると、すぐ話をすり変えてしまう。母の得意技と言っていい。

「それゆえ四月初め、舅殿《しゆうと》（仁科盛能）や藤沢殿とともに攻め入ったのではござらぬか」

「ならば、何ゆえ、先日は兵も整えず参られた？」

「奇襲と申したではござらぬか。敗因は時処位が揃わなんだだけにござる」

「奇襲とは勝ってこそ。あのような抜け駆けをするが如き武者働き。信濃守護職とも思えぬ醜き振る舞いじゃ。そなたのは無為無策、無謀ぞ。時処位など揃うはずもない。それゆえ、皆から極楽とんぼなどと蔑まれる。否、大怪我をして舞い戻った、尻切れとんぼぞ」

長時は苦笑するしかなかった。

極楽とんぼ――。

とんぼの前立て具足を身に着けて敗走してきたからか、近頃、巷で頻繁に囁《ささや》かれている。

母は苦笑している長時を、まるで止《とど》めを刺すかのように眉根を寄せて睨んだ。

「武田晴信という男は、己が父親を甲斐より追放した親不孝者ぞ。しかも佐久の小田井原《おたいはら》を攻めた折、討ち取った三千もの将兵の首を城の周りに槍で串刺しにして並べ、領内の男ばかりか女子供年寄りまで売り払い、敵の大将の室を家臣に与えたと聞く。人の道にはずれるばかりか、死者への礼もなく弔いもない、呆れ果てた痴《し》れ者ぞ」

母はかなり武田に嫌悪を感じているらしく、事ある毎に口にする。噂では城兵を皆殺しにし、女子供を高値で売り払った上に、敵将の笠原清繁の妻を家臣に与えたという。深志城下では武田晴信を、知略謀略に優れた――という文言の上に「恐ろしいほどの」という言葉を付けて畏怖侮蔑した。

だが、それが弱肉強食の、戦国乱世の真の姿だった。戦場では「乱取《らんど》り」と呼ばれる掠奪が当然のように行われている。ことに恩賞の無い雑兵たちは戦の勝ち負けに関わりなく、戦の合間を見ては村々を襲い、男を皆殺しにして食料を奪い、女を手込めにして娘子供を拉致していく。そんな戦の惨状など、母はまったく知らない。

平時は立ち居振る舞いの礼を説き、戦時は軍旅《ぐんりょ》の謀を説く、糾法――。

しかし母の糾法は、「礼の道」であり、「仁の道」だった。礼の真髄は人を尊び、周りを思いやる慈悲の心と説き、人を殺《あや》める軍旅の謀はない。つまり母の糾法は、無慈悲非道な血腥い戦とはまったくの対極にある。それゆえ、母に厳しく躾けられた長時が、戦を嫌悪するのも当然だった。

母は尚も背筋を伸ばし、痛みを堪《こら》える長時に尖《とが》った目を向けていた。

玄霊は、人の世は、競う男の心と和する女子の心が五分五分になった時、初めて真の人の世となると説く。が、母のような女子だけは違うような気がする。

「恐れながら、御台様――」と、長時を救うように義兼が声を掛けた。

「ご心労お察し申しまする。されど、大将たる者、誰しもしくじりはござる。それを糧にしてこそ、大将たる大器になっていくものにござります」

「下野守殿は甘い！　こなたがそのように又二郎殿を甘やかしてきたゆえ、このような情けない殿になったのではないか」

「これは手厳しいお叱り」義兼は頬を崩した。「されど御台様、男三十半ばといえば、怖いもの知らずで、後先のことなど考えず、まず体が動いてしまうもの」

「だからというて、この度の軽挙は、当主として許されるべきものではありますまい」

「仰せ、ご尤《もっと》も。殿には御宗家のため、御身を大事にしてもらわねばなりませぬ。されば」義兼は母の鋭い視線から逃れるように、傍らに置いていた包みから何やら取り出した。「きょうは、よいものをお持ちいたしました」

「これは筑摩神社に作らせましたる采配《さいはい》。大殿がお使いあそばされた軍配と同じにござる」

吹流しのようなものだった。一尺ほどの細い竿《さお》の先に、半尺ほどの白い紙が束ねてある。

「これが……？」

母が呆れるのも無理はない。父が戦場で使っていた軍配は、親戚の三好家を通じて京でわざわざ作らせたもの。それに比べると、あまりに粗末な作りだった。

「これは筑摩神社の枝垂《しだ》れに使われた神の宿った紙で作りし采配。武運、間違いござらん。殿には軍配ではなく、神に代わって采配を振って頂く。この一振りで何百何千もの人馬が動き、武田の邪兵どもを振り払うてくれましょうぞ」

さすが義兼だ。母の不安を取り除く術ばかりでなく、母の扱い方も熟知している。

「そうであったか。何とも忝《かたじけな》く、有り難い采配であろう」

母は居住まいを整えると、丁寧に拝んでから義兼の手より采配を押し戴いた。

「きっと信濃の神々のご加護がありましょうぞ。他国に攻め入り、人を物のように売り払うあの武田に天罰を与えねば、神も仏もありませぬ」

「ご尤も。この小笠原家が神仏になり代わり武田を成敗し、天下に正道を示さねばなりませぬ」

「如何にも。さすが当家筆頭家老」母は義兼から受け取った采配を長時に渡した。「さあ、又二郎殿、これで卑しき武田を撃ち払うてくだされ。村上殿や伊那の藤沢殿とともに兄弟一族うち揃うて、あの不埒な武田を滅ぼすのじゃ。頼みましたぞ」

「……はぁ」返事をするのが精一杯だった。傷の痛みで、それどころではない。

「何と気のない返事じゃ。下野守殿、お心遣い忝う存じまする。では後ほど」

母は意味ありげに義兼に視線を送ってから、跪座の姿勢をとり下がっていった。

四

平瀬義兼は母が閉めた戸を見て、大きく息を吐いた。

「何とお労《いたわ》しゅう。ついこの前まで、あれほど自信に満ちておられた御台様が……」

その呟きですら、今の長時には嫌味に聞こえる。長時は采配を放り、ゆっくりと右脚を投げ出した。その途端、太股の傷の痛みが脳天を突き抜けた。

「──うっ！」

「まだ傷は癒えませせぬか」

「……癒えぬ。それにしても、母上はしつこい。この傷のようじゃ」

「御台様なれば当然にござります。されど、殿の無茶ぶりには驚き申す。いくら腕に覚えがあるからと、雨の日ならばともかく、梅雨の晴れ間なぞ、飛んで火に入る夏の虫でござるぞ」

「それを言うてくれるな、甚平。わしは父上がおられた時のように、家臣を安堵させようとしたまでよ。とんぼの前立て具足のご利益《りやく》を頼みに、否、父上の威厳を過信しすぎたようじゃ」

兜の前立てにしているとんぼには意味がある。とんぼは前へ前へと進み、決して後ろに下がらず獲物を捕まえることから、古《いにしえ》より『勝ち虫』と呼ばれ武運のよいものとされていた。

「殿、後学のため、お教え申します。あの日の殿の動きは何もかも、武田方に筒抜けにござった」

何？　長時は右太股の傷の痛みも忘れ、顔を前に突き出した。

「先ほど、供回りに問い質したところ、あの日は方々に多数、煙が上がったと聞き申した」

煙……？　覚えはある。

「殿、武田の乱破をご存じでござろう」

「まさか、あれが乱破の仕業と言うのではあるまいな」

「さにあらず。あれこそが、武田が得意とする伝令。乱破どもが殿のご出陣を次々と狼煙《のろし》で諏訪に伝えたのでござる」

「狼煙で……？　いや、あれは違う。夏によく見る炭焼きじゃ」

「殿、武田の乱破が人に気づかれるようなことなど断じていたしませぬ。村に入れば村人の如く。狼煙を上げる時は炭焼きの如く」

「されば……」

義兼は断定するように深く頷いた。

「今、武田晴信が深手を負って動けぬとはいえ、諏訪上原城には家老板垣信方亡き後、謀略好きの長坂虎房《とらふさ》という者が入り、支城の桑原城にも優れた武田の家臣どもが詰めてござる。諏訪は武田にとって大事な足場。村上殿に一度負けたぐらいで、信濃進出は諦めませぬ」

　長時は舌打ちをした。

「何と。武田の乱破が、この府中にまで入り込んでいるとは……」

「府中だけではござらぬ。松本平の、そこかしこに潜り込んでおり申す。油売りや研ぎ師、中には坊主や歩き巫女《みこ》もおりまする。油を売りながら道や城の場所を調べ、刀の研ぎをしながら兵の数や得物《えもの》を見、坊主は説法を説きながら誰と誰が不仲かを調べ、歩き巫女は閨《ねや》で男に体を絡ませ城内のことを聞き出しておりまする」

「何、そのような者にまで化けて。それにしても、女子まで戦の道具に使うとは、武田は許せぬ」

「戦は綺麗ごとではござらぬ。勝つためには、どのような手段も使う。それが武田。殿、小田井原での戦で武田に敗れた関東管領の上杉殿のことや、志賀城主笠原殿のご内儀のこと。はたまた、城の周りに三千もの首が串刺しにされ、佐久の衆が売り払われたことなど、村の隅々まで知っていることを、殿は奇妙に思われたことはござらぬか」

「いや……。では、それも武田の乱破の仕業と？」

　義兼は深く頷いた。

「したが、甚平。笠原殿のご内儀や佐久の民が売られたことなど、武将としては恥ずべき噂ぞ。それを流して武田に何の得がある」

「村人を怖がらせるに十分にござる。噂を流してこちらの士気をそぐ。この松本平は、否、殿御自身が隙だらけにござる。殿が諏訪に乗り込んで散々に打ちのめされたことも、もはや松本平で知らぬ者はおりませぬ。それゆえ、軽挙は慎んでくだされ」

先日の長時の無様さに比べれば、武田晴信の戦勝後の恥とも思える愚行のほうが武将としてはまだマシかもしれない。深手を負った理由が女武者だけに、顔が赤らむのを覚えた。

「では甚平、武田の乱破が潜んでいるということは、いずれ武田は攻めてくる、ということか」

「いずれではござらぬ」声を落とした。「こちらの探りでは、武田晴信の傷は馬に乗ることができるほどに癒え、戦に備えておる由。遅くとも七月には甲斐を出《い》で、諏訪より攻めてくるものと」

「何、七月……！　来月ではないか」

「おそらく武田の軍勢は五千。今、武田は佐久を攻めている村上勢に一万を向けておりますゆえ、甲斐には一万五千ほど残しておかねば、武田といえども北条に攻め込まれましょう」

「して、備えられる、われらの兵は？」

「されば、われら旗本衆と宗家を合わせた小笠原が二千。仁科一族が千、西牧と三村で五百ほど。他諸々合わせて、こちらも五千かと」

「五分と五分か」

「しかし戦は兵の数ではござらぬ。五千もの兵を集めても、先の戦評定では危のうござる」

四月の諏訪攻めの軍議には、仁科一族ほか、多くの国人衆が集まった。

諏訪御柱祭《おんばしらさい》に乗じて、今こそ諏訪を手中に――。

にも拘らず、戦法や攻め方を決める前から、各々が勝手に諏訪の欲しい領地を主張しだした。父がいた頃にはまったくなかったことだ。しかも、長時の代になってからは、恩賞を確約しなければ一兵卒も出してこない一族が徐々に増えている。長時を軽んじているのは明らかだった。

「わしにはわからぬ。武田と戦うには力を合わせねばならぬことはわかっておるはず。なのに、手柄を立てる前から、あそこが欲しいなどと言うておる。安芸守《あきのかみ》（仁科盛能）にいたっては、桑原城を攻めておるさなかに兵を引いてしまったほどじゃ。まったく話にならぬ」

「どの当主も家臣一族郎党を食わせていかねばなりませぬ。されば殿、一計がござる。諏訪一国、恩賞としてくださらぬか」

「何！　諏訪一国じゃと？」長時は太股の痛みも忘れ、見返した。

「それで仁科や西牧、三村など国人衆は挙って従いましょう」

「諏訪一国で束ねよと申すか」確かにそれなら国人衆も馳せ参じるに違いない。「したが、諏訪すべてを恩賞にして、国人衆は変に思わぬか。まして、手柄も立てぬうちに領地を確約するなど、父上がおられた頃には一度もなかったことぞ」

　義兼は声を落とした。「殿、これは方便にて」

「何……？　つまり、騙すということか」

「どんなに強き狼《おおかみ》でも一匹では生きられませぬ。まずは武田に勝つため、国人衆の心を一《いつ》にすることこそが大事。武田晴信という男は三十前ながら、孫子の文言を旗印にするほどの兵法好き。何をやってくるかわからぬ男にござる。年若と甘く見ると、痛い目に遭いまする」

　村上義清の文にも、〈油断ならぬ男――〉とあった。

「したが、味方を騙すなど、やりとうはないな」

「これも兵法のうちにござる。敵を欺くには、まず味方から。諏訪のことは戦に勝った後のこと。まずは勝つことが先。他にも諏訪西方衆の矢島一族が、われらに付くとのことにござる。武田に課せられた賦役に不満を持っておる由。後は殿より安堵状を渡せば喜んでと。百姓たちも一揆《いっき》を起こすよう手筈《てはず》は整うてござるゆえ」

――となれば、諏訪一国で国人衆を束ねるとは、意外に名案やもしれぬ。

「わかった。ならば、それで参ろう」

「殿にご異存なくば、この度の軍師は神田将監《しょうげん》にしとうござるが」

神田将監は城内でも、智謀に優れていることで知られており、家臣団から一目置かれていた。

また、弓の名手としても名高い。

「将監か。あれなれば上手く仕切ろう。さすが、甚平。何から何までよう考えておるわ。これからも宜しく頼みおくぞ」

義兼はゆるりと頭を下げた。

「有り難きお言葉。身命を賭《と》して宗家をお護りいたす所存。これすべて大殿との約定でござれば」

大殿との約定。御台様の御為ならば……。誰も長時の為とは言わない。それだけに、つい皮肉の一つも返したくなる。

「されば甚平、諏訪を平らげた暁には、そなたにも取って置きの褒美を取らそうぞ」

義兼は静かに頭《かぶり》を振った。

「滅相もない。それがしは見返りや褒美が欲しゅうて、罷《まか》り越したわけではござらぬ」

「遠慮はいらぬ。そなたが前々から欲しいものじゃ。甚平の心はわかっておったわ」

義兼は訝しげに見返した。

「諏訪を平らげた暁には、甚平に母上を取らす」

「何と！」義兼は目を吊り上げた。「戯れにも、ほどがありますぞ。いくら殿といえども、御台様にご無礼でござろう。否、大殿に対してもこれほどの不忠がござろうか」

「したが、甚平。わしの身にもなってくれ。あのように口うるさい母上が側におられては息が詰まる。それに、父上が亡くなられた折、枕辺でそなただけに、母上のことを頼まれていかれたではないか。わしもこの耳でしかと聞いておるし、母上も甚平を好いておられる。甚平も室を病で亡くしてから、ずっと一人。母上と似合いだと思うが」

「御台様のことを大殿が頼まれたは意味が違いまする。だいたい恩賞に己が母を家臣に差し出すなど、聞いたこともござらぬ。それこそ、志賀城主笠原殿の室を家臣に与えた武田晴信にも悖《もと》る仕儀」

「ははは……。甚平もまだまだよ。今のは方便じゃ。それを見抜けぬようでは武田に勝てぬぞ」

「と、殿！　今は戯言《ざれごと》を言うておる時ではござらぬ！」

さすがの義兼も顔を真っ赤にした。図星だったらしい。怒ることで本心を誤魔化そうとしているようだった。もう一度笑い飛ばそうとした時、それを妨げるように雷が鳴り響き、それと同時に二箇所の傷の痛みが体を突き抜けた。

五

目の前で稲妻が炸裂し、地面を揺るがすほどの大きな轟音《ごうおん》を響かせた。

雨が煙る中、二木重高は編笠を被り、蓑《みの》を着け、中塔《なかとう》城の見張り台から、深志城のある東の方角を見つめていた。降りしきる雨で天守楼すら見えない。

ここ中塔城は金比良山《こんぴらさん》の山頂に立つ山城で、小笠原宗家の深志城の西、五里のところにある。

城といっても、天守楼を持つような立派な城ではない。峰にいくつもの堀切を連ね、山頂のやや平らになったところに屋敷や蔵などを建てた簡素なものだ。

ただ、守りの堅固さにおいては深志城の比ではない。金比良山の南北は深い谷で囲まれ、その谷には梓川の支流である南黒沢川と北黒沢川が流れ、人の出入りを拒んでいる。東には人が二本の足を伸ばしたような峰があり、その間にも深い谷がある。城の西は切り立った峰が続き、容易に人は入ってこられない。まさに四方を自然の要害に囲まれた山城だった。

長時の怪我がようやく床から出られるまでに快復したので、重高は中塔城に戻ってきてはみたものの、やはり心配でならない。

灰色の空を突き破るように稲妻が轟《とどろ》き、雨はさらに激しさを増した。眩《まばゆ》いばかりの閃光《せんこう》が曇天を走っていく。その中に、諏訪より逃げ帰る、馬上の長時の顔が浮かんだ。

「殿、傷は浅うござる。お気を確かに」

重高は自分の馬に鞭《むち》を入れながら、長時が乗っている馬の轡《くつわ》を握り、二頭の馬を並んで走らせた。

長時は顔を歪《ゆが》めながらも鞍にしがみついていた。唇は二箇所の深手の出血で、すでに紫色になっていた。一刻も早く手当てが必要なことはわかっていたが、諏訪の地を抜けるまでは、それもままならない。重高は、気を失いかけている長時を励ました。

「殿、もうすぐ塩尻峠にござります。そこを過ぎれば松本平」

「やはり……諏訪大明神の祟《たた》りかのう」

長時の顔に死相が表れたように見えた。

「何を仰せられます。これは単に油断。戦場ではよくあること」

「重高……頼む、わしを於仙の許まで」

「勿論にござりますとも。もうすぐ塩尻峠。城で御方様や若君たちが待っておられまするぞ」

重高も左腕に槍傷を負っていたが、その痛みも忘れ長時を励まし、馬を走らせた。


茫洋とする目を覚ますように、また近くで雷が炸裂し、重高は我に返った。

やはり止めるべきだった。

元はといえば四月の諏訪攻めが原因だった。桑原城を囲み、まさに開城という段に、突然、仁科一族が引き揚げてしまった。戦の前に家臣が主君に恩賞を要求すること自体、尋常ではないが、その要求が通らないからと戦線を離脱するなど裏切りと言っていい。

にも拘らず、長時は仁科盛能への仕置きをしなかった。おそらく、義父という遠慮だ。ほかの一族は宗家の兵の招集の命に一兵すら出してこないのだから、仕置きなどできるはずもない。それほど宗家の権威は、大殿がいた頃とは雲泥の差となっている。

呑気に振る舞っている長時だが、おそらく国人衆を見返したかったのだろう。四月の諏訪攻めで、もう少しで桑原城を手にできたという思いがあったに違いない。だが、やはり六月の奇襲は無謀と言ってよかった。いや……。

奇襲を掛けるには、あまりに調べがなさすぎた。武田も四月には桑原城まで囲まれたのだから、備えていたはず。というより逆に、こちらの動きばかりか、何もかもがすべて調べ尽くされていた気もする。わざと女武者を出してきたのも、策のうちだったかもしれない。

大殿が亡くなって以降、長時が焦っているのはわかっていた。宗家の将来に不安がる、華ノ方や家臣・一族を安堵させたい。大殿のように領土を増やしたい。当主として自信を付け、義弟の村上義清のように国の内外まで知られるような武将になりたい。

それゆえ、諏訪下社だけでも奪えば国人衆が長時を見直し、大殿がいた頃のように宗家の威厳が回復する——と。

立ち居振る舞いまで大殿を真似ていた。今までの己を消そうと、大殿の具足を身に着けたのもそのためだ。花鳥風月を楽しんでいた優しい男が、血腥い男にどんどん変わっていく。側で見ていて痛々しいほどだった。何かに追い立てられているように見えて仕方がない。重高は怪我以上に、そのことが気掛かりでならなかった。

長時の気持ちもわからないわけではない。奇襲に加わった重高にも焦りや功名心があったのは事実だ。旗本側近に加えてくれた恩に報い、長時を補佐したい。少しでも二木一門の名を小笠原家の内で高めたい。それが判断を誤らせた原因でもある。

「身の丈に合わぬ欲というは、身を滅ぼす因《もと》……」

幼い頃に亡くなった父の口癖が、ふいに口を衝いて出た時だった。

中塔城に通じる堀の通路を登ってくる、十人ほどの集団が目に入った。

ようやく戻ってきたか……。

弟たちだ。五日ほど前から、すぐ下の弟政久《まさひさ》には近くの西牧一族の動向を、末弟の宗末《むねすえ》には松本平の南を領地にしている三村一族を探らせている。

両一族は、四月の諏訪攻めに兵を出さなかったこともあり、重高は疑いの目で見ていた。今は小笠原傘下にはいるものの、甘んじて従っているようにしか見えない。

西牧一族は重高の古巣でもあった。十年ほど前、重高の妹が家老の西牧信道《のぶみち》に辱めを受け自害。

それに文句を言いに行った家臣が斬り殺されて以降、行き来はない。

当時、同族の諍いを良しとしなかった先君長棟は、西牧一族の領地だった二ッ木郷と中塔城を重高に渡すことで両者を決着させた。が——。

西牧一族は未だに二木一門を分家と見下しており、長棟が取り決めた二ッ木郷と中塔城を取り戻そうとしている。それだけに警戒もしていた。ことに西牧信道は、実兄で西牧一族の当主貞兼《さだかね》ですらも蔑《ないがし》ろにする男で、長棟が治めていた頃から長時を軽んじていた。

三村一族の当主三村長親《ながちか》もひと癖もふた癖もある男で、人を利用することは勿論のこと、陥れてでも勝ち馬に乗ろうとする。また、国人衆の中では美丈夫なためか、こちらも西牧信道同様、女癖が悪い。かつては長時の母華ノ方との仲を疑われたこともあった。

智勇に優れた長棟だったが、こと華ノ方のことになると嫉妬深く、長時の弟で五男の統虎をわが子ではないと、病弱を理由に伊那の観音寺にいる三男清鑑の許へ追いやったほどだ。

武田が村上に負けて以降、未だ諏訪が定まりきらぬ今、どちらも武田以上に油断のならない輩《やから》だった。松本平の西と、諏訪への出入口である南を押さえている一族だけに厄介でもある。

両一族の監視は、長時から見張るように命を受けているわけではない。重高が勝手にやっていることだ。そうしなければならないほど、今や宗家は影が薄く、危うい存在となりつつある。

しばらくして、重高と同じ、編笠に蓑《みの》という恰好の武者たちが見張り台に姿を現した。激しい雨の中、堀を歩いてきたためか、誰の脚絆《きゃはん》も泥だらけになっている。

政久は疲れた顔だった。歳は重高より二つ下で、長時と同じ三十五。

「兄上、遅くなってすまぬ」

帰りの予定は昨日のはずだった。今朝になっても戻らないので、見張り台で待っていた。

「無事で何よりじゃ。雨の中を難儀であったのう」

「わざわざこんなところまで来て、われらが戻るのを待っていてくれたのか」

重高の足元がびっしょりと濡れていたからだろう。何刻も待っていたと思ったらしい。政久は驚き、というよりはむしろ、すまないという表情になっている。

「そうではない。もし敵が攻めてきた場合のことを考え、どこにまた堀切を作ればよいか、水をどこから取れば長く籠城できるか、算段をしておったところよ。で、何か、わかったか」

「やはり兄上が言うていたとおり、於田屋《おたや》の城に妙な者たちが三人、入っていったわ」

於田屋城は西牧一族の居城で、ここから南東に一里ほどと近い。城山と呼ばれる小高い山の西の裾にあり、背後の城山に北条《きたじょう》城を置き、南に中村城などのほか所々に砦がある。

「妙な者たちが三人？　武田の乱破ではないということか」

「わからぬが、兄上、そ奴らはその後、どこに向かったと思う？」

「さしずめ、洗馬《せば》の三村の許であろう」

「おうよ」政久の横にいた、今年、丁度三十になった末弟の宗末が答えた。「城から出てきた者たちがどこへ帰るか、跡をつけたゆえ、戻るのにやや手間取ってしもうたというわけじゃ」

「手間取った？　まさか塩尻峠を越えるまで、ついていったのではあるまいの」

三村の居城、妙義山城から諏訪に通じる塩尻峠への道は、奈良井川を渡ればすぐのところにある。そこに向かえば、跡をつけなくとも武田の使者とわかる。

「兄上、それほど愚かではない。そ奴らが奈良井川の土手を下ったゆえ、遅うなったのじゃ」

奈良井川を下ると、深志城に行き着く。長時の怪我の様子を確かめに来たとも考えられる。

「されば、そ奴ら三人は殿の許へも行ったというのか」

「いや。途中で薄川のほうに逸れ、川に沿って上って行ったわ。薄川は、どこに通じておるか、兄上も存じておろう」

薄川の上流には入山辺《いりやまべ》の郷がある。そこら一帯は山家《やまべ》一族の領地だ。それで政久が「妙な者たちが三人」と言ったとわかった。

「では、そ奴らは武田ではなく、山家の家の者ということか」

政久は深く頷いた。使者らしき三人は、山家一族の居城、山家城に入り、半刻《はんとき》（一時間）ほどして城から出てくると、各々の家に戻っていったという。

「どういうことじゃ」

「武田方の手下となって動いておるやもしれぬ。山家は南の山を越えれば、諏訪下社に通じる」

山家一族までも……。考えられなくもない。ただ、今は憶測でしかない。寝返ったと見るのは危うい。安易に山家一族を敵視すれば、ほかの国人衆までもが武田方に付くおそれも出てくる。

「……いずれにせよ、殿のお耳に入れておかねばなるまい。ご苦労であった」

六

六月晦日《みそか》夕刻、長時は平瀬義兼や神田将監、馬廻り衆の須沢清左衛門など譜代の家臣たちと朝からの打ち合わせを終えると、仙と息子たちのいる部屋にやってきた。

雨が降り続いていることもあり、部屋は暗く、燭台が点じられている。

長男豊松丸（後の長隆）は長時に気づくと、次男久松丸《ひさまつまる》（後の貞次《さだつぐ》）を伴い部屋の隅に座した。仙は薄藤色の小袖を着て、歩き始めた三男小僧丸《こぞうまる》（後の貞慶《さだよし》）と部屋の中ほどに座っていた。

艶のある長い黒髪を白の元結で束ね、三つ指を突いている。

小僧丸は長時の顔を見て、「父様《とと》、お帰りなさりませ」と舌足らずの声で言うと、仙と上の兄弟二人も「お帰りなさりませ」と声を合わせた。

長時は久しぶりに気分がよかった。

神田将監の考えた陣立てと戦法で、武田に勝てる気がしたからだ。松本平の武田への備えも万全だった。埴原《はいばら》城の南の高台鍬形原《くわがたばら》に、武田勢が松本平に侵入したらすぐ全城にわかるよう烽火《のろし》台《だい》を新たに建てている。軍配師の占いも吉と出た。

さらに、あれほど悩まされていた右太股と左肩の痛みも、新しく佐久より入った侍女の妙薬の塗り薬のお蔭で、嘘のようにすっかり消えている。

きょうばかりは父長棟に感謝せずにはいられない。長時が命ぜずとも「すわ一大事」となれば、松本平が大きな人の如く一つになっていく。父の下で見ていた時は、それすらも気づかなかった。

まずはこの一戦を、是が非でも勝たねばならない。母や家臣を安堵させるためにも……。

「父上、戦はこの長雨があがってからでござりますか」

久松丸と目が合うや、真剣な表情で訊ねてきた。豊松丸より二つ下だが、六歳になってからは戦話に興味を持つようになっている。おそらく母賢静院が面白く話して聞かせているのだろう。

「いや、そうとも限らんぞ。雨の中でも好機と思えば打って出る」

「ほら、みろ」と豊松丸。「戦に長雨は思案の外。兄が言うたとおりであろうが、久松丸」

「されど、父上。雨では刀や鎧はびしょ濡れになりまする。足は泥濘《ぬかるみ》にはまって動けませぬ。なのに、どうしてそのような時に戦をするのか、この久松丸には解《げ》せませぬ」

「ほう。久松丸には解せぬか」

「父上、それよりも解せぬのは」と、隣で豊松丸が険しい表情で口を挟んだ。「何ゆえ、武田は他家を攻めるのですか。お婆様は、他人のものを欲しがる卑しい生まれゆえとおっしゃいましたが」

母らしい上手い答えだと思った。弱肉強食の乱世。それが当たり前なのだ。

「お婆様の言うとおり、武田は卑しい一族ゆえよ。礼を重んずる、わが小笠原家とは違う」

そこへ、侍女たちが夕餉《ゆうげ》の膳を持って入ってきた。

前に置かれた膳は一汁一菜。野蒜《のびる》の隣に味噌が盛ってある。肴は鯉の身を味噌に漬け、焼いたものだった。香ばしい香りが鼻を突いた。

「おお、鯉の味噌焼きか」

「須沢様が殿にと今朝、お持ちに」仙が恥ずかしそうに言葉を継いだ。「精が付くようにと」

「吾子《わこ》をもう一人作れとでもいいたいのであろう、爺は」

「違いまする。殿の傷を思われてのこと」

「心配には及ばぬ。於仙が貼ってくれた練り薬のお蔭で、このとおりよ」

長時が両腕を回してみせると、側にいた若い侍女がちらりと見て安堵したように頷いた。おそらく新しく佐久より入ったという侍女だ。長時に礼を言う間も与えず、背を向け下がっていった。

侍女たちが下がるや、「父上」と声を上げたのは久松丸だった。

「何ゆえ、雨のような時でも、戦に行かれるのですか」と、話を戻した。

「久松丸」仙が制した。「この場で戦の話はおやめなされ」

「でも……知りたいのです」

「よいではないか、於仙。幼き頃より戦に興味を持つのは悪くはない。わしのように弓や馬ばかりに夢中で、戦にまったく興味がないと、後になって難儀な思いをさせられる」

「されど仙は、戦に興味のない殿が好きでございました。今はすっかり変わられて」

「当たり前じゃ。わしは宗家の当主ぞ。父上が生きておられた時のように呑気に構えておっては、武田に呑み込まれてしまうではないか」

「仙は、戦に出られ、傷を負って帰ってこられる殿をもう見たくはありませぬ」

「この前のようなことはもうない。この度の戦、こちらの兵は五千だからのう」

「五千！」と、久松丸が言葉尻に飛びついた。「では、父上、五千の大軍が、雨でも戦に出るのでございますか」

また同じ問いを繰り返す。久松丸は己が得心しない限り、答えを求めてくる。

「人というのは、いろいろなことを考える。雨の中は確かに不都合なことばかりよ。父とて雨の戦は好きではない。刀や槍を持つ手が雨で滑るし、兵も馬も泥に脚を取られて動けぬこともある。同じことを敵も思うたとする。きょうは雨じゃから戦はせぬと。そこを父が攻めたら、どうじゃ」

「敵は驚いて逃げ出しまする」

「そうじゃ。それゆえ、雨を好機と戦を仕掛けることもある。それは敵とて同じ。戦とは相手が考えもつかぬことを考えて攻める。それを、裏を掻くという。わかったかの、久松丸」

「はっ。ようわかって候」久松丸は慇懃《いんぎん》に両手をついて頭を下げた。

「よい子じゃ。こなたも兄に負けず、立派な侍大将になれるぞ。のう、於仙」

「仙は、戦は嫌いです。戦に勝つというは、多くの兵を殺めることでありましょう」

「当たり前であろう。敵が兵を多く殺せば、こちらは負け戦になる」

「勝ち負け、どちらにせよ、多くの人が殺められます。仙はそれが嫌なのです」

仙は三人の子供を産んでも未だに少女のようなところがある。

「では、武田に領地を奪われ、皆の命が絶たれてもよいと申すか」

「もっと嫌にございます。仙は人が殺められるのが嫌なのです。人は戦をするために生まれてきたのではありませぬ。仙も戦に出すために三人の子を産んだのではありませぬ」感極まったように袖で顔を覆った。「殿やこの子らに万が一のことがあったら……仙は生きてはいけませぬ」

長時は仙の側に膝を進め、嗚咽《おえつ》する背中を撫でてやった。

「於仙、案ずるな」

いつも肌身離さず首から提げている、〈神伝糾法〉の入った巾着を出した。

これは亡き父上から頂いた天子様の家に代々伝わる御守りで、これを身に付けておれば断じて死なぬと告げると、豊松丸が後を引き継いだ。

「戦の前に涙はいけませぬ。お婆様のように背筋を伸ばされ、笑顔でお振る舞いなされませ。辛くとも悲しくとも顔には出さぬ。それが小笠原家の女子じゃとおっしゃられたではありませぬか、母上」

仙は豊松丸を睨みつけた。が、納得したのか、すぐに居住まいを正し穏やかな表情を作った。

「そうでありましたな。大事な戦の前に、小娘のように取り乱して、すみませぬ、殿」

「何ともない。わしは小娘のような於仙に惚れたゆえ。女子はやはり於仙のような手弱女《たおやめ》であらねばのう」

仙は恥ずかしそうに耳まで赤く染めた。それを隠すように瓶子《へいし》を手に取った。

「さあ、殿」

おう。長時は杯を取り上げ、注がれた酒を一気に飲み干した。

豊松丸、久松丸、小僧丸、仙と顔を眺めていく。

仙の合掌に習い、息子たち三人もきちんと背筋を伸ばし合掌している。どの顔にも柔らかな笑みがあった。

「では、頂こう」

はい。その時、突然、湿った風が入ってきて、一つの燭台の火を残し、すべてを消した。

塩尻峠の突風

一

雨も上がり、朝から蒸すような暑さだった。

七月十一日、「武田晴信、甲府を発つ——」の報せに陣触れ太鼓が松本平に響き渡ると、案じていた国人衆も、十四日の朝から長時の下に続々と集まりだした。

北は安曇筑摩の仁科盛能を筆頭にした仁科一族。東は深志城周辺に城を構える犬甘《いぬかい》や赤澤、島《しま》立《だち》、坂西など譜代の旗本衆。西は西牧一族と波田《はた》一族。南の三村一族は塩尻峠に近いこともあり、大方の兵は桔梗ヶ原《ききょうがはら》で落ち合うことになっている。長時の側近、平瀬義兼や神田将監なども手勢を連れ、すでに詰めている。西牧一族から離れた二木重高は、亡き父から許された〈松皮菱《まつかわびし》に契《ちぎ》り〉の家紋を付け、侍大将豊後守《ぶんごのかみ》として兄弟一族郎党を率いていた。

一抹の不安は、東の入山辺の山家《やまべ》一族だった。姿も見せず、兵を出したという使者もない。

理由はわかっている。すでに武田に通じ、小笠原勢の家臣一族に内応するよう働き掛けているらしい。それを教えてくれたのは二木重高だった。弟二人に西牧と三村両一族を見張らせていたところ、山家の使者三人の出入りがあったという。

それを裏付けるように、三村一族にいる長時の叔母からも、〈山家の家来が、わが殿に武田への内応を勧め候。使者は追い返したゆえ、わが殿に逆心なきことは明白。されば、山家の者にはご油断なきよう――〉との書状が届いている。

山家へは抜かりはない。義兼が使っている忍びの草たちに、山家一族の居城の動向を探らせている。義兼自身も二百騎あまりの精兵を引きつれ、里山辺から入山辺までの武田の乱破を一掃するため出掛けていた。

昼過ぎ、長時は一人、深志城の天守楼に登り、眼下に集まった諸将の軍を眺めていた。

初秋の暑い日差しの中、一族や国人領主の旗が松本平のそよ風にたなびいている。

その中を母賢静院が、仙ほか五十名ほどの侍女や小姓を引き連れ、陣中見舞いをしていた。揃いの夏らしい涼しげな京小袖を着、胡瓜《きゅうり》に味噌を付け、握り飯とともに渡していく。五十路にも拘らず、まったく歳を感じさせない艶《あで》やかな姿は、仙や若い侍女たちも霞むほどだった。

戦の前に夏の暑さに負けてはなりませぬぞ。方々、この松本平をお頼み申しましたぞよ――。

将兵下人郎党の分け隔てなく声を掛けていく。

父が生きていた頃には、このような振る舞いなど一度もない。それほど、この度の戦は武田晴信が出張《でば》ってくることもあり、国人衆から軽んじられている長時が総大将では不安なのだろう。

長時は思わず苦笑した。父上のように威厳ある顔で振る舞え。母の言だ。

平瀬義兼も心配だったらしく、先日、大将としての振る舞い方を教示してくれた。

大将は、評定では笑みを浮かべ、余裕の構えで家臣をじっくり見ていく。逆に戦場では、どんなに不利な局面にあっても、大将は心配ないという顔で敵勢を睨みつける。本心は評定でも戦場でも見せず、何事にも動じない――それが本物の大将の姿と説く。

母の一団の向こうには、仁科一族の家紋〈揚羽蝶《あげはちょう》〉の旗指物《はたさしもの》が何本も風にはためいていた。

長時からの出兵要請の仁科盛能の返書には〈委細承知〉としながらも、〈武田の孫子の兵法より、宗家の糾法が優れていることを天下に示す好機の一戦――〉と半ば持ち上げ、半ば競わせようとする文を寄越している。義兼だけではなく、仁科一族まで長時を憂えている。

おそらく、どの国人衆も未だに長時を「呑気な極楽とんぼ」と見ているのだろう。それほど長時は、当主として頼りにならない。いや、父ほど期待されていないのかもしれない。ならば尚のこと、この度の一戦は勝たねばならない。

それには己を捨て、父になりきること以外に道はない。

長時は鎧の上から、いつも身に付けている〈神伝糾法〉の入った巾着のある辺りを撫でたあと、義兼から贈られた采配をかざし、戦評定での最後の決め台詞《ぜりふ》を小声で復唱した。

「わが松本平の運命、この一戦にあーり。皆の者、抜かるでない」

言い終わるや、諸将の「おおっ!」と共鳴する声が聞こえてきそうだった。しかし、耳の奥から聞こえてきたのは、亡き父の臨終の最期の声だった。

世の中には、命に代えても残さねばならぬものがある。頼んだぞ、長時――。

父上、ご案じ召されるな。この松本平は長時がお護り申す。とくと、ご照覧あれ……。

そこへ、弟貞種が櫓《やぐら》の梯子《はしご》を上ってきた。

兜こそ被ってはいないものの、髷をおろし後ろで一つに束ね、具足を身にまとっている貞種の姿は、普段と違って勇ましい。貞種には深志城の留守居を任せている。

「兄上、大広間に方々が集まり、将監殿が戦評定を、と言うておられます」

ようやく戦の、時処位が整ったか……。

「わかった。すぐに参ると申し伝えい」

はっ、とは言ったものの、何か言いたそうに見上げている。

「何じゃ、又四郎。わしにまた何か苦言を言いたいのか」

「兄上を見ておりますと、在《あ》りし日の父上に生き写し。込み上げてくるものがございます」

長時は苦笑いした。貞種の言葉は皮肉でないことはわかっている。長時が具足の上にまとっている錦の赤い陣羽織は、父長棟のものだ。金糸の縁取りだけでも、総大将の風格を表している。腰には父の愛刀〈千代鶴〉。側にある父の兜に目を移す。

金色に輝く、とんぼの前立て兜——。

先日、長時が被るのを躊躇っていると、義兼が「大殿はこの兜を被られ、小笠原家を一つにされた。そのご威光をも味方に付けられ、これまでの汚名を一蹴されればよいではござらぬか」と、あえて被るように勧めたのだった。

貞種はその前立てを見て父を思い出したのか、目をやや潤ませている。

「又四郎。出陣前に涙は禁物じゃ。泣くのは勝《か》ち鬨《どき》を上げてからにせぃ。さあ、戦評定じゃ」

二

長時は兜を掲げた貞種を従えて、諸将の待つ大広間に入った。

諸将は左右に分かれて座っている。長時直属の旗本衆を入れ、全部で三十名ほど。その間を通り、上座にある床几《しょうぎ》に着くと、すべての目が長時に注がれた。

長時は、かつて父がそうしていたように活を入れた。

「皆の者、大儀である！」

一同は平伏した。おもむろに上げた家臣一族の顔には、貞種と同じ表情があった。中でもすぐ側で控えていた、馬廻り衆の須沢清左衛門などは白髪頭を震わせ、目を潤ませている。

だが、それは譜代の家臣に限ったことで、国人衆は相変わらず、小馬鹿にしたようなまなざしを向けている。仁科一族の仁科盛能や、そのすぐ下の弟の青柳清長《あおやぎきよなが》ほか、西牧一族の当主西牧貞兼や三村一族の三村長親などの目も同じ。どう仕切るか見ているらしい。

長時はそれら見下した目を跳ね返すように、「これより戦評定を行う」と声を張り上げた。

これでいいな、と見回したが、平瀬義兼の姿はなかった。臆することなく貞種に目を向ける。

「又四郎、絵図を持て」

貞種は長時の前に素早く絵図を広げた。畳一畳ほどの紙には、塩尻峠を真ん中にし、上半分には松本平、下半分には諏訪湖や周辺の山々や河川、城などが描かれている。

長時は軍扇で、真ん中の塩尻峠を指し示した。

「武田勢を迎え撃つは、ここぞ。ここがわれらの切所《せっしょ》となろう。異存あらば、申せ」

義兼の忠告どおり多くは言わず、諸将を見回し、睨みを利かす。誰もが目を合わせ頷いている。

最年長の、西牧一族の当主西牧貞兼が長時とわざわざ目を合わせ、軍扇で自らの草摺《くさずり》を一つ叩き、「如何にも、そこがわれらの切所」と後押しするように言うと、すかさず西牧家の家老西牧信道が絵図を軍扇で指して引き継いだ。

「しからば、梓川で鍛えしわが一族の梓弓で、武田晴信が首、射止めようぞ」

「弓の腕なら、わが一族とて負けはせぬ」と仁科盛能が言うと、弟の青柳清長が「晴信が五体に、われら兄弟五本の矢を打ち込んでやろうぞ」と呼応する。如何にも——と三人の弟たちが続いた。

後を追うように、どの一族も各々得意とする武器を口にし、存在感を示すために胸を張った。損して得を取る。義兼の言ったとおりだ。諏訪の地を目の前にぶら下げられただけで、四月の諏訪攻めではあれほどばらばらだった諸将が、一つになっている。

――何ともたわいもない。束ねとはこういうことか。

長時は半ば呆れながらも、虚勢を張る諸将の面々を見回し、内心、ほくそ笑んだ。

ひととおり諸将の喧伝《けんでん》が終わると、長時も調子を合わせるように胸を張り、満足げに頷いた。

「されば、細かな陣立ては、軍師の神田将監に進めてもらう」

前もって段取りしておいたとおり、将監は慇懃に一礼すると、素早く進み出てきた。

歳は四十。体軀は小さい。その存在感の薄さを補うかのような太い眉と、それに負けぬほどの立派な髭を鼻の下に八の字に蓄えている。

「僭越《せんえつ》ながら軍師を仰せつかった。諸将方々、ご助勢願いたい」と手短に挨拶してから軍扇を取り出し、絵図を指した。「去る十日、諏訪西方衆の花岡氏らが百姓とともに一揆を起こし、諏訪大社を攻めておることは、すでに周知のとおり。これにより、有賀《あるが》城主の有賀（昌武《まさたけ》）殿もわれらにお味方され、武田に付いた神官や地下衆どもは挙って、上原城に逃げた由にござる」

「有賀殿がわれらに。して、武田の動きは？」と西牧貞兼が訊ねた。

「十一日早朝、甲斐を出立。武田が家臣、跡部の田屋《たや》の陣所に入ったとのこと。兵、おおよそ三千。未だ動く気配はござらぬ」

仁科盛能が老獪《ろうかい》さを滲ませる含み笑いをした。

「何、たった三千じゃと。われらも甘く見られたものよ。したが、高遠《たかとお》城に武田勢千はいよう。下手をすれば、こちらの背後を襲われる」

「ご懸念には及びませぬ。伊那にいる殿の弟君、孫次郎様の兵二千が高遠城に向かう手筈になってござれば」

「なるほど。今度も武田は、村上殿の時と同様、負け戦か」

「ただの負け戦ではござりませぬ、安芸守（仁科盛能）様。周りから攻め立て、武田を諏訪の地にて」将監は力強く軍扇を叩きつけた。「潰すのでござる」

どの顔にも「勝ち戦になる」という余裕の笑みがあった。

長時は先日負った古傷を摩《さす》りながら、父の言葉を思い出した。

当主というは刀を振るのではなく、軍配を振ることぞ――。

まさにそのとおりだ。大将とは自ら動くのではなく家臣を働かすことにある。要は下に任せてしまえばいいだけのことだ。後は、父のように厳格な表情で上に立ち、それを見届けてさえいれば勝手に進んでいく。手に持った、義兼が作らせた采配に目を向ける。

この一振りで諸将が意のままに動く。戦など、技を究める弓矢に比べれば、埒も無い。

そこへ、鎧姿の平瀬義兼が、大広間に面した中庭に入ってきた。

平瀬義兼が連れてきた男は、山家左馬允《さまのすけ》とすぐにわかる貧相な顔だった。

義兼から座るように命じられると、素直に応じていた。

「薩摩守（山家左馬允）殿は、随分、遅参されたものよ」真っ先に声を掛けたのは西牧貞兼だった。「どうなされた。山家の郷は、それほどに遠かったでござるかのう」

その後を引き取ったのは、美男とかつては謳われた狐顔の三村長親だった。

「遠かったでござろう。薩摩守殿は武田の里まで行ってこられたでのう。それにしても、下野守

（平瀬義兼）殿は戦上手よ。もう山家城を落とされたか。さすがよのう」

山家左馬允は長時とほぼ同じ三十半ばにも拘らず、乱れた髪に苦渋の表情で生気もなくうなだれており、五十と言ってもいいほどに老けて見える。

松本平の国人衆は、かつて小笠原家と戦をしたからとはいえ、まとまっているわけではない。時には敵対し、時には結んで別の一族を攻めている。要は利害が一致するか、どうか。両一族が真っ先に棘《とげ》のある言葉を投げかけた裏には、同類と見られたくないという思いからだろう。

地べたに座っている左馬允は、苦虫を嚙み潰したような顔でうなだれていた。さらに追い討ちを掛けるように青柳清長が言葉を継いだ。

「それゆえか。武田の塩梅を食べ過ぎて顔が皺だらけぞ。いや、塩梅は解毒の効があるゆえ、毒を吐き出されてしもうたか。もっとも、甲斐には他に食べるものはなかったのやもしれぬが」

小馬鹿にされるとはこういうことだろう。初めのうちは誰もが笑いを押し殺していたものの、間もなく、どっと噴き出した。つい先頃まで、長時もこう見られていたに違いない。

左馬允の傍らにいた義兼は苦笑しながらも、後ろにいた家来に何か指示を出すと長時を見た。

「殿。薩摩守殿は武田に質に取られ、やむなく応じたもの。抗《あらが》うことなく、山家城の門を開いており申す。とは申せ、数々の所業を捨て置くわけにも参りませぬ。されば、この度、薩摩守殿は詫びの証として、御舎弟の首級《みしるし》を持参なされた」

「何、弟の首を」

そこへ、武者二人が首桶を持って入ってきた。一旦、目の前に置き、一人が首桶を長時に向けた。首はすでに土気色をしており、侍とはわかったが、誰とは判別がつかないほど傷みが激しい。血腥い腐ったような異臭に、思わず胃袋から酸味の塊が込み上げてくる。うっ……。

山家左馬允は地面に頭をこすり付けた。

「殿……このとおりにござる。この度のことは平に平に……」涙声で言葉が続かない。

長時が勿体をつけるように少し間を置き、口を開こうとした時だった。

中塔城主となった、二木重高が口を挟んだ。

「信じられぬ、そんな生首一つでは。まして、それが御舎弟の首だと誰が知ろう」

重高は西牧一族を離れ侍大将になったこともあり、以前と違い、堂々としたものだった。近頃では平瀬義兼にも信頼され、旗本衆に近い存在になっている。

「豊後守（重高）の申すとおりじゃ」旗本衆の犬甘政徳《いぬかいまさのり》が呼応するように言った。「陣中に裏切り者がいては、うかうか戦もできぬわ」

一同は賛同したように頷きながらも、長時を見ていた。

判断を求めている――というよりは、極楽とんぼがどう裁くか、という試すようなまなざしだ。

平瀬義兼は軽く咳払いをすると、自らの首に手を当て撫でてみせた。

おそらく「首実検をしろ」と言いたいのだろう。

長時は胃袋から込み上げてきそうになるのを抑え込んだ。

「尤もじゃ。されば、誰か薩摩守の舎弟の顔を知る者はおらぬか」

「おりまする」すぐさま声を上げたのは軍師の神田将監だった。「坂西勝三郎という者がおりまする。薩摩守殿の御舎弟とは釣り仲間と、以前、申しておりましたことを憶えておりまする」

「おう、勝三郎なら、わしもよう存じておる。ならば、すぐに呼んで首を改めさせい」

地べたに座っている山家左馬允の顔は心なしか、青ざめていた。

三

まもなく武者に伴われて、坂西勝三郎が庭に入ってきた。

人懐っこい顔に笑みを浮かべ、長時と目が合うや、「暑いのう」と挨拶のように言った。

「ついこの間まで梅雨の長雨と思うたら、きょうはかんかん照り。具足の中はもう汗だらけじゃ。又二郎のお母上様からもろうた味噌付きの胡瓜は旨かったぞ」

勝三郎とは幼い頃によく遊んだ。歳は長時より一つ上だからか、未だに兄貴風を吹かしてくる。性格は素直だが、愚直なまでに正直すぎて融通が利かない。大のしきたり嫌いでもある。

「これ」将監が小声で促した。「殿の御前なるぞ。殿と呼ばぬか」

「おう、そうじゃった。お呼びにござるか、殿様」と軽口を叩く。

「膝をつかぬか、膝を」将監が言下に厳しく言った。

「いちいちうるさいのう」

「な、何ぃ！」

「何でもないわ。今、膝をつこうとしたところじゃ」

勝三郎はふてくされたように片膝をついた。相変わらずだ。しきたり嫌いは今も変わっていない。

「久しぶりだのう、勝三郎」長時は声を掛けた。「薩摩守の舎弟を存じておるそうじゃのう」

「薩摩守の弟……ああ、数馬《かずま》のことならのう。数馬とは幼い頃、薄川で、岩魚《いわな》や山女《やまめ》などを競いおうて釣った仲ゆえ、よう知っておるわ。あ、いや、存じております、じゃ」

「そうか。ならば、数馬かどうか、改めてくれぃ」

「何……数馬の」穏やかだった勝三郎の顔が驚きに変わった。「数馬が何か、しでかしたのか」

長時が答える前に、傍らにいた将監が口を差し挟んだ。

「細かいことは、おぬしの知るところではない。早う検分いたせ」

勝三郎は一旦、将監を睨んだものの、首桶から何の躊躇いもなく生首を取り上げた。

こういうところは、幼い頃と少しも変わらない。勝三郎には気持ち悪いとか、汚いという感覚はまったくない。そういう奇行があるゆえか、未だ縁組をしようとする家はなかった。

勝三郎は注意深く見ていた。が、あっさりと首を横に振って、首桶に生首を投げ捨てた。

「これは数馬の首ではないわ」

「な、何、まことか」将監が問い質した。「間違いないか」

「ああ、間違いない。数馬なら右目の上に黒子《ほくろ》がある。これはまるっきりの別人じゃ」

長時は山家左馬允を睨んだ。顔からは脂汗が噴き出している。

「左馬允！　この期に及んで、われらを謀《たばか》るか」

傍らにいた将監が腰の刀の柄《つか》を摑んだ。山家左馬允は手をあげて制した。

「ま、待て……。そ、それは数馬ではない。それは……と、とう」

「藤七郎とも違うわ」傍らで勝三郎がとぼけ顔で遮った。「藤七郎には左頰に大きな傷がある。小さい頃、確か左馬允という兄に棒で叩かれて付いた傷だと、言うておったぞ」

山家左馬允はいよいよ顔色を失った。「そ、それは四男の、とう、藤右衛門にござる」

「藤右衛門じゃと?」勝三郎が素っ頓狂な声を上げた。「そのような名の兄弟は、数馬からも、藤七郎からも聞いたことがないわ」

「うぬ如きが知る由もない！　藤右衛門は真田《さなだ》幸隆《ゆきたか》に、質として差し出しておったのじゃ」

――やはり武田に通じていたか。

真田は、元は海野《うんの》一族であった。天文十年（一五四一）に武田信虎《のぶとら》を中心とした諏訪頼重《よりしげ》や村上義清らの連合軍に攻められ、海野一族は小県《ちいさがた》から追われ離散した。一族の多くは上野国の長野業正《なりまさ》を頼ったが、ある者は武田に付き、ある者は松本平の小笠原家に付いている。

「仕方なかろう。わが山家は真田の郷と近い。諏訪は今、武田の領地じゃ。方々は知らぬだろうが、わが郷を武田の乱破が堂々と歩いておるほどぞ。われら弱小一族は質を出すしか生きる術はない。正直に申す。わが弟、藤右衛門が武田に付くようにと武田の書状を持ってきたのは事実ぞ。したが、この度、下野守殿の説得に胸を打たれ、断腸の思いで藤右衛門を家臣に斬らせたのでござる」頭を地面につけた。「殿、これでも信じられませぬか。下野守殿を信じ、こうして弟の首まで差し出した、この左馬允を」

「信じられぬわ」とあっさりと言ったのは、傍らにいた勝三郎だった。

「数馬にしろ、藤七郎にしろ、お前の家の者は嘘ばかり吐く。だいたい武者が、面前で女子のように涙を流すか。又二郎、空涙《そらなみだ》に騙されるなよ」

「黙れ！　下郎」

「誰が下郎じゃ！　この女々しい両舌者《りょうぜつ》めが」

勝三郎は刀の柄を摑んだ。

「控えぃ！　二人とも」

平瀬義兼は厳しく言うと長時に目を向け、「諸将に訊いては如何か」とばかりに微《かす》かに目をぐるりと動かした。

――なるほど。面倒なことは下に決めさせろということか。

「方々、どう思われる、今の話を」

「されば……」と失笑しながらも口を開いたのは、舅の仁科盛能だった。

「生首の真偽は別にして、薩摩守殿のお立場はようわかる。われら一族も、北に越後の長尾殿、東に村上殿と、ま、今は村上殿とは同盟の仲なれば懸念はないが、心揺れるは至極当然」

仁科一族と山家一族は同じ国人衆同士。かつて同盟して宗家と戦をしたこともある。盛能が庇《かば》うように言うと、西牧一族の家老、西牧信道が引き取った。

「如何《いか》にも。にも拘らず、これへ出てこられるとは、どれほどのお覚悟であったろうかと心中察して余りある。ここは広き心で許されては如何《いかが》か」

それに釣られ、そうじゃのう、と誰もが同意した時だった。

「したが、方々」異議を差し挟んだのは重高だった。「生首の真偽もさることながら、昨日きょうの生首にしては傷みが酷いと思われぬか」

重高の言葉に、勝三郎が再び首桶から生首を取り上げた。

「そうだのう。傷みが酷いし、かなり臭う。少なくとも三、四日は経っておる」斬り口から蛆《うじ》を数匹、手に取った。「暑くなったとはいえ、蛆がこんなにすぐにはでかくならぬぞ、又二郎」

「斬らせたのは三日前じゃ」左馬允が言下に言った。

「それでは話が違うではないか」犬甘政徳が口を挟んだ。「三日前なれば、首級を引っさげて、陣を整えて出てくればよかったではござらぬか」

「それができれば苦労はござらん。わしは駿河守《するがのかみ》（三村長親）殿や讃岐守《さぬきのかみ》殿（西牧貞兼）を武田に誘っておる。どの面下げて陣に加われよう。出て行けば討たれると思うたゆえ、使者が来るのを待っておったのじゃ」

「この期に及んでわれらを誘ったなど、迷惑千万」と三村長親がすかさず言うと、後を西牧貞兼が「そうじゃ。それより、潔く武田に付かれればよかったのではござらぬか」と語気を強めた。

どちらも嫌疑を掛けられたくないのだろう。

「そうかもしれませぬ。されど武田は策略上手。四日前、諏訪に一揆が起こり、武田勢は諏訪衆を捨てて上原城に逃げ帰ったと聞きおよび、初めて間違いに気づいた次第。かつて諏訪を攻略した折の高遠殿のように、われら一族をただ利用して捨てるやもしれぬと。それゆえ、武田に与《くみ》することを勧めた弟を、斬らせたのでござる……」語尾が涙声に消えた。

その後、妙な静寂が生まれた。

蟬時雨《せみしぐれ》の中、誰も口を開かない。おそらく、どう判断していいのか、わからないのだろう。

正直にいえば、長時も判断に困った。重高の報せでも怪しいのは確かだが、疑えばきりがない。仁科盛能同様、利にさとい左馬允のことだ。諏訪の地を目の前にぶら下げられて、急遽《きゅうきょ》、生首を引っさげてきたに違いない。が、これが因で気まずくなっては元も子もない。このままでは場が二つに分かれ、戦に影を落とすことにもなる。かといって、どうまとめていいのかもわからない。

勝三郎は緊迫した空気をよそに、ふてくされたように手に乗せた蛆を腕に這わせ、遊んでいた。

しばらくして西牧貞兼が居住まいを正して、「僭越ながら」と口を開いた。

「方々、薩摩守殿の申し開きはこれで十分ではあるまいか。時勢を見誤ることはよくあること。武田に与したことも、方々に武田方に内応を勧めたことも正直に認めてござる。まして薩摩守殿は斬られることを覚悟の上で参られた。御舎弟の首級の真偽は別として、ここまで来た者を斬首いたすは武田晴信と同じ。武士《もののふ》の礼にも悖るというもの」

その言葉に、重高と政徳以外の、諸将が頷いた。が、二人もあえて声に出して否定はしない。長時がどう断を下すのかを見ている。

今はこの場を荒立てることより、まとめることこそが大将の役目ということか……。

山家が裏切ったところで、陣中でも潰せるほどの少ない軍勢しか出せないのはわかっている。

長時はわざと威厳ある表情を作り、居並ぶ諸将を見回した。

「されば、この度の薩摩守がことは許し置こうと思うが、方々、如何であろう」

「天晴れなご裁断」西牧貞兼が言下に言った。「これぞ、武士の情け」

「如何にも」と三村長親が後を引き取ると、青柳清長が場を和らげるように明るく後に続いた。

「よいではないか。よいではないか。これで何の憂いもない。吉報続きではござらぬか」

それに呼応するように、仁科盛能が後を取った。

「おうよ。敵は武田晴信じゃ。戦の前にこのようなことで刻《とき》を費やしている場合ではない。婿殿、戦評定の続きを」

長時は義兼と頷き合ってから、山家左馬允に目を向けた。

「薩摩守、兵を整えて、明日の巳《み》の正刻までに陣に加わるがよい」

山家左馬允は深々とひれ伏した。

「されば、遅参した罰として、わが一族に先鋒《せんぽう》をお願い申す」

先鋒を……？　長時は義兼を見た。義兼は微かに頭を振っている。

「有り難き申し出なれど、先鋒は戦の勝敗を決する大事ゆえ、これからの戦評定で決めること。薩摩守、大儀であった。勝三郎も下がってよい。薩摩守を門まで送れ」

「こ奴を信じるのか、又二郎」と、尚も勝三郎が顔をしかめた。

「おぬしは黙っていよ」義兼が制した。「殿の御命に従えばよいのじゃ」

「ふん。どうせ、わしの言うことなど」勝三郎は手に持っていた蛆を地面に叩きつけると、山家左馬允の襟首をぞんざいに摑んで立たせた。「行くぞ、両舌者。二枚舌も忘れるな」

勝三郎はそう毒づくと、山家左馬允をあたかも罪人のように引き立てていった。その姿があまりに滑稽だったからだろう。そこかしこで諸将から失笑が漏れていた。

四

松本平は朝から夏のような日差しを受けていた。

深志城の周りには、国人衆一族の旗がたなびいている。

小笠原家の〈三階菱〉の紋の旗を中央に、各一族の旗があった。鎧の擦《こす》れ合う音。馬の嘶《いなな》きに馬蹄の響き。すべてが一つの大きな生き物のようだった。

城の巽《たつみ》門の前にて諸将が居並ぶ中、古式の礼に習い、出陣の三献の儀が執り行われた。一に打ち鮑《あわび》、二に勝栗《かちぐり》、三に昆布の順に、素焼きの盃に注がれた酒を交互に食し、「敵に打ち勝ち、よろこぶ」と気合を入れていく。最後に三献目の酒を飲み干し、素焼きの盃を地面に叩きつけて割る。そして――。

長時はさらりと馬上の人となり、刀を抜いて天に向けた。すべて父と同じように振る舞う。

「わが松本平の運命、この一戦にあーり。敵は武田晴信。皆の者、抜かるでない！」

長時の声に、将兵一同の「おおっ！――」と、共鳴した声が松本平に響き渡った。

長時率いる小笠原勢は、ゆっくりと塩尻峠を目指した。

途中、洗馬で三村勢と、桔梗ヶ原で藤沢頼親の藤沢勢や木曾勢が合流した。木曾勢の加勢は、思ってもいなかっただけに嬉しい誤算だった。陣中はますます活気づいている。

道すがら、長時は馬上より松本平を囲む山の峰々を注意深く眺めてきた。

先月の痛い諏訪攻めの失敗が頭の隅にあった。きょうは城を出てから狼煙は一本も見ていない。ただ、どこかに武田の乱破が潜んでいることだけは確かだ。もっとも、さほど心配もしていない。平瀬義兼の精兵で編制された別働隊二百騎ほどが、武田の乱破を一掃するため尾根伝いを進んでいるからだ。

長時は塩尻峠へ続く山道に入った。

炎天下の道を馬に揺られてきたせいか、赤松や白樺などの木陰にも、ほっと一息吐いてしまう。峠の山道は馬二頭がやっと通れるほどの道幅で夏草が生い茂り、つい最近まで降り続いていた雨のせいで泥濘《ぬか》っている。林の中は鶯が鳴き、山蟬が耳に痛いほど競うように鳴いているものの、妙な静寂に包まれていた。

途中、長時の許に伝令が届いた。「長時、出陣――」の報せを聞いても尚、武田晴信は動く気配を見せていない。

軍師の神田将監は狭い山道ながら器用にも、長時に轡《くつわ》を寄せてきた。

「武田晴信は必ず動きまする。動かぬは何かを待っているやもしれませぬ」

「待っている……？　何をじゃ」

「まだわかりませぬ……ん？」

将監の目は、進んでいる道の奥にある木々を捉えていた。森の奥で盛んに鶯が鳴いている。

「如何した」

「殿、そ知らぬ顔でお進みあれ」と言いながらも、鞍にくくりつけてある騎射用の短弓を手に取り、矢筒から隠すように矢を二本取り出した。

短弓は、通常小笠原流で使う七尺一寸（約二百十三センチメートル）の大弓の半分ほどの長さで、矢も一尺五寸（約四十五センチメートル）と短く、戦場で騎馬武者が使い易いようにした小弓だった。飛距離はさほどにないが、大弓より扱い易い。

また森の奥で鶯が鳴いた。

将監は変わりない様子で長時と轡を並べ進みながらも、弓に矢を二本添えた。

「推察するに、われらが五千を超えていることは、武田方もすでに承知のはず。西方衆や木曾勢まで加わってござれば、三千では足らぬと兵を補充しておるやもしれませぬ。もしくは……」

将監が弓を横に構え、弦を引き絞ったかと思ったら、薄暗い森の中に二本の矢を射込んだ。

まもなく、藪《やぶ》の中から矢が刺さった深緑色の塊が下に転がってきた。刹那、すぐ側の藪に走る影に吸い込まれるように将監の次の矢が飛んだ。

黒い影が無言のまま、下に転がってきた。首を見事に射貫かれている。

周りの兵たちも見ていたのか、「敵襲！」と声を上げた。

「慌てるでない！」将監の怒声が重なった。「乱破如きに取り乱すな。府中武士が笑われるわ」

府中武士とは、小笠原家家臣を意味する。

二十人ほどが、将監が矢を放った方向に駆け出した。

「ほう。将監もなかなかじゃのう。弓を横に構え、しかも二本射ちとは器用じゃのう」

「邪道にござります。今は間に合わぬゆえ、仕方なく。まして初めの二本のうち一本は外れましたゆえ。生前の大殿などは、それがしが初陣の頃、戦場で三本射ちをなされたもの」

やや嫉妬めいた気持ちが湧く。弓には自信があるものの、父長棟にはやはり遠く及ばない。

長時は無理に笑ってみせた。

「しかし将監も、森の中の乱破に気づくとはなかなかぞ」

「心しておれば、おかしなことに気づくもの。先ほどからの鶯の鳴き声が、本物とは些《いささ》か違うておりました。それがしは家で飼っておりますゆえ、ようわかります」

「雉《きじ》も鳴かずば撃たれまい、か。将監の道楽を知らなんだは、武田の乱破も不運であったのう」

「調べが足りぬは命取り」

耳が痛い。六月の諏訪奇襲の敗因は、それだった。

将監は苦笑しながら、弓を鞍にくくりつけた。

「されば、先ほどの話でござりますが。それがしが思うに、武田は、塩尻峠に陣を張るわれらが有利と見て、諏訪上社まで攻めてくるのを待っておるやもしれませぬ。それを待って、上原城の千を併せ、われらの側面と背後を突く」

「ならば、こちらも村上殿に使者を遣わし、武田が上原城を出たところを突いてもらうか」

「さすが、殿。とにかく、塩尻峠に陣を敷けば向こうの動きは丸見え。こちらが有利。向こうの出方を待ちましょうぞ。この度の戦は、先に動いたものの負けでござれば。なればこそ武田は、三千の兵と少なくして、われらを誘《おび》き出そうとしておるのでござりましょう」

「なるほど。さすが将監は名軍師ぞ」

「殿、有り難きお言葉なれど、それは勝ち鬨を上げてから受けとうござります。では」

何かあるのか、将監はそう言って先頭のほうに馬を走らせていった。

長時率いる小笠原勢が、塩尻峠の東斜面の森の中に到着したのは夕刻だった。

あれほど暑かった日も峠の頂《いただき》に沈んでいる。周りには大きな赤松やブナが何本も生え、幾重にも重なる枝で夕空さえ見えないほどだった。下は夏草が所狭しと生い茂っている。

塩尻峠の森の中は、瞬く間に人馬や旗で埋め尽くされていった。

すでに陣ぶれは将監の指示で終わっている。

本陣二千は、峠を背に二町（約二百十八メートル）ほど下に置く。先鋒隊の一番備えの兵五百は神田・坂西・島立。二番備えは平瀬・犬甘隊に二木一門。長時の本陣の前方を固める。

二木重高は西牧信道ばかりか、洗馬の三村長親とも犬猿の仲なので、持ち場を離すことにした。これも身内を熟知した将監の考えだ。それゆえ、塩尻峠の南の右脇備えには、西牧一族の当主西牧貞兼の名代として家老の信道と、洗馬の三村長親が陣を敷く。

左馬允の山家勢は、用心のため、西牧・三村両軍の間に挟まれた形で配した。

左脇備えは、総勢千三百余り。藤沢頼親の藤沢勢と伊那衆、それに木曾から駆けつけてくれた木曾勢が固める。ほかに仁科兄弟や海野一族の諸将が加わる。

後備えは仁科一族の長、仁科盛能が五百余の兵で固めることとなった。

長時は主だった旗本や国人諸将を連れ、林の中を抜け、塩尻峠の東斜面を馬に乗り検分した。

峠の西の松本平側は斜面が長くゆるやかだが、東斜面の諏訪側は短く急だった。それゆえ、護りやすく攻められ難い。陣を敷くには恰好の場所だった。

眺めもいい。前には諏訪湖が広がり、奥には八ヶ岳の山々の影が浮かび、富士山も小さく、うっすらと霞がかかったように見えている。

陣を張る場所は、鬱蒼《うっそう》とした木々の間にある原っぱだった。夏草が背丈ほどまでに伸び、ところどころに樹木が生えている。

馬上、長時は生い茂る夏草が気になった。戦ともなれば、人も馬も脚を取られてしまう。それを将監に訊ねた。

「ご懸念には及びませぬ。一気に下るこちらにこそ、利がありまする。夏草が厄介なのは登ってくる武田にござります。おそらく、武田の騎馬隊を悩ませることでござりましょう」

馬上の家臣たちの目は、どれも自信に満ちていた。

諏訪湖に目を移す。どう見ても、こちらに利がある陣取りだった。

これなら勝てるような気がする。いや、必ず勝つ。

五

諏訪湖からは涼しい風が吹いていた。

どこからともなく聞こえてくる蜩《ひぐらし》の鳴き声に、誰もがほっと息を吐いた。

武田未だ動かず――の報せに、真夏の炎天下の中を行軍してきたこともあり、兵たちは挙って具足を脱ぎ捨て褌一枚になり、林の中で涼んでいた。日が沈んだからといって、兵にとっていいことばかりではない。夏草の生い茂る森の中では蚊や蚋《ぶよ》、山蛭《ひる》に悩まされる。

坂西隊の中にいた坂西勝三郎も具足を脱ぎ、小笠原家から配られた酒樽の横で、椀酒を一人で楽しんでいた。

好きな酒を飲みながらも、今になって妙に胸騒ぎがしてならない。原因は山家左馬允が言った、藤右衛門という弟の存在と、生首の一件だ。昨日から気になって、頭から離れないでいる。

勝三郎が子供の頃、山家の次男の数馬や、下の弟藤七郎と、入山辺の薄川でよく釣りをしたものだった。いつだったか、兄弟の話が出たことがあった。藤七郎が、己は三男だと言ったので、それならなぜ、藤三郎でなく藤七郎なのだと訊いた。すると、藤七郎は――。

「兄上二人とわれの間には三人の男が生まれたが、どれも生まれてすぐに死んだゆえじゃ」

「三人も死んだのか……ん？　では、お前は六番目ぞ。藤六郎ではないか」

「藤六郎では語呂が悪い。それで藤七郎となったのじゃ。家中には、四郎五郎や三郎次郎という名を一人で名乗っておる者もおるではないか」

なるほど――と納得したことを覚えている。それが事実とすれば、山家左馬允が言った藤右衛門という弟などいないことになり、勝三郎が指摘したように、真っ赤な嘘となる。その左馬允は今、右脇備えにいる。それだけに気掛かりでもあった。

勝三郎はふくらはぎを素早く手で叩いた。血の点ができていた。藪蚊だ。

「……気分が晴れぬ」

勝三郎がそう呟いて、椀の酒を飲み干すと、下ろした椀に柄杓《ひしゃく》で酒を注ぐ者がいた。目を向けると、勝三郎と同じく褌一枚の、刀一本、身に付けていない裸の男が立っていた。見るからに下男という風貌だった。腕の筋肉は盛り上がり、日焼けした茶色い肌は汗で光り、体のいたるところに戦でできた傷がある。髪が短く無精髭を生やした様は、まるで生臭坊主だ。歳は勝三郎より十歳ほど上に見える。

「どうなされた？　お一人で」

気安く声を掛けられたが、顔に見覚えはない。右頰には、横に真新しい傷が一筋あった。

「おぬしは誰じゃ。どこの家中の者じゃ」

男は白い歯を見せ、日焼けした顔をほころばせた。

「それがしは島立家の者。主人の命で、坂西勝三郎様を探しておるのでござる。どの方が勝三郎様か、ご存じであろうか」

「勝三郎様は、このわしじゃが」

「これはご無礼を。それがしは、ただの三八《さんぱち》と申す下男。実は、昨日のことを訊いて参れといわれて罷り越した次第」

「如何した、右頬の傷は？　戦も始まっておらぬのに、まるで矢でもかすったような傷ぞ」

三八は自分でも気づいていなかったようで、右頬を触っていた。

「ここへの途中、藪の中で枝にでも当たったのでありましょう。蚊の痒《かゆ》みに気を取られ、気づきもせなんだ。われら下男はこれしきの傷など構っている暇はござりませぬゆえ」

「確かにの。して、昨日のこととは、何のことぞ」

勝三郎はとぼけたように椀を呷《あお》ると、三八は神妙な顔で声を落とした。

「薩摩守様のことにござる。勝三郎様が山家の御舎弟の首実検をなされたと聞いておりまする」

「陣中での噂は早いのぉ。そうじゃ、わしが検分した」

「経緯《いきさつ》を聞いて参れと言われたのでござる」

「何だ、そういうことか。生首の真偽は別にして、両舌者の山家左馬允は許されたわ」

「で、ござりましょうな。参陣しておられるゆえ。ところで、生首の真偽は別にして、とはどういうことで。つまりは諸将方々が、ご納得されたということにござりますか」

勝三郎は、「酒を注げ」とばかりにお椀を突き出した。三八はすぐに柄杓で樽の酒を注いだ。

「そういうことよ。極楽とんぼらしいわ。大殿の真似ばかりして、真実を見極めようともせぬ。

ま、一族諸将の前で巧くあの場を収めたとでも言いたいのよ。それにしても、誰のものともわからぬ生首で騙されるとは、めでたい。じゃが、わしはあんな両舌者には騙されぬ」

三八は神妙な顔で頷きながらも、やや気色《けしき》ばんだ目で睨んできた。

「されば、勝三郎様は薩摩守様が何かを企んでいると、お思いにござるか」

——何じゃ、こ奴。下男の分際でわしを睨むとは……。

勝三郎は三八の左頬を平手で思いっきり張った。

「な、何をする！　いや……なさる」

「蚊じゃ。それより下男が、そのような目を向けるでないわ」

三八の顔が緩んだ。「あ、いや、これはご無礼を。つい癖で。主人にもよう叱られます。で、薩摩守様のことでござるが、つまりは何かを企んでいるということにござりますか」

「まさか、ここまできて武田に寝返るとも思えぬがの。ま、寝返ったところで、わずか三百余。すぐに潰されるわ。なれど、ああいう両舌者は好かん。見ているだけで虫唾《むしず》が走る」

「虫唾、でござるか」にやりとした。「なれど、巧く世を渡るには、嘘も方便。詮無《せんな》きことにござりましょう。まして今は表裏者が栄える世にて」

勝三郎は三八を睨んだ。

「あ、いや……。されば立ち帰って、今の話を主人に伝えまする。あまり口働きばかりしておると、主人にまた叱られますゆえ。では、勝三郎様、御武運を。これにて失礼仕る」

「おう。おぬしもせいぜい槍働きをして、名のある首級をあげよ」

勝三郎は椀の酒を一口飲んだ。

「勝三郎様、勝ち戦がしたければ主君は選ぶもの」

「何じゃとう？」振り向くと、もうそこには三八の姿はなかった。

勝ち戦がしたければ主君は選べか。極楽とんぼの又二郎では、確かに頼りにならない。されど、戦は時の運。大将が戦のすべてを仕切るわけではない。ましてや下男の分際で言うことでもない。

武田の乱破――。ふいにそんな言葉が脳裏に浮かんだ。

改めて周りを見回してみる。普段、行き来がないからか、それとも、誰もが褌姿になっているからか、周りに見覚えのある顔はない。

まさか、こ奴ら……？――いや、考えすぎじゃ。

勝三郎は椀の酒を一気に呷ると、大声で叫んだ。

「おい！　誰か、この勝三郎様に酒を注げ！　注がぬか」

六

むなしく三日が過ぎた。未だに「武田、動く」という報せはない。

小笠原勢五千余の将兵は、赤松や杉などの木々が生い茂る、鬱蒼とした塩尻峠の中で過ごさねばならなかった。

夕刻、篝火《かがりび》の焚《た》かれた陣幕の中では長時以下、譜代の家臣団と、義弟の藤沢頼親、仁科一族の仁科盛能ほか兄弟、三村一族の三村長親、木曾の木曾義康《よしやす》、諏訪西方衆など、総勢三十名ほどが詰めていた。先日のことが尾を引いているのか、山家左馬允の姿はない。

また、西牧信道と二木重高も、互いに顔をつき合わせたくないのか、顔を見せなかった。

詰めるとはいっても戦評定ではない。床几に腰掛け、酒を酌み交わし、親睦を深めるためのもの。戦での手柄話が主で、長時はただ酒を呷り、聞き役に回っていた。

酒が進む中、話題の中心はいつしか生前の父長棟の話となり、武勇伝で盛り上がっている。

「大殿は、とにかく豪傑じゃった」鼻の頭を赤くした神田将監が目を細めて言った。「伊那攻めの折、敵の徒歩《かち》武者が長巻《ながまき》を振るうて、先陣が総崩れになりそうになった時でござる」

長巻とは大太刀を振り易くした、長い柄を付けた刀のこと。槍や刀、薙刀《なぎなた》のように修練を要する武器とは違い、重みと刀の長さを生かし、一振りで兜を割ったり、腕を切り落としたり、鎧の上からでも骨を断つことができる。別名「馬頭斬り」とも言われ、馬の頭や脚を斬るために重宝された。ただ、重すぎて、よほどの剛の者でない限り、巧く使えないという欠点がある。

「長巻は厄介よ」と青柳清長。「わしも手こずったことがあるわ」

「しかも、大長巻を持つのは六尺もある大男じゃ」

「大殿はどう始末された。やはり得意の弓か」

「矢など射ても、素早く手や長巻で払われて刺さりもせん。大殿は持槍《もちやり》で突進されたのじゃ」

「おいおい、それでは馬の脚を斬られに行くようなものぞ」

「わしも何と無茶なと思うて後を追おうとしたが、雑兵どもがいて、どうにもならぬ。その間にも、大殿は突き進んでいかれる。そ奴が大長巻で大殿の馬の脚を斬ろうと振りかざした刹那よ」

「突き刺したか」

将監は笑みを浮かべ、まるで焦《じ》らすかのように酒を呷った。

「どうしたのじゃ、早う先を申せ」

「土手を使うて、馬とともに空へ飛び上がったのでござる。さすが千軍万馬の大殿。大長巻の刃先を巧く叩いてかわし、相手の首の後ろを串刺しじゃ。それだけでも驚きじゃが、そ奴の加勢にきた騎馬武者の首を、すれ違いざまに大太刀で刎ねられたのよ」

「それは凄い。見事じゃ」

話はさらに過熱し、その度に父の偉大さは増していく。さらには、府内の政《まつりごと》にも手腕があったと褒めちぎる。得てして死者の賛辞となると、いいところだけが強調されていく。分裂していた小笠原氏を統一したのだから、「智勇に優れた」と言われても仕方がない。が……。

聞いている長時は不快でならない。大殿は凄かった。それに引き換え、六月の諏訪討ち入りで大怪我をして逃げ帰った極楽とんぼの長時は、何と無様なことよ――そんな心の呟きが、何気なく向けてくる諸将や家臣の視線の中にあるように思えてならない。

長時は盃を呷ってから、「したが、方々」と話に割り込み、居並ぶ諸将を見回した。

「父上が小笠原家を一つに束ねたからと、何の得がござった？　領地は増えてござったか」

左列の上座にいた、かつて美丈夫と言われた狐顔の三村長親が、意味ありげに笑みを浮かべた。

「別に領地は増えてはござらぬが、その分、御台様にはいろいろ気を遣うてもろうた。それより、領地や恩賞などで動くは武士《もののふ》としての品格が問われる。のう、安芸守殿」

長親の前にいた仁科盛能は、にんまりと笑みを浮かべた。

「婿殿がわれらをどのように見ておられるかは知らぬが、われら国人衆は雑兵郎党の類ではない。かつてわが仁科一族は伊勢神宮にお仕えした家柄。領地や恩賞だけでは動かぬ。すべては義のため。この度の戦も松本平を護り、武田勢を諏訪より追い払うという大義名分がある。それが武士というもの。のう、方々」

居並ぶ諸将は「当たり前じゃ」と言いたげに頷いている。

――ふん。綺麗事を。

酒に酔ったせいか、溜まりに溜まった今までの憤懣が鎌首をもたげてくる。

「さすが見上げたものじゃ。されば安芸守、四月の諏訪攻めの折、桑原城を囲んでおきながら、何ゆえ、帰られた。あれはわしが、諏訪下社をやらぬと申したからではなかったかのう」

急に場が静まり返った。盛能の顔がにわかに引きつり、赤く染まっていく。

「まさか、そのようなことで帰ろうはずはない。あの時は急に差し込みがしたゆえじゃ」

「ほう。差し込みであったか。それを聞いて安堵した。戦の途中で帰るなぞ、武士に非ず。そのような者を、舅殿と呼ぶのも恥ずかしいでのう」

盛能は頬を震わせ憎々しげに睨んでいる。諸将の面前でこれほどの恥はない。

長時も睨み返した。六月の諏訪討ち入りの失敗は本を正せば、四月の諏訪攻めが原因でもある。思わず今までの鬱憤を晴らすように、居並ぶ諸将に目を向けた。

「方々、すべて義のためとは、まことに天晴れ。まさに武士の鑑《かがみ》。そうとも知らず、諏訪の所領の約定《やくじょう》を書くとはご無礼仕った。あれこそ無躾。それゆえ、書状はなかったものとする」

盛能の弟、青柳清長も顔を強張らせた。

「な、何。なかったものと……？」

それに連鎖したように国人衆の諸将の顔色が一変した。一瞬にして笑みは消え、目には微かに怒りの色が差している。ただ、途中で加わった木曾義康だけは、何のことかわからぬという面持ちで長時に顔を向けた。義康は長時と歳が近いこともあり、さほど気遣うこともなく話してくる。

「書状？　それは一体何のことでござろうか、小笠原信濃守殿」

「おお、木曾殿はご存じなかったか。ま、この度の戦はわれら松本平の者だけで始末をつけようと考えておったゆえ、木曾殿には書状を出してはおらなんだ。実は、これに居並ぶご一同に、諏訪の所領をすべて分け与えるという書状を送ったのでござるよ」

義康は小首を傾《かし》げた。

「僭越ながら、それはちと筋が違いませぬか。まだ取ってもおらぬ諏訪を、否、戦に勝ってもおらぬばかりか、手柄もあげぬ前に所領を与えるなど聞いたこともござらん」

「勿論、戯言にござるよ」

その時、どこかで軍扇を叩く音がした。腹立ちまぎれの国人衆だろう。

「もっとも、あのような書状を真に受けるは、山家左馬允ぐらいなもの。誰ともわからぬ生首を引っさげても、領地が欲しくて駆けつける。さもしい男よ。されど、ここに居並ぶ方々は違う。この戦、舅殿が言われたとおり、松本平を武田より護り、諏訪西方衆の領土奪還が目的。恩賞は、木曾殿の言われるとおり、戦の後にござるよ」

長時から書状をもらった国人衆の面々の顔が、ますます気色ばんでいく。

まさに、してやったり。父がいた時のように、ようやく宗家の威厳を取り戻した思いがする。

――領地が欲しくば手柄を立てよ、土豪ども！

そこへ、伝令が入ってきた。すぐさま片膝をつき、頭を下げた。

「申し上げます。武田勢三千、きょう夕刻、諏訪上原城に入った由にござ候」

「やっと来たか。待ちくたびれたわ。のう、方々」

長時が声を掛けても、国人衆は誰も返事をしないばかりか、目も合わせない。やはり「約定の白紙撤回」には相当頭にきたらしい。

長時は半ば笑いながら、そ知らぬ顔で続けた。

「武田がきょう夕刻に上原城に入ったとなると、こちらに来るのは早くても明後日であろう。慌てることもないが、この辺りで散会といたす。深酒は体に障る。方々、陣屋に帰られて、ゆるりと休まれよ。とはいえ安芸守、この度は差し込みがしても帰郷はならぬぞ。敵を前に兵を引くは武士に非ずじゃでのう」

盛能は引きつった表情で床几から立った。

それが連鎖したように国人衆の顔も渋い顔だった。中には盃を地面に叩きつけていく者もいた。とりわけ盛能の弟の清長は怒りを露《あらわ》にしている。何かを言おうとして盛能に「よせ」と窘《たしな》められ、三人の弟たちに陣幕から連れ出されていった。

何気なく見回した目が、末席にいた平瀬義兼と合った。渋い顔を微かに振っていた。

七

武田勢、来襲！――。

翌早朝、軍師の神田将監は、本陣より二町ほど下った森の中で目を覚ました。微かに武田の押し太鼓が聞こえている。

――しまった！

将監は起き上がるや、素早く桶側胴と籠手《こて》、臑当《すねあて》を着け、大小の刀を腰に差し、弓を手にした。だが、弦が切れている。

――くそっ！　この大事に……。

弓を投げ捨て、側にあった持槍を引き寄せた。周りでは、家臣たちが具足を着けながら右往左往している。昨夜の酒がまだ残っているらしく、足元がおぼつかない。

「慌てるでない。水を飲め！　水を飲んで、気合を入れよ！」

その時、遠くで「三村長親殿！　寝返ったり――」と叫ぶ声が聞こえてきた。

何！　駿河守が寝返った？　まさか……。

また、別の方角からは「西牧信道殿、寝返ったり――」との叫び声が飛んだ。それに呼応するかのように、また別の方角から「仁科盛能殿、寝返ったり――」と続いた。

おかしい……。将監は蹴散らすように大声を張り上げた。

「武田の乱破じゃ。武田の流言に惑わされるでない！」

将監の声を蹴散らすように、また別の声が聞こえてくる。

「山家左馬允殿、寝返ったり！　流言ではないぞ。方々、ご油断召されるな。敵は内にあり――」

これだけは「もしや――」という思いが走った。生首の真偽だ。が……。

今さら後悔しても始まらない。寝返りなど、戦場では珍しくもない。咄嗟の事態にすぐに対処できてこそ、名軍師と言える。

将監は気を取り直して周りを見回した。武田の押し太鼓が迫りくる中、家臣たちも疑心暗鬼に陥り、すでに浮き足立っている。逃げ出していく者までいる。

「武田の空太鼓に惑わされるでないわ、たわけが！　応戦して、討ち返せ！」

将監の声を遮るように、霧の中から矢の雨が降り注いだ。兵たちはますます浮き足立っていく。

「慌てるでない！　具足を着けてから打って出よ」

その時だった。「いざ、見参！」と、徒歩武者が霧の中から姿を現した。全身真っ黒な鎧兜に身を固め、片鎌槍を持ち悠然と歩いてくる。

「われこそは武田が家臣多田淡路守《ただあわじのかみ》三八なり。神田将監殿は何処《いずこ》ぞ。われと堂々勝負いたせぃ」

将監の周りにいた家臣二十人ほどが手に槍や刀を持ち、徒歩武者を取り囲んだ。が、まともに具足を着けている者は一人もいない。

「何じゃ、おぬしらは。具足も着けずに、われと戦うなぞ、わざわざ殺されにくるようなものぞ。悪いことは言わぬ。さっさと府中に帰れ。武士の情けぞ。わしは、大将首以外は取らぬ」

三八の正面にいた兵が一歩前に出た。「黙れ！　下郎。わしは神田家が家臣、栗林堅持《けんもつ》じゃ。うぬごとき相手、具足など着けぬともよいわ」と言って長槍をしごいた。

「何と愚かな。長槍だけで戦場に出てくるとは」

「うるさいわ。武士ならば、戦場で口働きは慎め」

「口働きは慎めじゃと。ふん、天に唾するとは、おぬしがことぞ。それほど死にたくば、相手になってやろう」三八は片鎌槍を大きく回して構えた。「いざ！」

初めに突いたのは栗林だった。三八はさらりとかわし、片鎌槍を栗林の腹をめがけて突き出した。栗林は同じように避けたものの、片鎌槍の横に突き出た刃で横腹を斬られ、血を撒き散らしながら、もんどりを打って果てた。

「ほれ、見ろ。これだから言わぬことではない。胴丸を着けておれば防げたものを」三八は周りに視線を流した。「さあ、おぬしらもこうなりたいか。なりたくなくば」

言葉を遮るように、横にいた兵と真後ろの兵が同時に三八を槍で突いた。が――。

予期していたかのように、三八はひらりと体《たい》をかわすと、横から来た槍を左の脇に抱えながら、右手にある片鎌槍で後ろの兵の腹を突き刺し、すぐに抜いて横の兵の喉をさらった。

二人とも血しぶきを噴き上げて倒れた。

「具足を着けぬと不利じゃということが、これでようわかったであろう。わかったら早う逃げい。おぬしら雑兵に用はない。わしが欲しいのは名のある大将首ぞ」

取り囲んでいた家臣のうち一人が後ずさりするや、それを合図に挙って脱兎《だっと》の如く逃げ出した。

三八は将監に気づき、体を向けた。

「おお。その太い眉毛と髭は、軍師の将監殿ではあるまいか」

「如何にも、わしが神田将監じゃ」

「おぬしだけは逃がすわけにはいかぬ。先日はわが弟を亡き者にしてくれたでのう」

「おぬしの弟……？」

「この峠に差し掛かった折、得意の弓で射たであろう、二本の矢で」顔を覆っている半頰《はんぽお》を少しずらし、頰の傷を見せた。「一本がわしのここを掠《かす》ったあと弟に、もう一本が家人じゃ。忘れたか」

覚えている。長時と轡を並べていた時だ。やはり三人いたか。

「思い出したようじゃのう。したが、もう弓は使えぬ。昨夜のうちに弦を切っておいたでのう」

「うぬは乱破か。ならば、なぜ、昨夜のうちに寝首を掻かぬ」

「わしは寝首を掻く乱破にあらず。武田が家臣、多田淡路守三八じゃ」

名は微かに聞き覚えがある。確か武田五人衆の一人。昨年天文十六年（一五四七）の小田井原・志賀城攻めの戦の中に、その名があったような気がする。

「わしは陣中でも、ただの三八と堂々と名乗って皆と酒を酌み交わしておった。したが、小笠原勢には陣中法度もないとは驚きぞ。武田家は戦の間、酒はご法度じゃでな」

将監は、どうやってこの場から逃げるか、相手の隙を窺った。

今は一人の敵を相手にしている場合ではない。早く本陣に戻り、軍師として各諸将に指示を出さなければならない。目の前の男を一刻も早く片付けるとすれば、やはり弓矢だ。

将監は目の端で弓矢を探しながらも、それに気づかれぬように問い掛けた。

「おぬし、いつからわが陣中に？」

「着陣して、酒盛りが始まってからじゃ。皆が裸になれば敵も味方も区別がつかぬ。わしも昔はあじゃった。それにしても、先日は惜しいことをした。あの折、大膳殿（長時）を討ち取っておけば、ここまで来て戦をせずともよかったものを」

少し霧が晴れ、周りが見えてきた。三八の後ろ六間ほど先の木の根元に、家臣が置き忘れていった弓が立て掛けてある。

「……では、殿が諏訪で傷を負わされたは、おぬしか」

「罠《わな》に嵌《はま》ったとはいえ、わしの槍をかわすとはなかなかよ。じゃが、大将の器ではない。疑うことを知らぬばかりか、国人衆を騙し切る胆力もないでは見限られるのも当然よ」

将監は右をちらりと見た。こんもりとした樹木があった。

迂回すれば弓にたどり着ける。あとは機会を窺うだけ……。

「見限られる……？」将監はわざと持槍を構え、一歩踏み込んだ。「何のことぞ」

「仁科も三村も夜中に引き揚げたわ。空約定では『労多くして、利なし』と吐き捨てておった」

「また得意の流言か。そのようなことを誰が信じる」

「そういう疑いの目があってこそ、戦場ぞ。わくわくするわ。信じぬであろうが、西牧や山家は寝返ったぞ。今、そっちの味方といえば旗本衆と、伊那の藤沢勢ぐらいぞ」

「やはり、うぬは乱破じゃ。武士は戦場で口働きはせぬ」

「口働きか。わが殿からもよう言われる。おぬしは口働きが過ぎるとな。あ、ははは……」

――今だ！

将監は持槍を男に投げつけるや、すぐさま右の木々に入り込み、迂回して弓矢にたどり着いた。

幸い、弓の弦も切られてはいない。すぐ矢筒から矢を一本抜き、振り返りざまに、追ってくる三八に矢を向け放った。一射絶命。矢は確かに三八の胸元に当たった。が――。

刺さりもせず、跳ね返って地面に落ちた。

「あ、ははは……。軍師殿、矢先を見られい」

将監は矢筒から矢を一本抜いた。矢先が切り落とされている。

「弓矢を得意とする者は弓矢に頼る。それゆえ、矢先を切ってある。そのような罠に嵌るとは、軍師殿も大したことはござらぬのう。戦場は疑いの目があってこそと、今言うたではないか」

「黙れ！」将監は刀を抜いた。

「軍師殿も、あのような極楽とんぼに仕えたが運の尽き。勝ち戦がしたければ主君は選ぶもの」

その時、武田の押し太鼓が間近に聞こえた。三八はにやりと笑みを浮かべた。

「そろそろ首級《みしるし》を頂くか。軍師殿、言うておくが、刀でこの片鎌槍に勝てた者は一人もおらぬ」

将監は刀を中段に構えた。

八

長時は、周りのざわめく声で目を覚ました。微かに太鼓の音も聞こえている。

――まさか……。

やおら体を起こした。昨夜の酒がまだ残っているからか、頭がふらふらする。

周りに目を向けた。近くにいる供回りも、長時disk同じように寝ぼけたように起き上がっていた。誰も具足などは着けておらず、裸に近い。

長時はよろけながらも陣幕の外に出た。辺りは霧が立ち込めており、十間先も見えない。

その時、霧の中から、突然、真っ黒な鎧武者が現れた。思わず鳥肌が立ち、脂汗が噴き出した。平瀬義兼だった。

「お、脅かすでないわ！　甚平」

「殿！」打ち消すように、義兼の低い声が叫んだ。「武田が朝霧に乗じて攻めてきた由にござる」

「何！」

いきなり頭から冷水を浴びせ掛けられたような気分だった。にわかに武者震いがした。

「は、早う皆を起こせ。将監を呼べ。立ち向かうように申せ！」

「殿、落ち着きあれ。この戦は、われらにとって切所。どんなに不利な状況にあっても、大将が心配ないという顔で敵勢を睨みつけておれば、味方は浮き足立たないものとお教え申したはず。見苦しく慌てなさりますな。味方は十分ゆえ、まずは具足を着けて」

「わかっておる。わかっておるゆえ、早う将監を。諸将に立ち向かうように触れを出せ！」

「この霧で、何処におるのかわかりませぬ。とにかく殿、落ち着きあれ。周りはわが精兵で固めてござれば、心配は無用に。おそらく霧に乗じて潜り込んだ先鋒にござりましょう。武田勢は多くとも二百足らず。味方も態勢を徐々に立て直しておりますゆえ、心配はないかと……」

義兼は何かを誤魔化すように語尾を濁した。

「どうした？　甚平。何を隠しておる」

「実は……先ほど伝令から、後備えにいるはずの安芸守殿の仁科一族と、脇備えの三村一族の姿が見えぬと」

「な、何！　姿がない？　どういうことぞ」

「おそらく……引き揚げたやも」

長時は思わず義兼の胴具足を摑んだ。

「引き揚げた……？　な、何ゆえじゃ。戦も始まってはおらぬのに、何ゆえ、また引き揚げる」

「されば……昨晩のことが因かと」

「何のことぞ」

「殿が、約定はなかったものと、言われたことにござる」

「な、何。あんなことで帰ったじゃと……？」

「それしか考えられませぬ。安芸守殿ほか弟たちは、ことのほか荒れておりましたゆえ」

「されど、敵を前にして引くは武士の恥辱。それを」

その時、長時の声を遮るように、何処からともなく「山家左馬允殿、寝返ったり！　敵は内にあり――」という叫び声が聞こえてきた。

「何、左馬允が……。甚平！」

「まさか、そのようなことが」自信がないのか、目が泳いだ。「今、見て参りますゆえ、ともかく落ち着きあれ」

義兼は踵《きびす》を返すと、言葉とは裏腹に慌てた様子で霧の中に消えた。

長時は慌てずにはいられなかった。まさか、こんなにも早く攻めてこようとは思いもしなかった。困ったことに、昨晩の酒が体の隅々まで残っていて、確かな判断もできずにいる。

皮肉にも、脳裏に次男の久松丸に言った言葉が蘇ってきた。

戦とは相手が考えもつかぬことを考えて攻める。それを、裏を掻くという――。

豊松丸、久松丸、小僧丸の顔が浮かび、最後に仙の悲しげな顔が浮かんだ。

殿やこの子らに万が一のことがあったら……仙は生きてはいけませぬ――。

長時を現実に引き戻すような武田の押し太鼓が、天地を轟かせながら近づいてくる。まるで何万もの大軍が押し寄せているかのようだった。

「み、皆の者、敵襲じゃ！　早う具足を着けぃ！　陣鐘を鳴らせ！」


長時は具足を着けたものの、落ち着かなかった。

治ったはずの太股と肩の古傷が、急に痛みを帯びたような錯覚に囚われた。加えて、あの時の嫌な記憶までもが鮮明に蘇ってくる。あたかもそれを煽《あお》るかのように武田の押し太鼓が鳴り響き、歓声が湧き上がった。すべての喧噪が、長時への嘲笑に聞こえた。

ははは……。あの憐れな様を見よ。あれが小笠原宗家の主ぞ――。

「うるさい！」

長時は蹴散らすように太刀を抜き放った。

「ご、御無礼、仕った」と言下に背後で声がした。振り向くと、鎧武者が片膝をついていた。

「何じゃ！」

「将監殿からの言付けにござります。仁科一族と、脇備えの三村一族は一旦、後ろに退いて後方で備えておりますゆえ、殿もそこまで退き、武田を迎え撃つ陣を張られますようにとのこと」

「何、一旦、退けじゃと？」

それで仁科一族と三村一族が陣払いをしたのか……？　それなら頷ける。昨夜、諸将の目の前で散々恥を掻かされたのだ。ここで、敵を目の前にして逃げれば一族の恥となる。三村一族も付き従ったとなれば、千五百の兵を後方で待たせて、武田を潰す気かもしれない。いや――。

酔った頭に、ここへ来る途中に話した将監の言葉が微かに蘇ってくる。

塩尻峠に陣を敷けば向こうの動きは丸見え。こちらが有利。向こうの出方を待ちましょうぞ。この度の戦は、先に動いたものの負けでござれば――。

「解せぬ。何ゆえ、ここを退く」

「佯退《ようたい》の法という策と存じまする」

「何じゃ、それは？」

「わざと退いて敵を迎え討つ策にござります。おそらくは霧がかかったゆえにござりましょう。霧では見通しが悪く、先が見えませぬゆえ」

須沢清左衛門の言うとおりだった。今さらながら兵法を学んでおけばよかったと後悔した。

「殿、戦は生き物。それがしにはわかりませぬが、大殿もよく使われた手にござるとのこと」

――父上が？　記憶にないが……。

鎧武者は焦《じ》れた様子だった。

「将監殿からの言付けにござります。これすべて武田を欺く策にて、一刻の猶予もなりませぬ。武田に覚られては、せっかくの策も無駄に。さ、殿。われら三村の家臣が道案内を仕りまする」

「……わかった。将監の策なれば間違いはなかろう。案内《あない》いたせ。皆の者、一旦、引き揚げじゃ」

長時は家臣団に囲まれ、塩尻峠の霧の中を駆けた。

視界が悪いこともあり、どこに向かっているのかもわからないが、坂を上っている感覚だけはあった。

しばらく進むと、峰に出た。

気がつけば、前を走っていた三村の騎馬武者が六人だけで、周りにいた供回りはいなくなっていた。背後で武田の押し太鼓は聞こえてくるが、かなり遠い。その中に、微かに「軍師、神田将監殿、討ち取ったり――」との声が聞こえ、鬨の声が上がった。

――何！　将監が……。

おかしい！　長時は馬を止めた。すると、それに呼応したように前を走っていた騎馬武者六人も馬を止め、踵を返した。

「如何なされた、殿」

「おぬしたちは、本当に駿河守（三村長親）の者か。名を申せ」

六人は顔を見合わせ、にやりと頷いた。

「われらは三村の者に非ず。西牧の家臣にて候」

「讃岐守の？」

「如何にも。わが殿も駿河守様同様、今は武田に付いておりまする」

「何、駿河守も讃岐守も武田に付いたじゃと……？」

六人は次々と太刀を抜き放ち構えた。

「気がつくのが遅うござるぞ、殿。今は表裏者が栄える世。呑気に家臣を信じておっては寝首を掻かれるは必定。これ、すべて薩摩守（山家左馬允）様の段取りどおりにて」

「左馬允の段取りじゃと？」

それには答えず、周りを囲んだ。

「小笠原大膳長時殿、ご覚悟を。主命により、首級《みしるし》頂戴仕る」

「何……」

九

混乱は二木重高が率いる二木隊の中でも起きていた。

隊は弟政久・宗末ら、ほぼ二木一門で固めている。それゆえ、結束は固い。

重高は冷静だった。塩尻峠に着陣して以来、弟二人はもとより、下男郎党に至るまで具足を脱ぐことを禁じていた。酒も飲んではいない。理由は、この一戦で二木一門の存在を、西牧一族以上に押し上げておきたかった。今も本家風を吹かす西牧一族と完全に絶縁しなければ、二木一門の将来はない。妹のようなことがあっても、文句すら言えないからだ。

それともう一つ。昨夕、西牧一族の家老西牧信道と、遅参した山家左馬允が陣中で妙に親しくしているところを目にしたこともある。何とも妙で、胸騒ぎがしてならなかった。

「西牧信道殿、寝返ったり！」「山家左馬允殿、寝返ったり！」と声が続き、武田の押し太鼓が鳴り響いた時には、やはりと思った。

とはいえ、確信には至っていない。武田方の流言飛語とも考えられる。それは家臣たちも同じようで、武田の押し太鼓が鳴り響き、怒鳴り声が飛び交う中、浮き足立っている。無理もない。真実かどうかはもとより、どちらに付いていいのか、戸惑っている。霧で視界が悪いことも災いしていた。

重高は家臣たちに、たとえ本家の西牧一族が寝返ろうが小笠原家に付く旨を伝えた上で、前面に槍隊を配し、後に弓隊を並ばせた。家臣たちも、日頃から西牧一族を腹立たしく思っていたらしく、誰も異議を唱えるものはいなかった。重高自身、ようやく本家と決別ができ、二木一門を名乗ることができると、内心、ほっとしている。

重高は馬上から、敵に向かう家臣たちを落ち着かせるため、こちらの強みと段取りを説いた。

林の中では騎馬武者は思うように動けない。徒歩のほうに利がある。怖いのは敵も同じ。武田勢が押し寄せてきたら、弟政久が率いる弓隊が矢を放ち、すぐさま三男宗末の率いる槍隊に槍衾《やりぶすま》を作るようにと指示し、刀を抜いた。

「よいか、政久。声のする方角、太鼓が鳴る方角に向けて矢を射るのじゃ。合図はわしがする。それまで待て。無駄射ちはならぬ。固まっておれば、どんな剛の者が来ても負けはせぬ。間違うても飛び出すでないぞ」

徐々に霧も晴れ、三十歩（約五十四メートル）ほど先の森がうっすらと見えてきた。十人ほどの旗指物の尖兵が歩いてくるのが、木立の間から微かに見える。間違いなく武田菱の家紋だ。

重高は低い声で継いだ。

「左前方じゃ。こんもりとした二つの木々の間から出てくる。動くな。動けば敵にわかってしまうでな。まだ射るでないぞ。十分引き寄せてからじゃ。親の仇と思うて、各々狙いを定めい」

二十歩（約三十六メートル）ほどになった。こちらに気づいた様子はない。尖兵の後には太鼓を持った集団が続き、その奥には騎馬武者らしき影があった。

「まだぞ。右の隊は後に来る騎馬武者を狙え」

十五歩ほどになった。いつも修練させている的の位置だ。

「――今じゃ！」

矢が上下二段に水平に走っていった。旗指物の尖兵たちはほとんど倒れ、騎馬武者も数人落馬した。が……。

霧の中にいた騎馬武者が三騎、槍をかざして突っ込んでくる。

「槍隊、前へ。宗末、馬もろとも突き刺せ！　腰に力を溜めて突き刺せぃ！」

重高はそう言いながらも馬上より弓を引き絞り、矢を放った。

重高の放った矢は先頭の騎馬武者の顔面を突き刺し、落馬させた。が、続く二騎の騎馬武者は凄い勢いで尚も突っ込んでくる。

「馬は刺すな！」どこからか、誰かの声が飛んだ。「断じて刺すでない。敵の腹を狙え！」

右の騎馬武者は槍隊に突っ込んでくるや、槍で重高の兵を一人突き刺した。が、その敵の騎馬武者の脇腹を朱槍で突き上げ、落馬させた徒歩武者がいた。

小笠原家臣団の中でも随一と謳われた槍の名手で、唯一、先代長棟に朱槍を持つことを許された、上条藤太だった。三十歳と若く、爽やかな顔立ちと未だに独り者とあって、府中の女子の間では人気が高い。藤太も重高と同じく、この度の一戦で上条家の存在を知らしめようとしている一人だった。小笠原家に属する土豪・国人衆の中には戦の度に家を大きくしようとする者が多く、新旧の入れ替わりは長時の代になって激しくなっている。それだけに小さな豪族衆は必死だった。

「これは、わしの愛馬じゃ」

藤太はさらりと馬に乗り、下に横たわった敵兵の首にとどめを刺すと、血槍を引っさげ、途中で引き返した残りの騎馬武者を追っていった。

「者ども、藤太に続け！　二木一族で武田勢を蹴散らすのじゃ。押し返せ！」

おうーっ。重高の大声に二木隊ばかりでなく、隣の犬甘隊も続いた。

重高は森の中の武田勢を一掃し、馬で森を抜けると、眼下の諏訪湖を見下ろした。

「兄上、あれは」

重高は弟政久の指差すほうに目を向けた。

わずか十町（約一キロメートル）ほどのところに黒い塊があった。おぼろげながら朝霧の中に諏訪明神の朱旗と日章旗、それとは対照的な黒地に文言が二列に並んだ旗が見える。

「何ということじゃ」弟の宗末が落胆したように槍を地面に突き刺して座った。

そこへ、犬甘政徳が轡を並べた。

政徳も重高とほぼ同い年の三十半ば。血塗りの太刀を引っさげている。

「この辺りの武田勢は駆逐した。わずか百名足らずであったが、ほとんどは藤太が片付けてくれおったわ。さすが朱槍を持つだけのことはある。それにしても、武田の本隊は何処に」

「大炊助《おおいのすけ》（犬甘政徳）殿」重高は朝霧の中の黒い軍団を指差した。「あれを」

「何と。武田の本隊はまだ着いてはおらなんだか……」

「先の兵どもは、おそらくは諏訪にいた武田の無足衆かと」

その時、伝令が馬で上ってくるのが見えた。

「ご注進！」と言うや、馬から飛び降り、片膝をついた。「主人、平瀬下野よりの報せにござ候。西牧、山家勢、武田に寝返り、われらに襲い掛かっておりまする」

「何！　武田に寝返ったじゃと。たわけが！」政徳が朝霧の中の黒い塊を指差した。「見よ！武田本隊はまだここには着いてはおらぬ。早朝、襲ってきたは武田の尖兵。おそらく多くとも三百ほどじゃ。それに躍らされ、身内同士で戦を始めるとは何たることぞ」

重高は、やはり、と思った。しかし、怒りはない。西牧一族が敵に回ったことのほうが嬉しい。いや、寝返らせた山家左馬允に感謝したいくらいだ。

――これで妹の仇が討てる。いや、思う存分、西牧一族を叩きのめすことができるわ。

重高は冷静に伝令に訊ねた。

「して、誰が応戦しておる」

「坂西隊と島立隊、藤沢勢、伊那衆などが応戦しておりまする。わが平瀬隊が殿《しんがり》を務めますゆえ、豊後守様、大炊助様両隊は速やかに迂回されて府中に戻るようにと」

「何、府中に帰れじゃと！」政徳が怒鳴った。「馬鹿を申すな。今からでも遅うはない。後備えにいる安芸守殿の仁科一族とわれらとで武田に襲いかかるゆえ、下野守殿にはそう伝えい」

「大炊助殿の言われるとおりじゃ」重高も後押しした。「戦はこれからぞ。寝返り者を血祭りにあげてくれる。今なら、われらが武田の尖兵に混乱しておると思うて、武田は油断をしておる。仁科一族の兵と本隊を合わせれば三千にはなろう。迂回して背後を突けば勝てる」

「そ、それが……」伝令は困ったように下を向いた。

「何じゃ。早う申せ！」

「仁科一族、三村一族は、挙って帰られた由にござ候！」

「な、何！　帰ったじゃと……」

政徳は二の句が継げないといった顔で、槍の石突《いしづき》で地面を突き刺した。

「して、殿はどうなされておる」重高が訊ねた。

「そ、それが……定かではござりませぬが、府中にお戻りになられたとのこと」

「――何！」

二の句が継げないどころではなかった。これまで先代長棟に付き従い、幾度も戦場で戦ってきた重高だが、寝返り者が出たとはいえ、引き揚げの陣鐘も鳴らさず、味方の軍勢を置き去りにして戦場から逃げ出した総大将は見たことがない。

長時は一体何を考えているのだ。大殿の真似なら、最後までそれに徹すればよいものを……。

全身から力が抜けていく。あまりの情けなさに涙が出てきた。

――せっかく西牧一族と決別し、存分に戦えると思うたに。

重高はこみ上げる涙を流さぬよう、空を見上げた。

朝靄の上には、塩尻峠の殺戮《さつりく》などまったく関わりのない、きれいな水色の夏空があった。

その時、目の前にいる武田勢が法螺貝《ほらがい》とともに、本物の押し太鼓を叩き始めた。

森の中で聞いた太鼓とは違い、諏訪湖を覆う天地を揺るがすほどの低く重い響きだった。

ドンッ！　ドドドンッ……。

甲斐駒の旋風

一

塩尻峠の戦いで小笠原勢は、軍師の神田将監を含め千人を超える兵を失い、敗走した。

武田勢の強さというよりはむしろ、小笠原勢の同士討ちが多かった。長時は逃げたわけではないが、結果的に総大将が戦線離脱したのだから大惨敗は仕方ない。ただ、巷では武田騎馬隊の「朝駆け」による大勝利だけが強調されていた。

勝ちに乗じた武田方は諏訪西方衆を追討し、さらには塩尻峠を越え、塩尻の村々を焼き払い、七月二十五日に諏訪に引き揚げていった。

意外だったのは長時の噂だ。長時が寝返り者の西牧の家臣と戦っていたにも拘らず、逃げたことになっている。多分、それも武田が放った乱破の流言だろう。

もっとも、そう言われても仕方はない。六人の騎馬武者を倒した後、誰が敵か味方かもわからず疑心暗鬼となり、一人敗走したのは事実だ。とはいえ、長時はそれを口にしなかった。弁解もしていない。千人の命を失ったのだ。罠に嵌められたとはいえ、総大将としての責めは重い。

この負け戦は村上義清にも多大な影を落とした。武田勢は休む間もなく佐久へ進軍。村上勢が取り返した田口城や前山城などを含む、十三もの城を再び奪還したという。

村上義清に嫁いでいる妹明姫からは〈頼りにならぬ兄上――〉と、痛烈な文面の書状が届いた。

それだけではない。上伊那の義弟藤沢頼親も、塩尻の戦の後、再び武田に攻められ降ってしまった。頼親に嫁いだ妹福姫からも〈情けなき愚かな兄上――〉と、酷評した文が届いている。

負け戦の余波は、身内にも及んだ。

留守居をしていた弟貞種は、一人で帰ってきた長時に驚愕し、何の承諾も得ず下伊那の鈴岡城を護る弟信定を頼り、妻子や家来とともに行ってしまった。母賢静院もまた、長時の腑甲斐なさに顔も見たくないと、侍女や供回りを連れ、平瀬義兼の居城、平瀬城に移っている。

長時の三人の息子のうち三男小僧丸は、まだ三歳とあって避けることはなかったが、上の二人、八歳の豊松丸と六歳の久松丸は口も利かないばかりか、未だに目も合わさない。

余波はそれだけに留まらない。家老平瀬義兼は戦の後、一度も長時の前に姿を現していない。犬甘や赤澤、島立などの旗本衆ばかりか、気心が知れた二木重高ですら顔を見せなかった。

唯一顔を見せたのは、坂西勝三郎だけだ。塩尻峠の惨敗から十日ほど過ぎた頃、生首二つを引っ提げてきた。首は武田の武将のものではない。内応した山家と西牧の家臣のものだった。

勝三郎は目を吊り上げ、「わしの言うことに耳を貸せば、叔父上も兄上も死なずに済んだ。又二郎の大うつけが！」と罵声を浴びせ、深志城の水堀に生首を投げ捨てていった。

勝三郎が怒るのも当然だった。かつて父がそうしたように、当主としてあの場を仕切っているという威厳を見せつけ、国人衆を束ねているように振る舞っていただけだ。

おそらくあの戦評定の時からすでに、策略がめぐらされていたのだろう。それにも気づかず、仕切っていることに酔い、加えて、戦場でも酒に酔い、諏訪一国を恩賞にするという義兼の策略まで反故《ほご》にしてしまった。負けて当然だ。今にして思えば、義兼が嘘の約定さえ考えなければ、こんなことにはならなかったはず。いや……。

嘘の約定がなければ、五千もの軍勢が集まったかどうかもわからない。それほど己には、父が言った、人を引き付ける霊力がないということだろう。改めて父の偉大さを思い知らされる。

今や味方といえば、仙ぐらいなもの。真っ先に戦場を去った父仁科盛能のことを恥と感じているらしく、「仙の首を父にお送りくだされ」とまで言い、泣いて詫びた。それが唯一の救いだった。


その後、武田方は攻撃の手を緩めてはいない。

十月に入ると、深志城から南にわずか二里余り離れた村井城の建て直しを始めてしまった。

これにより、松本平の南を領地とする三村一族や、梓川の西を治める西牧一族の武田への内応は明白となり、小笠原家は東に山家《やまべ》、南に三村、西に西牧と三方を囲まれた形となった。

十一月。長時は武田に備えるべく、居城深志城を勝三郎の本家の坂西一族に任せると、一旦、深志城の東にある、古巣の里山辺《さとやまべ》の大嵜《おおつき》崎の館へと引っ込んだ。

大嵜崎は筑摩山地の西側に突き出した二つの尾根にある。大嵜崎集落を囲む谷戸《やと》の一方の北側の尾根には林大城があり、南側の尾根には林小城がある。どちらも深志城のような造りではなく、単に戦うための砦だった。大嵜崎の東には桐原城を配して小県と佐久に備え、北には伊深城・犬甘城・平瀬城を配し、南は埴原城を構え大嵜崎一帯を護らせている。三村一族や西牧一族が武田に付いた今となっては、深志城より護りは堅い。

松本平に雪が降った年の瀬。南の埴原城主、須沢清左衛門が長時を訪ねてきた。

埴原城は、武田が増築している村井城から東に二里ほど離れた丘陵にある山城で、小笠原家の数多い城の中でも堅固だった。

広間に座った須沢清左衛門は口を真一文字に閉じ、鋭い眼光は一点を見つめていた。すでに還暦をとうに過ぎていることもあり、髷や眉毛は外の雪と同じように白い。塩尻峠の戦では弟貞種と同じく自城で留守居をさせていたにも拘らず、戦の後はまったく顔を見せていない。

長時が上座に座ると、清左衛門は慇懃に平伏して顔を上げた。

「しばらくじゃのう、爺。爺の脚ではこの雪の中を来るのは難儀であったろう」

「歳は老いても府中武士。気概も体も、まだまだ衰えてはござらぬ」

撥《は》ねつけるように言う。

「きょうは何用じゃ、爺」

「殿、今、村井城を武田が増築しておるのをご存じでござるか」

「存じておる。深志城にいる征矢野《そやの》兄弟から聞いておる」

「何ゆえ攻められぬ。今、武田の兵はわずか。この雪で油断をしており申す。叩くなら今をおいてござらぬ。大将たるは機を見る敏、事を決する断がなくては務まりませぬぞ」

長時は苦笑した。「同じことを甚助（征矢野宗功《むねゆき》）にも言われたわ。今が攻め時と」

「されば何ゆえ。あの村井城は、東にわが埴原城、北に井川城、南に荒井城と三方を囲まれ」

「爺！」途中で遮った。「号令を掛けたとて、誰が集まる。甚平か、重高か、犬甘か、赤澤か。はたまた、武田に寝返った三村や西牧か。戦場から逃げ帰った仁科か。又四郎（貞種）ですら、わしを見限り、下伊那の孫次郎（信定）のところへ行ったほどぞ」

清左衛門は鋭いまなざしを押し付けてきた。

「元を作ったは誰にござる！」

「わしじゃ。――が、わしは逃げたわけではない。この手で西牧の家臣を六人斬り捨てた。誰も信じてはくれぬがのう。爺の言うたとおりであったわ。いくら武術が巧うなったとて、多勢を相手にする戦場では役には立たぬ。それにしても、途中で帰った仁科や三村一族。わしを謀《たばか》った山家左馬允、それに呼応した西牧は許せぬ」

「いい加減になされぃ！」一喝した。「戦場とは、そういう場でござろうが。いくら磐石の布陣で臨んでも、勝負は時の運。謀略、寝返りは世の常。騙し騙され、腹と腹を探り合うて勝ち馬に乗るが武士。それを、誰が悪い、彼が悪いなどと、見苦しいにもほどがござる」

「わかっておるわ！　したが、わしは」

「黙らっしゃい！」言下に床を叩いた。「大将がすべての責めを負う。その覚悟がなくば主君は務まらぬ」清左衛門の目から涙がこぼれた。「殿は一度の負けで、先祖代々護ってきた、この松本平を武田風情《ふぜい》に渡すおつもりか。大殿があの世で泣いておわす。大殿ばかりではない。小笠原家のために死んでいった家臣一族、下人郎党に至るまで、皆、泣いておるわ。それが聞こえませぬか。否、大殿は何と言われて逝かれた！」

世の中には、命に代えても残さねばならぬものがある。頼んだぞ、長時――。

長時の目にも自然と涙が溢れてきた。

長い沈黙があった。静寂を突き破るように、長時は両手をついた。

「爺……どうすればいいのか、教えてくれ。わしにはどうしていいのかわからぬ」

「小笠原長時は、この世に一人。誰も殿と代わることはできませぬ」

「何が言いたい、爺」

「殿は生まれた時から、この小笠原家を継がねばならぬ宿命を背負うておられる。代わりはおられぬのじゃ。殿が大器であれ、小器であれ、この小笠原家を潰すか否かは殿のお心一つ。どうしても護らねばならぬと思わば、一人ででも武田に向かって行けばよし。心ある者なら殿の許に駆け参じましょう。誰も来ねば殿の運もそこまでにござる。護らずともよいとお思いなら、家督を伊那の孫次郎様に譲り、どこぞに落ちて行かれよ。このまま何の差配もなく、ここにおられては、皆が迷惑するばかりじゃ」

「……そうか。わしがここにいては、皆が迷惑か」

清左衛門は顔をしかめ、また床を拳で叩いた。

「何と情けなや。武田晴信は殿よりも年若にござるぞ。塩尻峠ではたまたま勝てただけのこと。殿が家臣の心を摑んでおれば二度と負けはいたしませぬ。領地をやるだのと身内を騙すような姑息な約定は殿には似合いませぬ。それより、家臣から慕われるよう己を磨き、当主として、信濃守護としての覚悟を持たれよ。それにはまず、この度の戦のことを家臣に謝るのが筋にござる」

「謝る？　わしは逃げたのではない。何ゆえ、謝らねばならぬ」

「大将がすべての責めを負うと申したばかりにござるぞ！」言下に遮った。「負け戦の後、どう振る舞うかが大将の器量。どの一族も多くの家臣を死なせた。将監殿の家は全滅。下野守殿も半分失うており申す。島立や坂西、赤澤、二木、犬甘もそうじゃ。殿は、礼節を代々重んじてきた小笠原宗家の棟梁ぞ。礼を尽くすが当然にござろう」

「この期に及んで、礼じゃと？」思わず吐き捨てた。

「それこそが、小笠原流ではござらぬか！」

跳ね返すように言ってから、改まった。

「殿。家臣あっての主君。家臣あっての宗家にござるぞ。何もかも呑み込んで、負け戦の責めを謝りなされませ。さすれば誤解も解けましょうぞ」

「………………」

何もかも呑み込む。それを潔しとしない己がいる。

「とは申せ、三村や西牧のように武田に降るものもござろう。それは致し方のないこと。己の不徳のいたすところと受け止めなされ。あれからほぼ半年。すでに山家一族に言いくるめられ、武田に降った者もおるやもしれぬ。ここが真の切所にござる」

――そうかもしれない。

「したが爺。仁科一族は、どうすればよい」

まだ拘るか――と言いたげな目で睨んでから、一つ溜め息を吐いた。

「お許しなされ。向こうとて後味は悪いはず。頼りにしておると言えば、娘が嫁いでいる宗家に弓引くことはござらぬ。まずは書状にて謝り、山家や西牧、三村が寝返ったことを伝えられませ。意気に感じて味方してくれましょうぞ。あの一族が武田に降れば、もはや殿が松本平に留まることはかないませぬ。すべて謝った後、それでも振り向かねば、将軍家を動かせばよし。かつて先代様は、将軍家に矢留めを頼んだこともあられた」

将軍家……政略か。それを忘れていた。

「もっとも今の将軍家に、そのお力があるかどうか。ただ、他にも手立てはござる。宗家だけではかなわぬと思わば、村上殿のほかに、越後の長尾殿など他国と手を結ぶもよし。聞くところによれば、越後の長尾景虎《かげとら》なる大将は、十九の若さで兄に代わり家督を継がれたそうな」

「何、十九で」

「殿、敵将武田晴信をはじめ、周りには多くの大将が育っており申す。呑気に悩んでおる暇などござらぬぞ。殿がここにおられる以上、松本平を護らねばならぬのでござる」

そのためには、まず家臣に頭を下げねばならないということだ。

「わかった……。爺、他に何がある」

清左衛門は渋い顔を横に振った。

「己で考えなされ。人に頼っていては、己を磨くことはでき申さぬ」と、一礼して腰を上げた。

「殿、歳は取っても、この清左衛門、身命を擲《なげう》って最後までお味方申す。それまでわが埴原城を、武田が盗んだ村井城に負けぬよう強固なものにしておきまする。先ほどのご無礼、年寄りと思うてお許しあれ。では、これにて御免仕る」

二

松本平の雪が解け始めた、翌天文十八年（一五四九）二月。

長時は須沢清左衛門から言われたとおり、謝罪のために譜代の家臣たちの城を回った。

まず赴いたのは、義兼のいる平瀬城だった。百騎ほどで向かったが、宗家の当主が来ているにも拘らず、義兼は城にも入れず、矢文だけを返してきた。

文には〈折角のお目見得なれど拝謁する義、之《これ》なき。又、賢静院様の御命により会うこと能《あた》わず。由《よ》って推参ご遠慮申し上げ候――〉とあった。

会おうとしなかったのは、平瀬義兼だけではない。

犬甘城主の犬甘政徳や、その弟の桐原城主の桐原真智《さねとも》ほか、荒井城主の島立貞知《さだとも》や波田山《はたやま》城主の波田数馬など譜代の旗本衆ばかりか、深志城を護らせていた坂西一族ですら、風邪などで臥せっているとの理由で顔すら見せなかった。

書状を送っても同様だった。小笠原宗家の当主に対し、無視の姿勢を崩さない。戦の途中で帰った仁科一族ですら何の返答もない。当主という面目ばかりか、信濃守護という誇りまで汚されたようで腹立たしかった。

三月になって、ようやく中塔城主の二木重高から書状が届いた。

長時を心配している旨がしたためてあった。ただ、近くに西牧一族や三村一族が見張っており、迂闊に城も空けられないという。勿論、その責めも長時にある。重高のことを思うと、塩尻峠のことがますます悔やまれてならない。

一方、武田方は、小笠原の足並みが揃わない間に着実に松本平に勢力を伸ばし、村井城を完成させた。物見の報せでは、諏訪の押さえとして新たに諏訪湖畔にも築城しているという。

その武田勢が大軍を擁し、木曾谷に向かったとの報せが長時の許に届いたのは、四月だった。

松本平に来なかったことでほっとはしたものの、塩尻では後詰《ごづめ》の兵を出してくれたこともあり、長時はすぐさま後詰の要請の有無を木曾義康に書状で訊ねた。が――。

〈有り難き申し出なれど、この度、弟君信定殿よりご加勢あり。故、大膳大夫殿よりのご加勢、ご遠慮仕り候――〉との、断りの文が届いた。

おそらく木曾義康は、長時の書状を端《はな》から信じてはいなかったのだろう。というより、すでに統率力を失ったことは、塩尻峠の敗退で感じ取ったに違いない。集められもしない軍勢を当てにすれば、命取りになる。まして、戦の途中で帰られてしまえば、共倒れになる恐れもあると考えたのかもしれない。

その後、鈴岡城にいる弟信定から、半ば自慢げに〈木曾谷の鳥居峠にて、武田勢を駆逐撃退し候――〉との書状が届いた。

もはや小笠原宗家は、というより、長時の存在は有名無実だった。譜代の家臣ばかりでなく、近隣からも無用と思われている。今の長時にとって、これ以上辛いことはない。

長時は謝罪を諦め、かつて先代がしたように将軍家を動かして、武田の勢いを止めるべく、信濃守護職として、将軍足利義輝に太刀や駿馬《しゅんめ》を書状とともに贈り、調停を申し出た。しかし――。

またしても、時の風は味方してくれない。将軍足利義輝は幕府内の権力争いのさ中で、他家の戦の仲裁どころではなかった。戦っているのは、皮肉にも、小笠原家の親戚である三好長慶《ながよし》だった。

四月半ば、松本平は暑い夏を迎えようとしていた。

相変わらず、訪ねてくる者は一人もいない。今や、まったくの八方塞がりと言ってよかった。

夕暮れ、長時は一人で大嵩崎の館の縁側で酒を呷り、茫然としていた。

未だに何の解決策も見出せてはいない。家臣たちの誤解を解くことができないばかりか、振り向かせることもできず、心がなかなか前を向かない。その腑甲斐なさにますます心は荒れ、酒が進んでいく。

「やはりわしは大将の器では……」後に続く愚痴を呑み込んだ。

口に出せば、何もかも本当に失ってしまうような気がしてならない。

仙がやってきた。何も言わずに傍らに座ると、庭の一点を見つめていた。

声を掛けられるのを待っている。そんな感じだった。沈黙が棘《とげ》のように突き刺さってくる。

「……何か用か」

腑甲斐ない己に苛ついていることもあり、声に棘が出ていた。

「殿……お願いです。仙の首を父に送ってくださりませ」震えた声は湿っていた。「仙は……仙はもうここに居ることが苦しくて、いえ、生きていることが辛くてなりませぬ」

近頃、仙は念仏のように斬ってくれと繰り返す。

「こなたには関わりがないと申したであろう。だいたい、わしがこなたの首を舅殿に差し出してみよ。それこそ、松本平はおろか、信濃中の笑い者になるわ。それだけではない。今度こそ、本当に仁科一族を武田に付かせることになる」

塩尻峠の敗戦以降、正直なところ、仙を構っている心の余裕などなかった。常に心にあるのは、今、ここで何とかせねば――だ。しかし、手立てはなく、あるのは焦りだけだった。

仙は涙に濡れた顔を向けた。

「ならば、仙も戦に参ります。今は一人でも兵がいたほうがよいのではありませぬか」

長時は大きく溜め息を吐いた。

「それこそ、わしが笑われてしまう。だいたい、こなたが戦に出て役に立つと思うか。それとも、戦に出て死ぬつもりか。三人の倅たちはどうなる。たわけが！」

「されど、塩尻峠での負け戦は、戦場を逃げた仁科一族のせいと、府中城下ばかりか、この大嵩崎集落の村人も噂しておりまする。その娘が、おめおめ生きておられましょうや」

「わしも同じぞ。戦って帰ってきたにも拘らず、逃げてきたと未だに思われておる。それゆえ、謝りに行っても誰も会おうともせぬ。家臣ばかりか、兄弟、親戚一族からも見放されてしもうた。すべては武田の……。いや、言うまい。わしは騙された挙句、千人もの家臣を死なせてしもうた。嘘も真《まこと》も見抜けぬ男ぞ。情けない。そのような男、生きる価値すらないわ。――したが、わしは宗家を継いだ当主じゃ。三人の倅たちに何も残せず、死ねると思うか」

「何と……」仙は泣き崩れた。「殿の苦しいお心も知らず……」

「泣くな。泣きたいのは、わしのほうじゃ。於仙……わしは、この世に何のために生まれてきたのかのう」

仙は何か言おうとして虚《うつ》ろな視線を宙に泳がせてから、逃げるように下がっていった。

長時はごろりと床に横になった。静寂が戻ってくる。

この世に何のために生まれてきたのか——。

仙に訊ねた言葉が、まだ心に残っていた。

懐からいつも御守りのように持ち歩いている巾着を取り出し、中から一巻の巻物を取り出した。

表には〈神伝糾法〉という文字が並んでいる。禁裏から密かに持ち出された法という。

家督を渡されたあの日の、父の声が蘇る。

代々護ってゆけば、わが小笠原家は安泰。小笠原の家名は、この先も残るということよ——。

父の言葉すら、今は体のいい方便に聞こえてしまう。

——わしは本当に、何のために、この世に生まれてきたのであろう。

このままでは、小笠原家を潰すために生まれてきたようにも思える。

目の前に巻物をかざす。

これを護るためか……。——馬鹿な。

長時は起き上がり、思いっきり力を込めて投げ捨てようとして、はたと思いとどまった。

確かこの巻物は、人束ねの法と、父の葬儀の後、玄霊が言った。その言葉は今も胸にある。

国どころか、天下の束ね。唐天竺までも束ねることができるやもしれませぬ——。

……そうじゃ。束ねさえできれば、負けはせぬ。

と、答えらしきものが出た時だった。突然、横から瓶子《へいし》が出てきた。

三

長時が横を向くと、菖蒲《あやめ》色の着物を着た侍女が座っていた。

笑みを浮かべ、瓶子を掲げている。長時は素早く〈神伝糾法〉を巾着に入れ、懐に押し込んだ。

「大変でございますな、どちらも悪いわけではないのにわが身を責め続けられて。側で見ていると、不憫《ふびん》に思えてなりませぬ。こういう運命《さだめ》もあるのでございますね」

他人事のように言う。

「運命じゃと……？」

侍女は長時の問いには答えず笑みを浮かべると、瓶子を差し出した。

「さ、殿。一献。いつまでも悔やまれておられては体に障ります る」

長時がおもむろに盃を取ると、そこに酒を注いだ。

「いつから、そこにおった」

「御方様が奥に戻られてからにござります」

「見ておったのか。いや……」侍女を見た。「あまり見かけぬ顔じゃが、名は？」

侍女はくすくすと笑い出した。

「何がおかしい」

「殿は侍女の名など誰一人、憶えてはおられぬくせに」

事実だ。顔すら憶えていない。

「名は小雪と申します。殿は、われをお忘れか」

長時は振り返って侍女を見た。

歳は二十歳《はたち》前だろうか。髪は後ろで一本に束ね、顔は面長の色白。富士額の下には、母にも負けないほどの、妙に色香を帯びた切れ長の目がある。確かに、どこかで見たようなまなざしだが、まったく見覚えがない。

「そなたと以前、どこぞで会うたかの」

「あの折は甲冑《かつちゆう》姿ゆえ、この姿ではわからぬやもしれませぬな」

甲冑姿……？　まさか、あの時の女武者。

諏訪下社に奇襲をかけ、群がってくる何人もの地下衆を馬上で相手にしていた時だ。その中に動きの悪い甲冑武者が一人だけおり、長時はその武者の槍を叩き落とし、兜を割った。が——。

兜は割れただけで、武者の頭までは刀が届いていなかった。二の太刀を繰り出そうとした時、武者が目を見開き、馬上の長時を見た。若い女だった。

「戦場は男の場じゃ。女子が出てくるでないわ！　あの時の声は、今も耳に残っております」

「な、何ゆえ、ここに。お前は武田の乱破か」

半身に構えながらも、辺りを見回した。太刀はなく、武器になりそうなものもない。

「落ち着き召されませ、とんぼ様」

「とんぼ様……？」

「幼き頃、諱《いみな》で呼ぶは無礼と教わりましたゆえ、心の中でいつもそう呼んでおりまする。それとも頭に、『極楽』と付けたほうが宜しゅうございますか」

「いらぬわ、たわけが。それより、何しに来た。わしの命を取りに参ったか」

「命を取るなら、とっくに取っておりまする。されど、勝手にとんぼ様を手に掛ければ、われが御屋形様に叱られますするゆえ、心配はご無用に」

「何……？　それはどういうことぞ。武田晴信は、わしを殺さぬというのか」

「そうではござりませぬ。闇討ちは断じてならぬとのことにござります。信濃守護のとんぼ様を闇で殺しても、御屋形様の名は上がらぬそうにござります。女のわれには、そこがわからぬ。闇で殺そうが、戦や城攻めで首級《みしるし》をあげようが同じと思うのに」

　晴信の考えていることはよくわかる。家臣に見限られ落ちぶれても、長時は信濃守護職ということだ。それを戦で討ってこそ名声が上がるものを、みすみす闇討ちしては意味がない。いや、闇討ちにするほどの価値もない、弱い相手と見ているのだろう。

「では、あの折にいた地下衆は、武田の乱破だったのか」

「乱破は半分にござります。われも無理矢理、甲冑を着せられておりました。あのような重い甲冑を着せられては、女子は動けませぬ。やはり力では男に勝てぬは道理。女子には女子の武器があるというに、あのような扱いをする多田様も、やはり女子の扱いを知らぬと見える」

「多田？」

「とんぼ様に大怪我をさせた男にござります。夜襲が得意で、桑原城の副将になっておりまする。あの男は、いつもわれら女子を囮に使うて手柄を立てる。本当に嫌な男じゃ」と吐き捨てるように言ってから、笑みを浮かべた。「それに比べれば、とんぼ様は優しきお方ぞ」

　その罠に嵌った長時は、小馬鹿にされているようにしか聞こえない。

「それにしても小笠原の者は皆、騙され易い。疑うことを知らぬ。西牧や三村だけならまだしも、あの山家左馬允のような男にまで騙されようとは」またくすくすと笑い出した。「この屋敷もそうじゃ。われが賢静院様の遣いといえば、疑いもせず、この屋敷に入れてくれたでのう」

「ふん。で、何しに来た？　わしの様子を見てこいとでも言われたか」

長時は懐の巾着を握り締めた。

「ご安心召され。そのような巻物の御守りなぞ、われは狙うてはおりませぬ。とんぼ様があまりにお気の毒ゆえ。いえ、命を救うてもろうた、恩返しに来たのでござります」

「恩返しじゃと？」

「あの時、刀を止めてくれねば、この首は真っ二つにされたでありましょうゆえ」

うっとりするような笑みを浮かべ、床にあった盃に酒を注ぎ呷ると、擦り寄ってきた。

「今宵は過ごされて。われは刀も毒も持ってはおりませぬ。安心して酔うてくだされ、とんぼ様」

もう騙されぬ……。

「恩返しというは酒の相手か。これも晴信の命か」

「御屋形様の命ではありませぬ。われが勝手にやっていること。あの時、とんぼ様は多田様の槍で、われのために大怪我をなされた。その上、御生母様ばかりか、家臣にまで小言を言われては申し訳が立ちませせぬ」

「何、それも知っておるとは深志城にも……まさかあの薬は？　お前であったのか」

「やっと思い出されましたな。如何にも。御屋形様の傷も、あの薬で治されております。今宵は文を届けた帰りに、大怪我の詫びと命を救うてもろうたお礼に立ち寄ったまでにござります」

「文とは誰にじゃ。誰に渡してきた。仁科盛能か」

「それが聞きたくば、まずはわれに恩返しをさせてくだされ」胸元をはだけてみせた。「われの体を抱きたければ、好きにされても構いませぬぞ」

「ふん。小娘が生意気を言うでない。まして、敵の女子の情けなど受けられるか。いや、そんなことより、女子が戦などに関わるでないわ！」

「嬉しい！　やはり、とんぼ様じゃ」

女はするりと長時の腕の中に入り、体を絡ませた。驚いたことに、すでに裸だった。おっ……。肌はしっとりとして瑞々《みずみず》しく、吸い付いてくる。

「ほれ。何も武器は持ってはおらぬと申したとおりでござりましょう、とんぼ様」

「う、失せろ！　出て行かねば、斬るぞ」

「大声を出されてはなりませぬ。このようなところを家臣や侍女に見られては、ますます大ごとになりましょう。それでも宜しければ、ご遠慮なく」

確かにそうかもしれない。こんな時に裸の女を抱えている姿を見られれば、家臣はおろか、仙や息子たちまで愛想を尽かすに違いない。武田とは、何と罠に嵌めるのが巧いことか。

「それに、とんぼ様に女子は斬れぬ。そうでござりましょう」女はくすりと笑った。「わが御屋形様に狙われては、先はない。されど、われは取りなすこともできまするぞ」

「何。そなたはわしに武田に降れと言いに来たのか」

「今さら戦をしたとて、詮無きことにござりましょう。武士の意地とやらを捨て武田に降れば、御生母様に御方様や三人の吾子はおろか、多くの家臣が死なずにすむのでござりまするぞ」

——確かに。女が言うように、すでに勝敗は見えているかもしれない。が……。

女は尚も長時の首に両腕を巻きつけ顔を近づけると、男を誘うような悲しげなまなざしで見た。

「そのように恐ろしい顔は嫌いにござりまする」一変して猫撫で声になった。「とんぼの一生は儚《はかな》いが運命。されど、われはとんぼ様を死なせとうない。さ、われと情を結び、武田に降りなされ。われは御方様より十も若い。若い女子の肌をとっくりとご賞味あれ」

女は長時の口を自分の口で覆うや、舌を滑り込ませた。さらに両脚を絡ませ体を密着させると、柔らかな十本の指を背中に走らせていく。

うっ……。今まで味わったこともないような、えも言われぬ感触だった。

その甘味な快感が体の隅々まで広がり、痺れさせていく……。

――い、いかん……武田にすべてを奪われてしまう。

その時だった。屋敷の奥から豊松丸の叫ぶ声が聞こえてきた。

「父上！　母上が。母上！　何をなさる！　死んではなりませぬ」

於仙が死ぬ……？

――しまった！

長時は無我夢中で女の体から逃れるや、床を蹴って廊下を走った。

四

四月、北安曇にある木崎湖からほど近い仁科館に、武田からの書状が突然、届いた。

武田晴信が使者を送るので会って欲しいとのことだった。

落ち合う場所は仁科神明宮。日時は四月二十二日、巳の正刻――。

約束の日。仁科盛能は早めに仁科神明宮に着き、境内に幔幕をめぐらせ、武田の使者を待った。

周りの木々からは、あちらこちらで初夏を喜ぶように盛んに鶯の鳴き声が聞こえている。が、丹生子郷《にゅうのみ》は四月に入っても、まだそれほど暑くはない。

使者との会談は、中門に続く参道の両側に床几を置き、向かい合って座すという形を取った。

万一に備え、参道の両脇に茂る杉や檜《ひのき》の大木の陰には、弓隊や槍隊など総勢二百人の他に、屈強な騎馬武者三十騎ほどを隠しておき、近くの丹生子城へ逃げ込む算段をしている。案内人に、先の塩尻峠で武田方に寝返った山家左馬允を立ててくるからには、用心に越したことはない。

物見の報せでは、左馬允を入れてわずか五名ほどの騎馬に、二十名ほどの下人郎党だという。女の乱破に書状を運ばせるほどだ。おそらく周りには村人などに化けた乱破が必ずいる。敵地に乗り込んでくるからには抜かりはない。

盛能は家臣たちの配置を確認しながらも、武田の使者に、どう返答するかを考えていた。

四人の弟たちの意見は二つに分かれている。次男青柳清長と四男飯森盛春は武田方に付けと言い、三男古厩《ふるまや》盛兼と五男渋田見《しぶたみ》盛家は「於仙を殺すわけにはいかぬ」と小笠原家に付けと言う。

叔父の丸山盛慶《もりよし》は書状にて、〈小笠原に付くも良し。武田に付くも良し。時世の趨勢《すうせい》を見極めるが肝要。われら仁科一族の棟梁にて、くれぐれも短慮なきよう――〉と、どちらに付くかは、先の成り行きを見ながら慎重に決めろと書いてきている。

盛能が迷っている理由の一つは、やはり娘の仙のことだった。長時に嫁がせた時から最悪のことも考え、覚悟を決めていたはずだった。しかし、いざ現実になると一人の父親に戻ってしまう。

理由はほかにもある。塩尻峠での戦線離脱だ。

長時が恩賞の約定を反故にしたからと、戦場から引き揚げるなど、仮にも一族を率いる棟梁のすることではない。それによって小笠原勢が総崩れとなったのだから、塩尻峠の敗戦の責めは少なからず盛能にもある。

にも拘らず、空約定にしたことを詫びた謝罪の書状が、長時から再三にわたり届いている。しかも、仁科一族の無断の引き上げには、まったく触れていない。それゆえ、どちらに付くか、今も迷っていた。

盛能の茫洋とした視線の先に、ぼんやりと仙の顔が浮かんだ。

悲しげな顔だった。仙の口がわずかに動き、何かを言おうとした時、盛能の目を覚ますように「武田の使者が見えました」と、傍らにいた家臣が声を発した。

一行は臆することなく参道を進んできた。人数は物見の報せどおりだ。

思わず溜め息を吐いた。いくら使者とはいえ、この仁科神明宮まで来るには、松本平の多くの他家の領地や城を越えてこなければならない。それをわずかの人数で難なく通ってきたということ自体、すでに小笠原家には松本平を治める力がなくなったと考えねばならない。

——小笠原宗家も地に落ちたものよ。

使者の一行が大鳥居をくぐった。まず下馬したのは、見るからに貧相な身なりの左馬允だった。その後には対照的な、気品と風格のある老齢な武者が辺りを見回してから馬をゆっくりと降りた。

左馬允を先頭に、武田の使者五人が、仁科の家臣の案内で目の前の床几に次々と腰掛けた。

一番下座に座った左馬允が盛能を見て、親しみを込めてにやりと笑った。

「安芸守殿、お久しぶりにござる。この辺りは初夏ながら少し肌寒うござるな。ところで」左馬允の目が盛能の頭を捉えた。「その頭は如何なされた」

盛能は塩尻峠の戦で敗戦を知った後、頭を丸め、出家した。

「入道したのよ」

「入道。それはご奇特なことで。して、号は」

「道を外したと書いて道外《どうがい》。戦場で武士《もののふ》たる道を二度も外したゆえ、己を戒めたのよ」

左馬允は「ほう」と皮肉な笑みを武田の使者たちに送ってから、老齢な武者を目で指し示した。

歳は道外よりかなり上の七十前後に見える。整えられた髪は真っ白だった。

「早速じゃが、お引き合わせいたす。こちらにおわすは武田家ご重役、駒井《こまい》高白斎《こうはくさい》様じゃ。普段ならばあり得ぬことなれど、安芸守殿が仁科一族の棟梁ということでお出ましなされた」

つまりは、それほど別格に思ってのことで、有り難いと思えと言外に漂わせている。

盛能が高白斎に目を向けると、余裕のある笑みを浮かべた。

「高白斎と申す。以後、お見知りおかれい」

「道外にござる。遠路、ご苦労に存ずる」

「何の。戦の合間の遊山《ゆさん》もまた、一興にござる。ここ丹生子郷では、森の中で多くの馬を飼われておられるようじゃのう。ここへ来る途中、馬の嘶きが幾度も聞こえておった」

兵を隠していることに気づいたらしい。

「…………」

「先ほど、戦場で武士たる道を外したゆえ、道外と名を改められたと言われたが、府中の村人たちが噂しておった、戦場で真っ先に逃げ出されたことでござろうか」

「逃げ出したのではないわ！」言下に言ったのは盛能の家臣だった。

「控えよ」盛能は手で制した。「そこもとは乱破の遣い方が実に巧い。おそらく、そのような噂を流したのも、そこもとでござろう。われら仁科一族を松本平にいられなくさせるばかりか、われらを敵対させ、孤立させて、武田に付くしかないように仕向けていく」

「それが権謀術数《けんぼうじゆつすう》。兵法というものでござろう。流言も軍略の一つ。安芸守殿にとっては、これも道外かもしれぬが」高白斎は小馬鹿にしたようにほくそ笑んだ。「結局、戦というは勝たねば何もならぬ。負けてから、あれに騙された、これに騙されたというは女人に同じ。甲斐では、そのようなたわけを女侍《おんなざむらい》と呼んでおる。今は乱世の世。強いほうに付いてこそ、わが身も家も残るというもの。のう、左馬允殿」

左馬允は自慢げに頷いた。

「仰せのとおり。武田家の下におればこそ、われら国人衆は生き残れるというもの。領地を安堵される上に、働きに応じて加増もある。これほどよいことはござらぬぞ、安芸守殿」

「誰とも知れぬ生首で宗家を謀《たばか》り、西牧や三村を寝返らせて、おぬし、いくら加増された」

「大村の所領百貫文と甲州金をたんまりと。これからも武田家のために働いて、褒美を頂こうと思うておる。長時のような、罠も見抜けぬ軍略知らずの極楽とんぼに付いていても、先はござらぬ。われら元はといえば、小笠原家と戦った国人衆。西牧殿や三村殿も同じにござる。国人衆同士、昔のように力を合わせ武田家にお味方し、小笠原家を信濃より追い出そうではござらぬか」

かつて盛能の曾祖父の代には、仁科・山家・西牧・三村などの国人衆が、信濃守護職として入ってきた新参者の小笠原家を相手に幾度となく戦を繰り返していた。

高白斎は苦笑した。

「今や、小笠原家は一大事にござるわ。あの負け戦で、誰も大膳殿の許には行かれぬようじゃ。譜代の旗本衆はおろか、家老・重役までもにござる。されば、小笠原家が松本平から消えるのも、もはや日が沈むが如く。それに比べ、わが御屋形様は朝日が昇る勢い。三十前の若き虎にござる。やがては京に上り、天下に号令を掛けられるほどの器じゃ」

高白斎は盛能の心を読むように、じろりと見た。

「安芸守殿の憂いはわかっておる。娘御の仙姫のことにござろう。わが武田の忍びは、その気になれば、女子の一人ぐらい城からさらってくることなど雑作もござらぬ」

高白斎は、はっきりせぬ男じゃ、と言いたげに盛能の顔を見るや、溜め息を吐いた。

それを察したように、左馬允が後を継いだ。

「御屋形様は器の大きな方ぞ。安芸守殿も一族の所領を安堵してもらえれば、それでよいではござらぬか。やがては武田家の旗本に名を連ねられるよう、われらと励もうぞ」

なぜか、貧相な左馬允に誘われると反発したくなる。いや、その場その場で品を作る、こんな男に説得されること自体、不愉快でならない。

高白斎も溜め息を吐くと、軍扇を取り出し自分の肩を叩いた。

「歳のせいか、疲れると甘いものが欲しゅうなる。時に安芸守殿は、菱餅《ひしもち》はお好きでござるか」

一瞬、もてなしの催促かと思った。このような場では菓子など出さないのが通例であり、出せば毒入りと警戒される。盛能は些か狼狽《うろた》えながらも聞き返した。

「菱餅に、ござるか」

「わしは酒が弱いゆえ、菱餅などの甘い菓子が好物でのう。ことに京の菱餅は格別よ。とは申せ、やはり生菓子ゆえ、あまり日が経っては味が落ちるし、黴《かび》が生えて食えなくなるでのう」

何のことぞ？　何かの喩《たと》えか……？

高白斎は困惑している盛能を見て、ほくそ笑んだ。

「わが御屋形様は、安芸守殿は、菱餅は三つがよいか、四つがよいかと問うておられた」

菱餅は三つがよいか、四つがよいか……？

高白斎は意味ありげに軍扇をぱっと開いた。そこには黒い〈武田菱〉の家紋があった。

「安芸守殿の御舎弟は確か四人おられたの？」

「如何にも。それが何か」

「御舎弟四人では、菱餅が三つでは分け合うのにも難儀であろうと、御屋形様は案じておられる。塩尻峠から退かれたのも、諏訪下社をやるという約定を反故にされたからと聞く」

つまりは、三つの菱を家紋に持つ小笠原の〈三階菱〉に付くか、それとも、四つの菱を家紋に持つ武田の〈武田菱〉に付くかを訊ねている。

いい加減はっきりしろと言いたいのだろう。高白斎は返答を催促するように、軍扇をパシッと閉じて睨んだ。

「安芸守殿、菱餅を一つ増やし、四つにされたほうが御舎弟も満足ぞ。とはいえ、わが御屋形様はやや気短ゆえ、他にやってしまうやもしれぬ。それこそ、この山家殿にのう」

左馬允が呼応したように、「それがしも菱餅は大好物ゆえ、いくらでも頂戴いたす」と、所々抜けた前歯を見せて貧相な顔で笑った。

五

あの日、仙は短剣で自害しようとしたが、長男の豊松丸がいち早く気づいて短剣を取り上げたため、事なきを得た。

長時は怒鳴って、思わず手を上げてしまった。

「うぬが死ねば自害したとて、舅殿はわしが殺めたと見よう。されば、仁科一族までも武田方に付き、やがては三人の子まで殺される羽目になる！　その道理が、なぜ、うぬにはわからぬ！」

女子に手を上げたのは、あれが初めてだった。仙はただただ泣き崩れた。

今は万が一に備え、息子たちに仙を見張らせている。もっとも仙のお蔭で、あの晩は救われた。危うく武田の女乱破と情を交わし、女色《にょしょく》に取り込まれてしまうところだった。おそらく色香で男を虜にし、いろいろと聞きだしてきたのだろう。

その後、女乱破は見ていない。ほっとした反面、今さらながら、すぐ側まで忍んでくる武田の乱破の凄さには驚かされる。ただ、あの女のお蔭で乱破に命を狙われていないこともわかった。

五月に入り、林小城が立つ峰の裏側の麓にある廣澤寺に、長時は単身、馬で向かった。

武田晴信がどう策をめぐらそうが、いや、長時を軽んじていることを知ったからこそ武田には降れない。それゆえ今は、何としても束ねの方法を身に付けておきたかった。束ねさえしっかりしていれば、武田には二度と負けはしない。

「これはお珍しい。又二郎様ではございませぬか」

長時が本堂で本尊の釈迦如来像を見上げて座っていると、玄霊が声を掛けてきた。

何か作業でもしていたのか、茶色の作務衣《さむえ》を着ている。枇杷《びわ》の入った籠を両手で持ち、笑顔で長時の斜向かいに座った。長時は玄霊に体を向けた。

「無沙汰にござる。和尚は息災で何より」

「お蔭様で、恙《つつが》なく達者《まめ》でおりまする。ささ、枇杷の実でも食べられませ。先ほど、ここな村人が持ってきたもの。なかなか美味ですぞ」

長時は枇杷の実を一つ手に取った。が、すぐに籠に戻した。

「和尚……。わしは小笠原宗家として、如何にすればよいのかわからぬ。塩尻峠で武田に敗れてよりこのかた、武田に寝返る者ばかり。悪いのは……わしじゃが、譜代の家臣ですら、わしが謝っておるにも拘らず耳を貸さぬ。このままでは武田に松本平を奪われてしまう。如何にすれば家臣の心を引き寄せられるか、お教え願いたい」

「張りつめた弦は切れやすい」玄霊は笑みを浮かべた。「負け戦を受け入れられぬようですな」

長時はそれには答えず、懐から〈神伝糾法〉を取り出して床に置いた。

「この中にある人束ねの法を教えてくだされ。広げてみたが、妙な文字でまったく読めぬ」

「古来の神代文字ゆえ、読めぬは当然。もっとも、人束ねの法をお教えしたところで、今の又二郎様ではわかりますまい」

玄霊は、意気込む長時を落ち着かせるように間を空けた。

「又二郎様、この世は何一つ思うようにはなりませぬ。諸行無常、これ生滅《しょうめつ》の法なり。今こうして生きるわれらとて、いつまでも生き続けるものではありませぬ」

「されば、小笠原宗家がこの地より無くなっても構わぬと言われるか」

「そうではありませぬ。栄枯盛衰は世の常。家が栄えるも無くなるも、すべて天命。死生は命《めい》にあり、富貴《ふうき》は天にあり。所詮、天命には逆らえませぬ」

長時は思わず床を叩いた。

「わしは説法を聞きに来たのではないわ！　如何したら、家臣どもを呼び戻すことができるかを訊ねておる。以前、この中に人束ねの法が書いてあると言われたではないか」

「そのように怒りの心でいくら謝られても、家臣が寄り付かぬは当然。まして、束ねなどできるはずもござらぬ」

「な、何……」

「ご懸念には及びませぬ、又二郎様。武田の隆盛も一時のこと。やがては露と消えましょう。栄枯盛衰は世の常。栄華を誇った平氏も、それを破った源氏も残ってはおりませぬ」

　妙な慰めに溜め息が出た。玄霊はそんな長時の顔を見て、にっこりと笑った。

「武田のように武で制すれば武で制される。それが覇道。後には悲しみと憎しみしか残りませぬ。それ前にも申しましたが、上位の心に立てば戦をせずとも、仁によってこの世を束ねていける。それを王道という。これがこの巻物に書かれておるのでござります」

「仁によって……」

「さよう。仁の心を持った崇高な御位《みくらい》の高い方が現れるまでは、乱世は続きましょう。もっとも今は、たとえそのような方が現れても、時処位が揃わぬゆえ、この世はまとまるかどうか」

「したが、仁によってこの世を束ねることができるとは、到底、思えぬ」

「できぬと思わば、人の世は滅びゆくのみ」玄霊は顔を硬くした。「又二郎様は当主になられてから、以前と人がまったく変わられた」

「わしが……？」

「以前は花を愛《め》で、空を優雅に舞う鳶の姿を眺めることが好きであられた。乱世には珍しく、仁の心を持ったお方と思うたもの。それが今は、血に飢えた狼のようになられておる。武田の下位の心に引き込まれたせいでござりましょう」

　長時は思わず苦笑した。

「父上が生きておられた時のように安穏とはしておられぬ。まして敵は武田ぞ。血に飢えた狼にでもならねば、攻め寄せる猪や熊には勝てぬ。今では血腥さにも耐えられるようになったわ」

「それでは人は寄り付きませぬ。厠《かわや》には厠を好む虫が集まり、花には花を好む虫が集まるもの」

　玄霊は本堂の横の庭に目を向けた。

「和尚、わしはここに問答をしに来たわけではないぞ」

「当主になって、気短になられましたか。そう先を急がれるから、ますます胆力が身に付かぬのでございります。幼き頃、お教えしたはず。耐え忍ぶ中でこそ、本物の強さが育つと」

長時が大きく溜め息を吐くと、玄霊は苦笑した。

「人は欲の塊。いわば、塩水を求めて飲むが如し。塩水を飲めば飲むほど喉が渇き、また塩水を求める。まさに今の武田にござる。されど、欲から逃れることができぬが人。それゆえ、一切の欲から逃れた時、否、体にまとわりついた欲がほどけた時、人は仏《ほとけ》となる」

だから何だというのか。長時は苛つく気持ちを抑えた。

「坊主ゆえ説法になりますな」長時の苛つきに気づいたように笑みを返した。「兵とは詭道《きどう》なり。即ち、戦とは騙しと説いておりまする。これが、武田が使う孫子の兵法の奥義《おうぎ》」

まさにそのとおり。何もかも、してやられている。

「されど、いかに戦に勝つかを説くだけで、仁の心がない。戦に幾度勝ったとて、戦はまた戦を生む。それゆえ孫子は、論語を説いた孔子には遠く及ばないのでございます。ゆえに孫子の教えに従う武田も、やがては露と消えましょう。どんなに器が大きくとも下位の心では、断じてこの世は治めきれませぬ」

器が大きくとも……。長時は手の中にある〈神伝糾法〉の巻物を見つめた。

「又二郎様、戦に勝つことと、世を治めることとの間には、天と地ほどの心の位の差があるもの。その差がわからねば、たとえ一時、天下を取ったとて、諸行無常、これ生滅の法なりとなりまする」

「……わからぬ。もっとわかり易く束ねを説いてくだされ」

「武士はまさに煩悩具足を身にまとった徒。その具足を脱ぎ捨て、以前の己に戻ることにござる」

「何、具足を脱ぎ捨てて、以前の己に戻れじゃと」

思わず眉間《みけん》に皺が寄った。

「また狼の心になられる。心に武器を持てば、相手も持つ。誰も側に近寄らなくなるのは当然。人は心優しき人、慈悲のある人の許に自然と集まるもの。元の又二郎様に戻られて、ご家中の方々に会われませ。必ずや束ねができましょう」

「わしは信濃守護ぞ。今さら、呑気な極楽とんぼには戻れぬ。いや、戻っては武田に勝てぬ」

「武田に勝つには、家臣を束ねてこそにござりましょう。戻れぬのは、心まで守護職に立たれておられるからじゃ。戻り方は先ほど申しましたぞ、体にまとわりついた欲がほどけた時と」

「それではわからぬ。束ねを教えてくだされ」長時は思わず頭を下げた。「このとおりじゃ」

「それにござる」

はぁ？　顔を上げて玄霊を見た。

「今、又二郎様は小笠原宗家の当主ではなく、無論、信濃守護としてでもなく頭を下げられた。それがほどけた時にござる」

思いっきり頬を張られた気がした。

「おわかりになられたようじゃな」

「如何にも！」

玄霊はにっこりと笑みを浮かべた。

「なればば、もっと高みを、上位の心を目指されよ。武士というもの、誰もが龍や虎になりたがる。

されど、鶴や亀の生き方もある」

「鶴や亀？」意外な言葉に思わず訊き返した。

「誇り高く生きる道は一つだけではござらぬ。鶴は風を捉えるのが巧く、亀は泥の中で耐え忍ぶことに長《た》けておりまする。それゆえ、鶴は千年、亀は万年と生き長らえられる」

玄霊はまた庭に視線を移した。その先を追う。紫の菖蒲《あやめ》が一輪だけ咲いていた。

「あんな小さな花でも力の限り咲いております。僅か一輪じゃが、庭を十分華やかにしておるではありませぬか」

――確かに。

「己の良さを見つめ直せば、己が何のためにこの世に生まれてきたか。それを突きつめれば、きっと天命も見えますする」

「天命……」

「倉廩《そうりん》実《み》ちて礼節を知る、と申しまする。人は米蔵がいっぱいになって初めて、礼節に心を向ける余裕が出てくるもの。やがてはこの乱世も終わり、倉廩は満ち、礼節が重んじられる時が必ずきます。勇にして礼なくんば、則《すなわ》ち乱す。人を尊ぶ礼なくば、この世は乱れるばかり」

人を尊ぶ礼……。

「又二郎様。仁の心で見れば、〈神伝糾法〉に出会うた縁《えにし》ばかりか、禁裏より『王』の一字を賜った〈三階菱〉の家紋を背負わされた意も解け、又二郎様に与えられた天命もわかるはず」

〈神伝糾法〉に出会うた縁と、〈三階菱〉の家紋を背負わされた意……？

「されば、糾法を極めれば、己が何のためにこの世に生まれてきたか、否、天命がわかるとでも」

「すべて一つにつながっておりまする。内なる己の心に向かえば、天命は必ず聞こえてくるもの。人の値打ちは器の大小に非ず、この世に何を残せたか。それが天命にござります。任《にん》重くして道《みち》遠し。天命を求めるに、楽な道も近道もござらぬ」

玄霊は一旦、言葉を切って顔を引き締めた。

「それには本物の強さを学びなされ。耐え忍ぶ中でこそ、本物の強さが育つもの。その強さこそが、天命に通ずる道にござります。途中で投げ出してはなりませぬ。八風《はっぷう》吹けども動ぜず。周りの風に流されては、矢は的を射貫けませせぬ」

――そうじゃ。わしは風に流されておった。

「わかった」

六

長時は宗家の沽券も、信濃守護としての面子《メンツ》もかなぐり捨て、家臣の各城を回った。

が、それほど甘くはなかった。無理もない。家臣団の中には塩尻峠の戦いで家来の半分以上を失った家や、家長から家人すべてが全滅した家まである。その悲しみは深く、簡単には拭えない。ただ、長時の誠意ある謝罪は、身内の家臣だけには通じたようだった。

にも拘らず七月に入り、武田の軍勢が村井城に集結しているという報せに応じ、馳せ参じる家臣は一人もいない。平瀬義兼や二木重高からは「城を堅固にしている」という書状は届いたが、かつての居城深志城に至っては「すでに備えてある」との口上だけだった。周りの犬甘城や井川城、桐原城、荒井城、伊深城なども同様の反応だった。

いくら仁の心で接せられても、家臣には未だに消せない悲しみがあるのは事実。いや、謝罪は受けるが、大将としての力量は認めていない。それゆえ、各家一族で自らの城や土地を護りたいのだろう。

長時は林大城に入り、とりあえず戦支度にとりかかった。

大嵩崎集落を挟む谷戸の、もう一方の向かい側に立つ尾根にある林小城も態勢を整えている。

城兵は合わせておおよそ三百足らず。大軍で攻めてこられればひとたまりもないが、どちらの尾根も幾重にも空堀があり、容易には登れないよう工夫が施してある。とはいえ、陣触れ太鼓も鳴らせない今となっては、もはや死に体と言ってよかった。

夕刻、長時は林大城の護りを確かめるため櫓に登った。

雨が降っているせいか、辺りはしいんと静まっている。眼下には稲で青々とした松本平が広り、西には穂高岳が曇り空を背負い、青く薄っすらと見えていた。

しばらくすると、松本平の中ほどにある深志城から煙が上がった。

炊き出しだ。武田が攻めてくるのが近いと見ているらしい。

今、武田と戦えば負けは見えている。支城は密接に結びつき、互いに護り合い攻めるからこそ、わずかの戦力でも大軍と勝負になる。それができぬとなれば、自滅の道しかない。群れを成す狼が、一匹ずつ大きな熊に挑むようなものだ。ましてや、迎え撃つ軍勢もなければ、戦略もない。武田に次々と城を落とされ、家臣たちが殺されていく様をただ茫然と眺めているわけにもいかないが、わずかの兵で籠城しても、いずれは負けとなる。

——ここはやはり、隣国の村上殿を頼るしかないか……。

そこへ、供回りの一人が櫓の梯子を登ってきた。

外にいたらしく、全身ずぶ濡れで息も上がっている。不安げな顔から吉報でないことはわかる。

供回りは呼吸を整えてから、吐き出すように言った。

「殿……困ったことが起きました」

「もう武田が攻めてきたか」

「いえ。今朝、牡丹の木を兎川寺《とせんじ》に運ばせました二十人ほどが……戻ってきませぬ」

武田勢が攻めてきた時のことを考え、城内にあった白牡丹の木をすべて、薄川を越えた川向こうの、兎川寺の庭に移し替えさせた。そんな余裕などないことは百も承知だが、少しでも余裕を見せれば、ここにいる家臣たちだけでも落ち着くだろうと考えたのだった。

「……つまりは逃げたということか」

供回りは渋い顔でこくりと頷いた。

「和尚に問い質しましたところ、昼過ぎには帰ったとのことにございます」

すべてが裏目に出ている。長時は顔色も変えず、遠くに目を移し、努めて明るく言った。

「捨て置け。これで食い扶持《ぶち》二十人分が浮いたではないか」

「それが、林小城のほうでも……」

「逃げた者がおるのか。何人じゃ」

「それが……城兵悉《ことごと》く」

長時は振り向いた。「何、悉くじゃと!」

供回りは申し訳なさそうに頷いた。

「先ほど兵糧《ひょうろう》を運びに行った者たちが、そう申しておりまする」

長時には返す言葉はもうなかった。

「殿、もはや、ここもこれまでかと。されば、平瀬城に行かれては」

その時、下から「殿！」と叫ぶ声がした。長時は階下に顔を向けた。伝令だった。

「埴原城が武田勢の総攻撃を受け、今しがた、落城とのご注進が」

何！　あの堅固な埴原城がこれほど早く落城するとは。

「城内に手引きした者が多数出た由に候」

手引き……。またしても寝返り者が出たか。

「で、爺は、清左衛門は無事、落ち延びたか」

「それが……討ち死にと」

「何！　爺が……」

白く長い眉毛の須沢清左衛門の顔が浮かんだ。

この清左衛門、身命を擲って最後までお味方申す——。

幼い頃より、いつも側で見護ってくれていた。それを後詰も出せずに見殺しにするとは……。

——すまぬ、爺……。

思わず涙が溢れ出る。そんな長時の思いを蹴散らすかのように、下で伝令が叫んだ。

「武田勢が、深志城、犬甘城、井川城、島立城、浅間城に兵を進めております。桐原城の織部様も城を捨てられ、ここへ向かっております。まもなく、ここへ着かれるものと」

「くそっ！　して、武田の兵の数は？」

「わかりませぬ。ただ、どこもかしこも武田勢が持つ松明《たいまつ》で埋め尽くされております」

長時は夕闇迫る松本平に目を向けた。

すでに雨は上がっていた。小さな鬼火の川が、南から北へ流れるように押し出している。それはあたかも赤い指を持った大きな手のようだった。それがゆっくりと松本平に伸びていく。こちらにも別の一団が向かっていた。

今は、安易には死ねない。ここで死ねば、塩尻峠で亡くなった千人の兵はおろか、須沢清左衛門をはじめ、多くの死が無駄になってしまう。

耐え忍ぶ中でこそ、本物の強さが育つもの——。

——そうじゃ。風を捉えるまでは、亀のように泥の中であっても耐え忍ばねばらぬ。

「わかった！」長時は叫んだ。「ここは一旦、引き払う」

「殿、何処に向かわれまする」

側にいた供回りが訊ねた。

「ここに留まっておっては死を待つだけぞ。松本平を取り返すために、小県の村上義清殿の許へ行く。皆の者！　わしについて参れ」

七

埴原城が落城した、天文十九年（一五五〇）七月十五日夜——。

長時の居城林大城は自落し、深志城、井川城、伊深城、桐原城の城兵も戦わずして悉く逃げ出した。わずかに応戦した島立城や浅間城の二城も、圧倒的な武田勢に取り囲まれ降っている。

その後、仁科盛能や弟の青柳清長が武田の陣に馳せ参じたという報せが届いた。

武田に降らなかったのは、母賢静院がいる平瀬義兼の平瀬城と犬甘城の犬甘政徳、松本平の西に位置する中塔城の二木重高だけだった。今も武田勢と交戦しているという。

林大城を追われた長時は、仙と息子三人を連れ、譜代の家臣二百余名とともに武石《たけし》峠を越え、小県の村上方の支城、塩田《しおだ》城に入った。

塩田城は、上田原の西、独鈷《とっこ》山の麓にある弘法《こうぼう》山すべてを砦にした山城だった。周囲には出城や砦があり、松本平にあるどの山城も及ばない堅固さを持っている。たとえ一万の軍勢に囲まれても、兵糧さえあれば、おそらく一年でも落とすことはできない。そう思えるほど石積みや空堀が所々にあり、いろいろと工夫が施されていた。

長時たち一行を出迎えたのは、塩田城主の内山清宗《きよむね》だった。

歳は長時とほぼ同じ。元は大井氏一門で清和源氏小笠原一族ということもあり、ほっとするものがある。今は村上義清の娘を娶り、村上一門となったと、清宗自身が教えてくれた。

清宗は長時だけを広間に案内した。

「殿（村上義清）から委細仕ってござる。ここをわが城と思うて、存分にお使いくだされ。それにしても、この度は難儀なことでござりましたな」

こういう時に同情されるほど惨めなものはない。何ともたとえようのない、底知れぬ空しさに襲われる。一時とはいえ、先祖代々受け継がれてきた松本平の領地を、己の代で他家に奪われてしまったのだ。その事実を、どう受け止めていいのかもわからない。当主としての威厳も、守護職としての誇りも、完膚なきまでに打ち砕かれた思いだった。

だが、ここで手をこまねいているわけにはいかない。何としても、松本平を奪い返す算段を見出さなければ。それが、小笠原宗家の嫡男に生まれた使命であり、天命だ。

長時は膝を進めた。

「美濃守殿。着いて早々じゃが、村上殿に合力《ごうりき》を頼めぬであろうか。武田に攻め込まれたとはいえ、まだまだ戦うておる家臣や一族が松本平に大勢残っておる」

清宗は渋い顔で頷いた。

「わが殿も、それについてはいろいろと考えておられまする。さりながら、間の悪いことに高梨《たかなし》政頼《まさより》との戦の真っ最中。それが済めば、合力もできましょうが」

やはりどこも戦か。確かに間が悪い。

「小笠原様。そう気落ちなされますな。わが殿がよう言われまする。武田がしつこい奴と辟易するまでしぶとく戦えば、必ず勝ちにつながるもの、と」

「しつこい奴と辟易するまでしぶとく戦え……」

「一度や二度、負け戦をしたとて気にするではないと、殿はよく仰せでござりまする。それゆえ、今は焦らず、ゆるりと。なあに、ここは一万の敵が攻めてきたとて、びくともしませぬ」

村上義清の家臣の束ねの一端を垣間見たような気がした。やはり武田に勝つだけのことはある。

「まだまだ挽回する時はござりまするぞ、小笠原様。命さえあれば、いずれは奪還できましょう。

──おっ、そうじゃ、長旅で疲れた小笠原様の喉を潤さねば。清めの酒でも持って参りましょう」

清宗は逃げるように席を外した。

おそらく合力するというのは空世辞《からせじ》だったのだろう。長時は客将として迎え入れられたということだ。義弟とはいえ、他国のことに構ってはおれない。まして、家臣たちから見放されてしまった男なのだから。

──いや、耐え忍ぶ中でこそ、本物の強さが育つ。今は亀になって耐え忍ばねばならぬ。

その時、夕日が長時の顔を照らした。思わず外を見る。

夕日が丁度雲から顔を出したところだった。空を茜色に染めていく。

どこからともなく、亡きの父の声が聞こえてくる。

世の中には、命に代えても残さねばならぬものがある。頼んだぞ、長時――。

胸に沁みる。ぼやけた風景に、須沢清左衛門の労るような笑顔が浮かんだ。

みるみる日が山に沈んでいく。あたかもこの世から消えていく小笠原家のようで、あまりの寂しさに心が萎《しぼ》む。それを叱咤するかのように、耳の奥で玄霊の言葉が木霊した。

人の値打ちは器の大小に非ず、この世に何を残せたか。それが天命にござります――。

……そうじゃ。泣いておる暇などないわ。命に代えても家名は残さねばならぬ。それにはまず松本平を取り返してからじゃ。

長時はぞんざいに涙をぬぐった。


武田の長時への追撃は執拗だった。

八月十九日、武田勢は逃げた長時を追い、大門《だいもん》峠を越えて小県に兵を進めると、遠山氏の和田城を落とし、翌二十日には小笠原一族の長窪《ながくぼ》城を奪った。

さらに二十八日、兵七千をもって上田原に現れるや、瞬く間に上田原の東に立つ村上方の支城、砥石《といし》城を包囲したという報せが塩田城に届いた。

やはり武田は、方々に乱破を飛ばしているだけに抜け目がない。村上義清が高梨政頼との戦で動けないことを知り、好機と見たのだろう。が――。

塩田城主、内山清宗は余裕の顔を見せていた。

清宗によれば、砥石城は小県や佐久を押さえるために村上義清が改築した山城で、上田原と真田郷を分ける太郎山の上にあるという。南北に延びた切り立った峰全体が城になっており、東西は断崖絶壁の崖で、攻めるにはその崖を登るしかない。

加えて崖の壁は、城の名のとおり砥石のようなもろく薄い石が幾重にも重なり合っているため剝がれ易く、一度滑落すれば、岩に身を削られてしまうという。そのため、堅固さは信州随一と豪語する。また、城兵は五百人余りと少ないものの、かつて武田方に志賀城攻めで殺された兵の一族なので、武田が一万の兵をもってしても絶対に落とすことはできないと断言するほどだった。

ところが九月に入り、塩田城に鈴虫の声が聞こえる頃になると、それを蹴散らすように九日の夕刻から武田の太鼓の音が聞こえだした。朝といわず晩といわず、ひきも切らず上田原に重く響き渡っていく。さすがの内山清宗も苛立った様子だった。

やがて、北信濃で戦っていた村上義清が敵の高梨政頼と和睦したという吉報が届いたのは、鈴虫の声も消えた九月末だった。

城内は俄《にわ》かに活気づき、九月晦日未明、清宗は長時に留守居を頼むと、兵五百を引き連れ出陣していった。


内山清宗以下諸将が戻ってきたのは、十月に入って五日ほど経った昼過ぎだった。

家臣ばかりか、郎党に至るまで、小躍りするように城に入ってきた。勝ち戦だったことは諸将の笑顔でわかる。清宗は城門で出迎えていた長時を見るや、馬からするりと降りた。

「小笠原様、わが軍の大勝利でござった。武田を散々なまでに蹴散らしてやりましたぞ」

「さすが村上殿は戦上手」

「如何にも」清宗は得意げに桶側胴《おけがわどう》を叩いた。「武田勢七千の横っ腹をわが殿の兵二千が突いたのでござるよ。殿自慢の長槍隊に武田は総崩れ。武田方の首三千は討ち取ったでござろうか。小笠原様にも見せたかったほどじゃ。わが殿は敵を突いて突いて突きまくって――」

清宗の口は滑らかだった。武田に勝ったのだから無理もない。

「して、晴信の首は？」

清宗は渋い顔を振った。

「佐久平まで追ったのでござるが、次々と殿《しんがり》を残していくゆえ、あと少しのところで望月城に逃げ込まれ申した。深追いはならぬとの殿の仰せで、口惜しいが、引き揚げたのでござるよ」

「そうでござったか。悪運の強い……」

「したが、われらも千もの首級をあげたゆえ満足にござる。次は小笠原様の番じゃ」と言ってから、軍扇で自分の兜を叩いた。「おーっ、大事なことを忘れておったわ。わが殿からの伝言にござる。近々、松本平に兵を進め、武田勢を追い出すゆえ、小笠原様には道案内をお頼み申すと」

「……何と、村上殿がそのように？」

何……。思いも掛けぬ申し出に胸がうち震えた。

清宗はまた得意げに自分の桶側胴を叩いた。

「喜ばれよ。さらには、わが村上勢三千を小笠原様にお貸し申すと」

「な、何と、こ、このわしに、三千もの兵をお貸しくださるか……」

軍勢を持つなど、すでに諦めていた。それだけに体の奥から熱く込み上げてくるものがあった。

「小笠原様の御為、この清宗も脇大将としてお供仕る。何なりとお申し付けくだされ」

「美濃守殿」思わず涙が溢れ、清宗の拳を両手で包み込んだ。「まことに忝《かたじけな》く……」

「なあに、これからでござるよ、小笠原様。生きてあればこそ、挽回もできるというもの。この度の戦のように、武田を松本平から追い払ってやりましょうぞ」

「如何にも、如何にも。武田を、寝返り者を、松本平から追い払ってくれる……」

後は言葉にならず、目の前にいる清宗の顔もぼやけていった。

――今度こそ、風を捉えてみせる。

八

わが村上勢三千を小笠原様にお貸し申す――という、村上義清の言葉に嘘はなかった。

十月、村上義清は三千余の兵を率い、塩田城に入ってきた。後から新たに三千の兵も駆けつけるという。

村上義清とは、書状を何度か交わしているが、会うのは初めてだった。義弟とはいえ、歳は長時よりひと回り以上も上の五十。黒くくっきりした眉の下には鋭い切れ長の涼しげな目があり、整えられた黒い顎鬚《あごひげ》が武将らしい重みを加えている。荒々しさの中にも顔全体に気品があった。印象としては、寡黙な男。誠実さが滲み出ており、仁科盛能のような老獪《ろうかい》さはない。どっしりとした存在感と、人を惹きつけてしまう徳のようなものがある。

おそらくこれが父の言っていた霊力だろう。交わした言葉は、というより、長時が聞いた義清の声は、評定の最後に言った「小笠原殿、案内を頼む」だけ。それだけでも信頼できてしまう。

十月二十日。長時は先発隊として、脇大将の内山清宗とともに村上勢三千と松本平を目指した。

武田に勝った後とあって、士気は上がっている。道筋は、大軍が行軍するには不向きだが、大沢山の南の峠を越え、山道を抜けて松本平に入る道を選んだ。

長時は峠を越えた辺りで、諸将から雑兵に至るまで周りに注意を向けさせた。

武田の乱破だ。どこに潜んでいるかもわからない。長時は評定でも自らの失敗を包み隠さず伝え、武田の乱破には油断しないよう伝えた。二度と同じ轍《てつ》は踏まない。そう心に決めている。

山の頂に日が沈んで、まもなくだった。峠を越え一里余りほど進んだ谷間に、突然、〈六文銭《ろくもんせん》〉の旗を掲げた一団が両側の頂に現れた。

目視での数、おおよそ五百。その背後にどれだけの軍勢がいるかはわからないが、攻められれば、谷間のほうが不利になる。

背後にいた脇大将の清宗が、轡を長時の側に寄せてきた。

「小笠原様、あれに見えるは武田の敵将、真田弾正幸隆《だんじょうゆきたか》の〈六文銭〉の旗印。先の砥石城での負けを取り返しに来たのやもしれませぬ。ここで戦うは不利。ここは一旦、引き返しましょうぞ。それがしが殿《しんがり》を務めまする」

「……しかし、解せぬ。あれほど武田の乱破に用心し、わが家臣に行く手を見回らせておるというに先回りされるとは。まして、一人も帰って来ぬとは」

「おそらくは真田の手に掛かったものと。乱破は武術にも長けておりまする。とにかく、ここで出鼻をくじかれては、後から参る殿に申し訳が立ちませぬ。さ、小笠原様、急がれませ」

ならば……後をお頼み申す、と長時が轡を返そうとした時だった。

右側の谷の頂に立った馬上の武将が、大声で叫んだ。

「殿！　会田小次郎幸継《ゆきつぐ》にござる。お待ち申しておりましたぞ」

その後に、兵たちが槍や太刀で桶側胴を叩く音が一斉に鳴り響いた。

会田勢に呼応でもするかのように、今度は左側の峰に立つ馬上の武将が叫んだ。

「太田資忠《すけただ》、ここに参陣！　宗家のために一族郎党を引き連れ申した！」

また同じように鎧を叩く音とともに、兵たちの声が上がった。

会田幸継は虚空蔵《こくうぞう》山の上にある会田城主で、太田資忠は苅谷原城主だった。どちらも昔、武田信虎や諏訪頼重などに追われ、父に救われた者たちだ。光《ひかる》氏や塔ノ原氏といった一族も属している。

全身、鳥肌が立った。長時の魂が大音声《だいおんじょう》に応えでもするかのように、うち震えている。

――この風を待っておった。

清宗はまだ半信半疑で周りを見回していた。村上勢のほとんどが同じように狼狽えている。

「美濃守殿、ご安心召され。あれなるはわが家臣、海野一族にござる」と告げてから、長時は馬上で声を張り上げた。

「待たせたの！　村上殿のご加勢じゃ！　今度こそ、武田を叩き潰そうぞ！」

おうっ――。兵たちの声が谷間に木霊《こだま》した。


長時率いる軍勢は海野一族も加わり、瞬く間に五千を超えた。

さらには梓川の近くの氷室《ひむろ》に陣を張ると、平瀬城主の平瀬義兼や犬甘城主の犬甘政徳、中塔城主の二木重高、島立城主の島立貞知ら譜代の家臣団も続々と駆けつけてきた。後発の村上勢三千が新たに加わり、氷室の北にある塔ノ原城に入ったとの報せに、さらに士気は上がった。

長時の自信も誇りも徐々に戻っている。

夕刻、長時率いる兵五千余は、深志城の西、半里もないところにある、犬甘城に入った。

犬甘城は鳥居山の頂を利用した城山だけに、眼下の深志城の動きはすぐにわかるという利点がある。西には南北に奈良井川が流れており、背後から襲われる心配もない。

長時たち諸将が居並ぶ大広間の下の庭先に、篝火が焚かれた。その間を通り、長槍を持った甲冑武者が一人、現れた。

仁王立ちして、中央に座していた長時を睨みつけている。

「又二郎！　うぬはどこへ逃げておった！」

周りにいた平瀬義兼がその声に驚き、男の視線を遮るように立った。

「無礼であろう」

「何が無礼じゃ！　武田を追い払おうと、押っ取り刀でやってきたわしを、無礼とは」

坂西勝三郎だった。

「甚平、勝三郎じゃ。多少のことは大目に見てやれ」

義兼は呆れた顔を長時に向けてから、脇に下がっていった。

「今度は逃げるなよ、又二郎。逃げたら、わしがうぬの首を武田に差し出してやる」

「勝三郎、わしは逃げたのではない。村上殿の許へ行って、後詰を連れてきたのじゃ。明日にはその村上殿も三千の兵を連れて、ここへ参られる」

「何、あの武田に二度も勝ったという、村上様か」

苦笑せずにはいられなかった。勝三郎ですら、村上義清を軍神のように崇《あが》めている。

「そうじゃ、その村上様よ」

「ならば、今度は勝ち戦じゃのう」

「ああ、勝ち戦よ」

「よし！　又二郎。今度は武田方の大将首を二つ三つ取ってくるゆえ、わしにとびきり麗《うるわ》しい姫御を用意しておけ。わかった。わかったな」

わかった、わかった。長時が苦笑いすると、勝三郎は満足したように槍を担いで出ていった。

「小笠原様、あれも御家中にござるか」

横にいた内山清宗もさすがに驚いたようだった。

「お見苦しいところをお見せいたした。あれは礼儀作法など縁なき男にて」

「いやー、正直、礼を尊ぶ小笠原御家中とはとても思いませなんだ」

「なれど、なかなかの強者《つわもの》。戦には欠かせぬ男にござる」

「さすが小笠原様は公平な目をお持ちじゃ。御家中の方々はさぞかし仕合わせであろう」

「……さあ、それはどうでござりましょう」

今の長時の立場では忸怩《じくじ》たるものがある。

翌日、長時は武田が入った深志城を奪い返すため、まずは周りにいる、武田に寝返った西牧、三村、山家一族の支城を次々と落とさせた。深志城を孤立させるためにも、背後を襲われないためにも、早々に片付けておきたかった。

村上義清の効力は絶大だった。村上家の〈丸に上〉の御旗を見ただけで城兵は悉く逃げ出した。ただ、西牧貞兼や三村長親、山家左馬允などは姿も現さず、どこに隠れているのかさえもわからない。長時は積年の怨みを晴らすように、空になった城や屋敷すべてに火を放たせた。

長時の家臣たちも、村上義清が背後にいるだけで、見違えたような戦ぶりだった。村上勢の勇猛さがまるで乗り移ったように弓を射て、槍で突き、刀を振り回している。その様は阿修羅の如くだった。

中でも二木重高は執拗だった。裏切り者の一人であった西牧一族の家老、西牧信道を追い回し、首級を引っさげて陣に戻ってきた。ついに妹の仇を取ったと、涙を流しながらも満足げだった。

日が西の穂高岳に入る頃、長時は後詰の村上勢と評定を開くために再び、犬甘城に兵を引いた。

九

早朝、長時率いる小笠原勢五千余は犬甘城を背に本陣を敷き、深志城を取り囲んだ。

深志城は静まり返り、城門を固く閉じている。死を待っているかのようだった。犬甘政徳によれば、城将は馬場信春という男で、歳は長時とほぼ同じという。

長時は本陣の陣幕から、深志城の櫓を睨みながら苦笑した。かつては長時があの深志城の中にいて、不安に駆られていた。今はまったく逆の立場にある。

城内の兵は多くとも五百だろう。風前の灯と言っていい。おそらく今朝の光景を見て、死を覚悟したに違いない。城内のことは、長時以下、小笠原譜代の誰もが知っているのだから。

まだまだ焦るまい。十分に怖がらせて一気に……。

「ご注進!」伝令だった。「武田勢およそ一千が村井城を出て、野々宮に布陣しておりまする」

野々宮は南北に流れる奈良井川の上流、田川と鎖川とに分かれた間にある原っぱで、犬甘城からは南へ一里ほど行ったところにある。おそらく、長時たちを深志城から少しでも引き離したいのだろう。

「何、たったの一千じゃと」傍らに控えていた犬甘政徳が声を上げた。「それで野々宮に誘《おび》き出そうという魂胆か。それとも、われらを侮ってか」

長時は政徳に顔を向けた。

「誘いに乗ってやろうではないか。こちらは五千余。しかも、村上殿の本隊三千も、追っ付け、ここに駆けつけてこられる。それまでに野々宮の千を潰し、深志城にいる武田勢ともども血祭りにあげ、塩尻峠の借りを返してくれるわ」

「如何にも。殿、他にも強い味方が駆けつけてきますぞ」

「強い味方？　一体、誰のことじゃ、政徳」

政徳はにやりと頬を崩した。

「会うまでのお楽しみということに。とにかく殿、焦りは禁物にござる。されば、朝餉を食べてから戦を。腹が減っては、戦はできませぬ」

そこへ、長時の脇大将を務めている内山清宗が供を連れ、姿を見せた。いつになく表情が硬い。

「おお、これは美濃守殿。今、報せに参ろうと思うていたところでござる。武田勢千が村井城を出て野々宮に布陣した由。村上殿の本隊がここへ参られる前に潰してもいいのじゃが、それでは村上殿にも失礼。それゆえ、朝餉でも食べてからと。勿論、村上殿の本隊が到着されれば、われら小笠原勢が先陣仕る。少しはわれらの働きをお見せせねば。のう」

長時の周りにいる、平瀬義兼や二木重高、犬甘政徳などの旗本衆は挙って頷いている。

清宗は渋い顔のままだった。が、意を決したように小さく一つ溜め息を吐くと、口を開いた。

「実は、その本隊にござる……」言い辛そうに一拍置いた。「諏訪に集結した武田本隊が、昨晩遅くに和田峠より小県に向かったとの報せで、わが殿は……葛尾《かつらお》城に帰られてござる」

「何、村上殿が帰られたじゃと！」長時は思わず叫んでいた。

「それゆえ、われらも直ちに帰陣せねばなりませぬ」

「な、何と、美濃守殿も……？　そ、それでは武田と」

どう戦う——と危うく言いそうになった。

村上勢とて、武田から領地を護らなければならないのは同じ。今は他人の心配などしてはいられない。それが本音だろう。長時が村上義清の立場でも同じことをする。

「主命なれば、致し方ござらぬ。小笠原様、ご武運を。されば、これにて、ご免仕る」

内山清宗が逃げるように一瞥して踵を返すや、「お待ちくだされ、美濃守様」と義兼の野太い声が飛んだ。

義兼は慇懃に片膝をついた。

「主命なれば致し方ござらぬが、一つお願いがござる。帰陣の際、野々宮にいる武田勢の前にて半刻《はんとき》（一時間）ほど陣を敷いて頂けませぬか」

清宗が振り返った。「武田勢の前で陣を敷け……？」

「今、武田勢千は野々宮に布陣しておりまする。やや道草となりまするが、われら小笠原勢が野々宮におる武田勢に攻めかかりますゆえ、半刻ほどわれらの背後にて陣を敷いて頂きたい」

「なるほど。後詰が十分におると思わせるのでござるな」清宗は深く頷いた。「平瀬殿とか申されたな。それしきのことなら喜んで。なあに半刻ほどの遅れで、わが領地が消えるわけでもござらぬ。小笠原家にも名軍師はおられますのう。されば、すぐに支度を。ご免」

清宗は踵を返し、陣幕を出て行った。

長時は落胆を隠せなかった。八千の軍勢がわずか二千余りに減ってしまった。しかも、頼りの村上義清もいない。目の前の松本平が、どんどん遠退いていくようだった。

長時は床几にどっかりと腰を下ろすと、義兼がすぐさま駆け寄ってきて声を落とした。

「殿、今こそ大将として、その覚悟をお示しあれ」

覚悟……？

「行くも地獄なら、退くも地獄」と義兼は念を押すように睨んだ。

――そうであった。

また塩尻峠の轍を踏むところだった。ここで退けば、あるのは地獄だけ。

武田勢一千に対して、小笠原勢には二千の兵がいる。背後に村上勢が構えていれば、勝てないこともない。いや、もはや勝敗など思案の外。もう無様な姿は、外にも内にも見せられない。

長時は気力を振り絞り床几から立ち上がると、陣幕にいる諸将に目を向けた。

諸将も長時を見ている。脳裏に「死」という文字が浮かんだかと思ったら、武者震いしている己に気づいた。咄嗟に、勝ち負けも、生も死も、頭から追い出した。

「……この一戦、わが生涯の死戦なり。わしが先陣を務める」

精一杯だった。義兼が目を潤ませ何か言おうとした時、重高が一歩前に出た。

「されば、それがしが殿の二番手を頂戴いたす」

重高の目にも、はっきりと「死」の覚悟が見てとれた。

声を掛ける間もなく「ならば、それがしは三番手ぞ」と政徳が言うや、桐原長真《ながざね》や島立貞知ほか、諸将たちも感じ入ったように後に続いた。誰の目も涙で潤んでいる。

死を覚悟して、ようやく家臣の束ねがわかったような気がする。

束ねとは、己を捨ててこそ。

――これが大将の、心の位か……。

その時、朱色の槍を持った武者が入ってきた。

「殿！　遅参して申し訳ござらぬ」

上条藤太だった。爽やかな笑みを浮かべていた。

「おう、藤太」と政徳。「待っておったぞ」

「ご免なさりませ。来る途中、武田の乱破どもを追い回して潰しておりましたゆえ」

藤太の朱槍の先には血がべっとりと付いている。

「そうであったか。今、野々宮にいる武田勢に、殿が先陣を切って突っ込まれると仰せられたので、後の順番を決めていたところぞ」

「殿が先陣を……?」藤太の爽やかな顔が曇った。

「おうよ。この戦はわれらにとって死戦ゆえ。藤太、ちと遅参過ぎたのう。そなたは」

政徳がそう言って見回すと、赤澤経智《つねとも》が列の端で声をあげた。

「わしが十三番手ゆえ、藤太は十四番手じゃな」

藤太は長時や諸将の態度で何かを感じ取ったらしく、神妙な面持ちで片膝をついた。

「殿、僭越ながら、一番手をそれがしにお譲りくだされ。槍においては松本平広しといえども、それがしに敵《かな》う者はおりませぬ。殿の得物は太刀。それがしが露払いを務めますれば、殿の太刀も大いに活きるかと存ずる。まして殿が死戦なれば、それがしにとっても死戦。否、殿の死戦を飾るは家臣の務め。何卒、一番手をお譲りくだされ」

「わかった。されば、こなたに一番手を命ずる。しかと、露払いを頼む。されば皆の者！　武田がしつこい奴と辟易するまで、命の限り、しぶとく戦ってやろうぞ」

おーっ。皆の声が初めて揃った。

十

辰の刻（午前八時）――。

長時率いるおおよそ二千余りの将兵は、野々宮に陣を構える武田勢と対峙した。

後方には、内山清宗率いる村上勢が鶴翼《かくよく》の陣形で構えている。

眼前には朱地に白で〈月星〉の旗印が見えている。「甲山の猛虎」と恐れられる武田家の宿老飯富《おぶ》虎昌《とらまさ》のもので、「甲軍の赤備え」としても勇名を馳せていると、平瀬義兼が教えてくれた。

長時は馬上から武田勢を睨みつけた。死戦の相手に不足はない。

名刀〈千代鶴〉の柄を握るや、懐かしい父の声が耳の奥から聞こえてきた。

当主たるもの、一旦、刀を抜きし時は臆することなく斬り進まねばならぬ――。

父上、しかとご覧召され。小笠原宗家の名に恥じぬよう戦います。

長時は天を仰いでから〈千代鶴〉をするりと抜き高々とかざすと、前を睨んだ。

「この一戦、われら小笠原一族、府中武士の死戦なーり。村上勢が見ておる。くれぐれも無様な戦いをするでないぞ！」

おーっ。長時の号令とともに法螺貝と陣太鼓が鳴り出した。

槍隊・弓隊が進み、その後に上条藤太を先頭に、長時などの騎馬武者が三角を描くように続いていく。それに呼応するかのように武田勢も陣太鼓を鳴らし、兵を進めてきた。

一町（約百九メートル）……。半町……。間がどんどん詰まっていく。

互いの矢を打ち出す、矢合わせが始まった。両者の間に矢の雨が行き来する。

弓では小笠原勢のほうが優勢だった。武田の弓隊がどんどん倒れていく。それに業を煮やしたのか、武田の槍隊が「おーっ」と言って走り出してきた。

「最後の一矢ぞ」馬上で重高が叫んだ。「一射絶命ぞ！　これぞ、小笠原流。今じゃ、撃て！」

矢が一斉に水平に走り、向かってくる武田の槍隊を次々と倒した。

「弓隊！　槍隊！　左右に分かれい！」馬上の藤太が叫んだ。「槍隊は後に続け！　弓隊も槍に持ち替え、後を追え！　いざ！」

藤太が朱槍をかざし、左右に分かれた弓隊・槍隊の間に躍り出た。長時も馬を前に進め、その背中を追う。その後に重高ら騎馬武者が続いた。

長時の馬は漆黒の肌を汗で濡らし、逡巡なく突き進んでいく。

武田勢の慌てぶりは馬上からもわかった。次に槍隊が来ると思っていたらしい。武田の槍隊は半ば総崩れになっている。そればかりか、槍隊の後で控えていた武田の甲冑武者も慌てている。

義兼の作戦だった。背後に村上勢三千がいる間に勝敗を決してしまう。それゆえ、一気に馬上戦に出たのだ。

ようやく武田の騎馬武者が一人、二人と走り、三十騎ほどがこちらに向かってきた。

前にいる藤太は素早く敵の騎馬武者の腹を刺し貫いては、本陣を目指していく。それをすれ違いざまに長時が胴を斬り、兜を割り、首を断った。

まったく怖さはない。無我夢中だった。桶側胴の中はぐっしょりと汗が噴き出している。

中には藤太の槍をかわし、長時に長槍で向かってくる者もいたが、長時はさらりと避け、腕ごと叩き落とし、兜を割って駆け抜けた。

尚も斬り進むと、武田勢も突き進んでくる朱槍の藤太や太刀を振るう長時を厄介とみたのか、騎馬武者十人ほどが隊列をなし、槍衾を作り突き進んできた。

「殿は左へ。わしは右に逃げる。後は豊後守殿にお任せあれ。豊後守殿、一射絶命ぞ！」

藤太はそう叫ぶや、右に馬を進め、長時は左に馬をかわした。――刹那、矢が十人の騎馬武者の頭や首、胸などを射貫いた。

これも小笠原が得意とする騎射の、流鏑馬《やぶさめ》だった。重高の弟たちが率いる騎馬隊で槍衾は瞬く間に消え去り、主人を失った馬だけが空しく並んで走っていった。

藤太は――と見ると、騎馬武者であろうが、歩兵であろうが、次々と突き刺している。形相はまるで阿修羅のよう。重高や政徳、島立貞知、赤澤経智などの旗本衆も血刀をひっさげ、突っ込んでいく。征矢野宗功は徒歩ながら、どこで手に入れてきたのか、刀身が三尺はあろうかと思われる大長巻を振り回し、敵兵の手足を跳ね飛ばしていた。

戦の前に「今度は逃げるなよ、又二郎。逃げたら、わしがうぬの首を武田に差し出してやる」と凄んだ坂西勝三郎も槍と太刀を左右に持ち、突いては斬り、突いては斬りと、敵兵を倒していた。

ほう、勝三郎もさすが……。

その時、背後にいる村上勢の法螺貝と陣太鼓が鳴り出し、後に大音声《だいおんじょう》が轟いた。

音だけの加勢だが、それでも十分だった。武田勢は今にも新手が繰り出してくると思ったらしく、浮き足立ち、逃げの態勢を取り始めている。

長時は振り返り、村上勢を見た。白地に〈丸に上〉の旗印が大きくはためいていた。

「殿！　気を抜くのはまだまだじゃ」重高が馬を寄せて前を指差した。「あれが飯富虎昌の本陣。首を取らねば、勝ち戦ではござらぬ」

「おうよ。皆の者！　雑兵は捨て置け。敵将、飯富虎昌の首を取って、村上勢の前で勝ち鬨を上げるのじゃ。急げ！」

おーっ。皆がまた陣形を整え、走り出した。


いくら「甲山の猛虎」と呼ばれる飯富虎昌であっても、一度総崩れした兵の建て直しはできない。武田勢は脱兎の如く、先を争うように村井城を目指し敗走し始めた。が、敵も然《さ》る者。追っ手をかわすように、いくつもの集団に分かれて馬を走らせ逃げていく。

村井城まであと十町（約一・一キロメートル）ほどに迫った時、先頭を走っていた藤太が、突然、馬を止めた。

「藤太！　如何いたした」

藤太は前を指差した。目を向けると、村井城の周りに黒い軍勢が広がっているのが見えた。

兵の数は定かではないが、少なくとも五千、いや、おそらく八千以上はいる。

中央には〈武田菱〉の旗と諏訪明神の朱旗、黒地に孫子の文言が入った旗がたなびいていた。右端には西牧一族の〈結び雁金《かりがね》〉や三村一族の〈三《み》つ引両《ひきりよう》〉、山家一族の〈梶《かじ》の葉〉などの旗も見える。

「何と武田の本隊。されば、和田峠より小県に向かったとは……」

村上勢を騙すための行動。また裏を搔かれたか。耳の奥で玄霊の声が甦る。

兵とは詭道なり――。

またしても、罠に嵌っている。これこそが、わざと退いて迎え撃つという、佯退《ようたい》の兵法だ。

長時は天を仰いだ。

——結局、わしは何も残せぬまま死んでいく運命か。

そう思うと、生涯最期の花道に、天が勝ち戦の気分を味わわせてくれたようにも思えてくる。

そこへ、重高や政徳ほか旗本衆が追いついて、轡を並べた。

「武田の本隊……何としたこと」島立貞知が落胆したように言った。「一万はおるぞ」

「飯富虎昌の隊は囮だったか」そう言った重高の言葉に力はない。「西牧や三村の旗も見えるわ」

思わず笑いが込み上げた。くくく……。

「殿、如何なされた？」

「勝ったと思うて手負いの猪を追ってきたら、目の前には大きな熊が待っておったわ。所詮、わしは……風を捉えられぬ、極楽とんぼであったわ」

「殿、己を卑下するのはおやめなされ。もう誰も殿を極楽とんぼなどとは思うておりませぬ。殿の前立てのとんぼと同じく、前に攻め進んでこられたではござらぬか」

義兼が厳しく言うと、重高が轡を返した。

「心配無用じゃ。わしが村上勢を連れ戻してくる。それまで殿はわしの城にてお待ちあれ。方々も己が城にて待っておられい」

「もうよい！　重高」長時が言下に言った。「これで十分じゃ」

「何が十分にござる。あの武田勢との戦となれば、村上勢六千でも足りるかどうか」

「そうではない。十分戦うたということじゃ」長時は馬を降りた。「最期に宗家に恥じぬ戦ができた。わしはこれで満足じゃ」

「されば殿、これより如何なさるおつもりじゃ」赤澤経智が訊ねた。

長時は太刀を鞘に納めると、脇差ごと腰から抜いた。

「もうこれまでぞ。わしは潔く、ここで腹を切る」

「な、何と！」

「皆、武田に降《くだ》れ。きょうまで、このようなわしに、よう付いてきてくれた。その礼というのではないが、わしの首を取れ。このような首でも信濃守護職ぞ。手土産にすれば、そなたらの命は助かる。それでわしは満足じゃ」

父が言うように、命に代えても残さねばならぬものがあるとしたら、それは長時を信じて、ここまで戦ってくれた家臣団だ。

「何を仰せられる」重高は気色ばむと、馬を降《お》り長時の前に立った。「誰が武田などに降《くだ》りましょうや。殿、勝敗は時の運。ここで殿に腹を召されては武田に松本平をくれてやるようなもの」

「豊後守の言うとおりじゃ」貞知が後を継いだ。「殿の勇猛ぶりは大殿にも負けはせぬ。それがしが数えただけでも、武田の武者十八騎は斬り落とされた。そのような大将はおりませせぬぞ」

義兼が馬を降り、後を引き取った。

「それだけではないわ。見事にわれら家臣を束ねてござった。御台様にお伝えすれば、どんなに喜ばれることか。殿のお子たちもこれを聞けば大喜びじゃ。砥石城で追い返した村上殿と同じく、末代まで語り継がれましょうぞ。されば、それがしも城に帰り武田に備えまする。またの好機を待とうではござらぬか。のう、方々」

「そうじゃ」経智だった。「殿、生きてあればこそ、またこのような戦いができるというもの。武田との戦はこれからじゃ。束ねがのうては戦えぬ。のう、藤太」

「如何にも」藤太は馬上で槍をかざした。「この朱槍は小笠原家にあってこそ生きるというもの。武田にいては飯富の赤備えで霞んでしまうわ」

重高は自分の桶側胴を叩いた。

「藤太、よう言うた。まったくぞ。われらは小笠原家の下にあってこそじゃ。否、殿がおられねば、わしらは戦えぬ。そうであろうが、方々」

そのとおりじゃ。一同の声が揃う。

「そなたたち……」

長時は仕合わせだった。初めて本当の家臣に囲まれたと言っていい。胸に込み上げるものがある。周りの笑顔がぼやけていく。

「皆の者、礼を申す……」

長時が続けようとするや、重高が遮った。

「殿、ここは勝ち逃げと、参ろうではござらぬか」

「勝ち逃げ？」

「如何にも、わしらは勝った、誰の手も借りずに。のう、方々」

如何にも。武田に一勝じゃ——と口々に答えた。

「されば殿、これよりわが中塔城に入り、次の策を練りましょうぞ。殿もご存じのとおり、中塔城は艱嶮《かんけん》の城。五千の兵を三年食わせるほどの兵糧も矢玉も蓄えてござる。殿もせっかく胆力が付いてこられたに、ここで諦めるは勿体のうござる。まだまだ修行が足りませぬぞ、殿」

「重高……」

「さ、もう少し胆力を付けて、殿が仰せられたように武田がしつこい奴と辟易するまで、命の限り、しぶとく戦ってやりましょうぞ。潔う死んでも喜ぶは武田だけ。何も残りませぬぞ。否、深志城を取り返すまでは、まだまだ死ねませぬぞ、殿」

「そうじゃ」と義兼が後を押した。

「今は駄目でも五年先、十年先に武田に勝っておればよいではござらぬか。殿、今こそ真の胆力を身に付ける、よき時にござるぞ。武田との根競べ。勝って、府中武士の意地を見せてやりましょうぞ」

「それには腹ごしらえじゃ。ささ、殿。朝飯前の一戦は終わったゆえ、わが城にて、朝餉を食いましょうぞ。腹は切るものではなく満たすもの。腹が減っては、戦はできませぬ」

重高は笑みを浮かべ、長時を強引に馬に乗せた。

十一

中塔城は、城主の二木重高が自慢しただけあって堅固だった。

城は松本平の西、金比良山の山頂に立っている。南北は深い谷で囲まれ、そこには梓川の支流である二本の川が流れていた。東は左右に岩山が切り立ってできた谷になっており、峰にはいくつのも堀切が連なっている。

西の背後も切り立った峰が続き、容易に人が入ることはできない。

武田勢は一万の兵で攻撃を加えるも、砥石城と同じく、城兵の猛反撃により大損害を受けていた。そのため遠巻きに包囲し、すでに武田に降った長時の叔父、小笠原定政《さだまさ》を降伏勧告の使者に出してくるほどだった。

定政が携えてきた晴信の書状には、

〈流石《さすが》、同門甲斐源氏。信濃守護小笠原大膳大夫殿の武勇、十分拝見し感じ入り候。されど、こ

れ以上は無益。然《しか》らば、旗本にてお迎えいたしたく、速やかに開城され、和議を申し入れ候――〉

とあった。

使者の定政は「もう十分に意地は見せたではないか、長時」と、半ば哀れみながらも偉そうに言った。向けられたまなざしは「この極楽とんぼめが――」と言いたげな見下したものだった。

それだけに余計、不愉快でならない。開城したところで、諂道を得意とする晴信だ。かつての諏訪頼重のように騙し討ちにされるのは見えている。ましてや松本平の象徴ともいうべき信濃守護職の長時を、生かしておくはずがない。

玄霊の教えの、耐え忍ぶ中でこそ、本物の強さが育つもの――ではないが、少しは胆力が付いてきたのかもしれない。一度、松本平を追われたからか、ようやく当主としての覚悟もできている。

長時は定政とは一言も交わさず、書状にて返答した。

〈両家は同門と雖《いえど》も、天賜の家紋を持つ、わが小笠原家。格下の武田家に降伏など笑止。然《しか》らば、命の限り御相手申し候――〉

この返答に若い武田晴信が腹を立てたのは言うまでもない。翌日から、中塔城の東の谷に兵を送り込み、大人気ない罵詈雑言を浴びせてきた。中でも、寝返った山家や三村の家来たちの長時に対する罵声は聞くに耐えないものだった。

長時はこの時とばかりに城兵たちに歩射を教え、谷間で罵詈雑言を叫ぶ敵兵を的にして矢を撃ち掛け、武田に抵抗し続けた。もはや信濃守護職などという見栄も外聞もなかった。

平瀬城主の義兼や犬甘城主の政徳、島立城主の貞知ら譜代の家臣たちも個々に籠城して戦った。

時には武田の背後に回り矢を打ち掛け、時には夜襲を掛けて武田の兵を悩ませている。まさに村上義清の家臣内山清宗が言ったとおり、しつこい奴と辟易するまでしぶとく戦え、だった。

が、すべて順調というわけではない。反撃に影を落とす出来事が起きた。

二木家に仕える被官の土豪武士ら十六人ほどが、武田の乱破の謀略に乗せられ、逆心を企てた。重高が事前に取り押さえ、悉く斬首したので大事には至らなかったものの、乱破を使った武田の攻めは執拗だった。翌天文二十年（一五五一）五月末、難攻不落を誇っていた砥石城が武田の謀略によって落ちたと、武田方がわざわざ矢文で報せてきたほどだ。

当初は信じなかった。流言飛語は武田の得意技だ。そうやって城内の動揺を図ろうとするのは常套手段と言っていい。しかし――。

それを境に武田勢の動きが明らかに変わりだしていく。

武田勢が平瀬城を取り囲み総攻撃し、陥落させたという報せが入ったのは、十月末だった。

それを報せにやってきたのは、野々宮でともに戦った犬甘政徳だった。籠城していた犬甘城を敵将馬場信春に攻められ、命からがら逃げてきたのだった。

夕刻、具足姿で中塔城の広間に表れた政徳は、息も絶え絶えだった。顔中、泥だらけで所々に血糊が付いていた。

「甚平が討たれたとはまことか」

「はっ……残念ながら。それがしも加勢に駆けつけたのでござるが、何せ、多勢に無勢」

「して、一緒におられた母上らは」

平瀬城には母賢静院と室の仙、上の息子二人を預けていた。

「ご無事にござる。ご家老がふた月ほど前、村上殿の許へ送られた由に」

四月に突然、六歳の三男小僧丸だけを中塔城に密かに送ってきた理由がようやくわかった。おそらく義兼は、これで長時が安易に自害しないだろうと踏んだのだろう。それだけに深謀遠慮だった義兼の死は、再び父親を亡くしたに等しく、断腸の思いだった。

「甚平まで失うとは……」

「おそらくは、山家左馬允に騙されたものと推察仕る」

「何！　あの左馬允に……？」

仔細はわかりませぬが――と政徳は前置きした上で、その時の様子を語った。

政徳が加勢に駆けつけた時には、すでに平瀬城は落城していたという。武田勢は志賀城を落とした時のように、討ち取った将兵の首を城の周りに並べ、その中に山家左馬允がおり、大声で「大将、平瀬義兼が首、わしが討ち取ったりー」と叫んでいたと憎々しく語った。

「あの左馬允めが、ご家老の首級を長槍に刺して高々と自慢げに……」

「何！　甚平の首を」長時は床を蹴った。怒りが突き抜ける。「左馬允め！　断じて許さぬ」

広間から東に目をやった。連なる山々はすでに薄暮に包まれていた。

甚平……。

その後も、武田勢による猛攻が止まることはなかった。

微かな吉報といえば、平瀬城落城の三日後の二十七日に、武田勢が仁科一族の支城、小岩嶽《こいわだけ》城を攻め城下に放火するも、必死に抵抗して落城しなかったことぐらいだろうか。小岩嶽城の城主古厩盛兼は、塩尻峠の戦いで引き揚げた、仁科盛能の弟の一人だった。

仁科一族が武田に攻められても降らなかったという事実は、中塔城内の城兵のわずかながら士気を高めてくれた。また、仁科一族の当主で長時の義父、仁科盛能から密かに兵糧が送られてきたことも城兵を力づけている。が――。

吉報もそこまでだった。越えて翌天文二十一年（一五五二）八月、武田は再び小岩嶽城を攻めだす。

もう我慢ならなかった。長時は五百ほどの兵を引き連れ、中塔城を出て加勢に向かった。だが、途中、武田に寝返った岩原城主の堀金政氏《まさうじ》に行く手を阻まれてしまう。

堀金政氏は小岩嶽城主の古厩盛兼と同じく仁科一族だった。「同じ仁科一族を見殺しにするのか！」と罵声を浴びせても、まったく動じない。それどころか、その隙に背後を武田勢に襲われ、長時は中塔城に引き返さざるを得なかった。

結局、小岩嶽城は十二日間戦ったものの、城兵五百余人が討ち取られ落城した。城主の古厩盛兼と嫡男の盛通《もりみち》は戦火の中、自害して果てたという。さらに仁科一族の丸山盛慶《もりよし》の居城、日岐《ひき》城も武田に攻略され、島立城主の貞知も城を捨て敗走したとの伝令が届いたのは、十一月だった。

これにより、長時のいる中塔城は松本平で完全に孤立してしまった。

十二

天文二十一年、十二月に入ったある晩、長時は中塔城の一室で二木重高と向き合っていた。

ここ中塔城は高い山の上に建つだけあって、冬はことさら寒さが身に沁みる。外からは松本平を突き抜ける北風の音が、時折、聞こえていた。城の周りは雪に覆われていることもあり、さすがの武田勢も深志城に籠もって攻撃の手を休めている。

薄暗い燭台の灯りの中、長時は剃髪して坊主になった頭を片手で撫でた。六月に京の建仁寺禅居庵の摩利支天に戦勝祈願し入道して以降、名を「湖雪斎《こせっさい》」と改めた。

「重高、わしの最後の頼みを聞いてくれぬか」

重高は黒く伸びのある眉を吊り上げた。顔がほっそりとしたせいか、眉がやけに太く感じられる。

「殿、この期に及んで、また首級《みしるし》を取れとおっしゃるならば、ご遠慮いたす」

「そうではない。わしとこなただけの密約じゃ」

「密約……？」

長時は、挑むような重高の硬さをほぐすように、笑みを返した。

「野々宮での合戦以来、約二年、武田を相手によう戦うた」

「まだまだ。これからが本戦《ほんいくさ》にござる。武田がしつこい奴と辟易するまで、命の限りしぶとく」

長時は片手を広げて制した。

「もう十分じゃ。武田の書状にあったとおり、これ以上は無益。甚平が討たれ、古厩父子は一族に殺された。頼りにしておった村上殿も砥石城を失ってより、こちらへの後詰もままならぬ」

「されば伊那谷の弟君、孫次郎様を頼られては如何でござる」

長時は頭《かぶり》を振った。

「向こうでも武田の謀略で内通する家臣が多く出ておると書状にあった。まして伊那に行くには、表裏者の三村の領地を通らねば行けぬ。兵糧も少のうなった今、もう先は見えておる」

米蔵には、もうわずかの米しか残っていないことは知っていた。長時と小僧丸以外の城兵たちは、重高も含め、二日に一度しか食べていない。しかも、ほとんど水のような粥だけ。それだけに城兵たちはここひと月ほどで、みるみる痩せてきている。

重高は痩せこけた顔を向けた。

「確かに今は周り中が武田ゆえ、家臣は浮き足立っておるやもしれませぬ。が、すべては二木家譜代の忠義の臣。武田に寝返った西牧の血を引く者は一人もおりませぬ。たとえ雨水を飲み、雪を噛み、草を食《は》もうとも、山家のような武田に内通する表裏者は一人もおりませぬ」

「それゆえ、ただの一人も無駄死にはさせとうない。わしも来年で四十ぞ。人間五十年。家臣を惚れさせるような霊力を身に付けることはできなんだが、甚平が申したとおり、五年先、十年先の小笠原家を考えねばならぬ歳ぞ。いつまでも、日々の戦ばかりにかまけてもおれぬ」

「何を言われる。野々宮の合戦、さらにはこの二年もの間、殿は見事に家臣を束ねられ、武田と戦うてこられたではござらぬか。もう昔の……殿ではござらぬ」

長時は重高の呑み込んだ言葉がわかるだけに、苦笑せずにはいられなかった。

「ここを出て行くにあたり、最上の褒め言葉をもろうたわ」

「ここを出る？　まさか、ここを出て武田の軍門に下る、と言われるのではござるまいのう。その時機は疾《と》うに逸しておりますぞ、殿」

「わかっておる。この世の中、一人の力ではどうにもできぬことがある。それゆえ、わしはこれより北信濃の中野に向かおうと思う」

「北信濃の中野と申さば、かつて村上殿と戦うておった、高梨殿にござるか」

「そうじゃ。中野城主、高梨政頼殿はわしより五つほど年嵩らしい。今は、ともに武田と戦うておるそうな。村上殿から、信の置ける男という文をもろうた」

「何と、お優しい殿じゃ」重高は涙を浮かべた。「兵糧を心配なされ、いらぬ気遣いを……」

「そうではない。世の中には、命に代えても残さねばならぬものがある。父の遺言じゃ。わしは村上殿や高梨殿、さらには北の、わずか二十二という若さで越後を一つに束ねた長尾（景虎）殿とともに武田を潰し、松本平を取り戻そうと思うておる。ここにおってはそれも叶わぬ。伊那の孫次郎が攻められる前に手を打たねば、それこそ本当に小笠原家が潰されてしまう。そこで重高への頼みというは、ほかでもない」長時は一拍置いた。「武田に降り、仕えて欲しいのじゃ」

重高は信じられぬという表情で目を丸くした。

「な、何と！　この重高に寝返り者になれと。馬鹿な！　戯言にも、ほどがありましょうぞ」

「戯言ではない、重高。幼き頃、ともに過ごし、二年もの間この城でともに戦うたこなたなればこそ、頼むのじゃ。頼む、この地に留まり、小笠原家再興の人種《ひとだね》となってくれ」

「人種……」重高は頭を激しく振った。「嫌じゃ。人種なれば、大炊助（犬甘政徳）殿や織部（桐原真基《さねもと》）殿になってもろうてくだされ。ここまでともに戦い抜いたに、何ゆえ、そのような薄情なことを仰せられる。殿、わしはすでに四十一。一緒に村上殿や高梨殿の許へお連れくだされ」

「頼む、重高。このとおりぞ」長時は溢れる涙を隠すように頭を下げた。「堪《こら》え性《しょう》の、こなたなればこそ頼むのじゃ。わしはまた兵を率いて必ず戻ってくる。わしが死なば、わしの子らが戻る。それまで何があろうと、この松本平の地で生きて待っていて欲しいのじゃ」

見上げると、歪んだ重高の顔があった。重高の肩が小刻みに震えだしている。

「わしは……嫌じゃ。武田に降るくらいなら、死んだほうがましじゃ。向こうには寝返り者の西牧や三村もおるというに、今さらわしが、その中で生きていけるとお思いか、殿は」

その辛さ、屈辱は想像を超えて余りある。おそらく西牧一族などは、これ見よがしに罵るに違いない。あんな輩に蔑まれるくらいなら、潔く自刃したほうが、どれほど楽か。

「重高も辛かろうが耐えてくれ。わしとて辛い。それでもやらねばならぬ。宗家を継ぐ者の運命じゃ」無理に笑みを浮かべた。「そこで、武田が信じるよう一計を考えた。わしと小僧丸ほか、政徳などをこの城より追い落としてくれ」

「な、何と。それがしに、そのようなことができましょうや！」

「兵とは詭道なり。それを自慢する武田晴信を信用させるには、それしかない。頼む。悪者になってくれ」

重高は口を真一文字に閉じ、硬く目を閉じたまま涙を流していた。

その年の大晦日、段取りどおり、重高は長時を、小僧丸ほか犬甘政徳や赤澤経智など譜代の家臣百名とともに中塔城から追い落とした。

「もう殿には付いていけぬわ！」

「今までの大恩を忘れた表裏者めが！」

刃を交わすこともない、声だけの、寂しくも悲しい戦だった。

長時は小僧丸を連れ、わずか百名の家臣とともに降り積もった雪を掻き分けて中野に向かった。

凍《い》てつくような寒い夜だった。

北の空に北辰（北極星）だけが、まるで長時の行く先を案内するが如く輝いていた。

世の中には、命に代えても残さねばならぬものがある。頼んだぞ、長時——。

長時は、父の言葉を嚙みしめるように、積もった雪を摑んで口に入れた。

吹き返しの風

一

天文二十二年（一五五三）九月――。

長時は北信濃の国人衆とともに、越後の長尾景虎の居城春日山城《かすがやま》にいた。

わずか十箇月ほどで、まさかこんなことになるとは夢にも思っていなかった。

雪が消えた今年三月、松本平への本格的な武田方の猛攻が始まるや、四月に光一族の苅谷原城や塔ノ原城、会田一族の虚空蔵山城などが次々と落とされた。これにより、仁科道外ほか、青柳清長や飯森盛春、渋田見盛家ら仁科一族が悉く武田に降ってしまった。

その後、武田勢は休むことなく、松本平から村上義清の本拠である葛尾城を急襲する。

城を追われた村上義清は、高梨政頼を通じて越後守護の長尾景虎から支援を受けた。四月末に八幡原で武田勢を破り、葛尾城や塩田城を奪還している。

だが、武田の勢いは止められなかった。

八月、和田城を攻め落とした武田勢は、高鳥屋《たかとや》城、内村城、田村城を次々と陥落させ、塩田城に進軍し反撃に出てきた。

一旦は勢いを取り戻したかに見えた村上義清だったが、相次ぐ家臣の裏切りで劣勢を挽回できず、籠城していた塩田城をも追われ、再び越後の長尾景虎の許へ逃げたのだった。

その煽りを受けたのが、長時が身を寄せていた中野城主の高梨政頼だ。武田はあたかも逃げる長時を追い掛けているかのようだった。これ以上、高梨政頼に迷惑を掛けられないと、長時は中野城を出て越後に向かった。

しかしほっとする間もなく、高梨政頼ほか、井上城主の井上清政《きよまさ》や須田城主の須田満親《みつちか》、長沼城主の島津忠直《ただなお》など、善光寺平以北の国人衆までもが武田に領地を奪われ、越後に逃れてくる。長時にとって武田は、逃げても尚追ってくる大猪に思えた。ところが――。

その勢いづく武田の追撃を止めたのは、長尾景虎だった。

八月末、景虎は村上義清など信濃国人衆を案内役とし、八千の兵を引き連れ自ら川中島に出陣するや、九月に武田勢を布施で撃破。さらには荒砥《あらと》城・虚空蔵山城など武田方となっている諸城を次々と攻め落とし、九月末に越後へ戻ってきた。

帰陣した馬上の景虎は輝いていた。

赤い手綱の漆黒の馬に乗り、不動明王の前立ての兜を被り、紺地に赤い牡丹をあしらった陣羽織を着た姿は、とても二十四の若者とは思えない。名だたる武将たちを従え、堂々とした大将の風格は、あの村上義清ですら霞んでしまうほどで、遠くから見ているだけでも惹きつけられる魔力があった。後ろには、景虎の威光をさらに高めるかのように白地に墨一文字で、軍神毘沙門天を表す〈毘〉と、神霊な力を持つ〈龍〉の大きな旗がはためいていた。

あまりに勇壮で輝かしい軍勢を見たからだろう。長時の中で、若き越後守護、長尾景虎への期待はますます大きくなっていく。それはともに松本平から追われてきた家臣たちも同じだったらしい。羨望のまなざしで、くいいるように馬上の景虎を追っていた。久しぶりに越後の地で再会した息子の豊松丸と久松丸すらも、目を輝かせ見ていた。

十月中旬、長時は突然、京から戻ってきた景虎に呼び出された。

招かれたのは、城内の景虎の別宅だった。三間四方の広間には小姓五人ほどが控えており、広間の前にある庭の池の水面には白い満月が浮かんでいた。

景虎と個別に会うのは初めてだった。笑みを浮かべた穏やかな顔はまさに大将たる風格がある。

長時は下座に座し、平伏して挨拶と礼を述べた。

「この度は、長尾殿には多大なご配慮を頂き、誠に有り難く存ずる。われら小笠原一族、このご恩に報いるため、また、先祖代々より護りしわが領地松本平を取り返すため、粉骨砕身して働く所存にござる。何卒、万端よしなにお願い仕る」

長時以下、家臣一族郎党は、春日山城下の曲輪《くるわ》の一角に住まわせてもらっていた。他の信濃の国人衆も同じように屋敷をあてがわれている。

「今宵はそのような堅苦しい挨拶は抜きにして、冬の月でも愛でながら、ゆるりと酒を酌み交わしましょうぞ。松本平や小笠原家に代々伝わる糾法の話など、お聞かせくださらぬか」

長時が小姓から盃を受け取ると、景虎自ら酒を注いでくれた。

「それにしても、酷い目に遭われたものよ。同じ守護職として、心中お察し申す。己が父親を国許より追い出し、諏訪ばかりか、信濃を侵して民を苦しめる武田晴信というは、まさに無頼の徒。この度の上洛で天子様（後奈良《ごなら》天皇）より、晴信を討伐せよとの綸旨《りんじ》を頂戴して参った」

何と……。

綸旨とは、帝の意向を側近が書面にした命令書だった。

「将軍家からも勅命を受けてござれば、この景虎、必ずや悪党武田晴信を追い出し、小笠原殿ほか、信濃国人衆の領土を取り返してみせましょうぞ」

「この上ないお言葉にこの長時、感涙の極み。越後に素晴しき弓取りがおられると、村上殿や高梨殿からお聞きしており申したが、まさに評判どおりのお方。それにしても長尾殿はお若いのに禁廷《きんてい》様や将軍家と深く結び、多くの家臣を束ねる力量は大したものでござる」

景虎は盃を呷り、じろりと見るや、長時の心の内を見透かしたように笑みを浮かべた。

「この景虎があまりに若いゆえ、驚いておられるのでござろう」

「あ、いや、そうではござらぬ。長尾殿にお会いして初めて、亡き父長棟が申しておりました、霊力がわかったような気がしてござる」

「霊力……？」

「御仏《みほとけ》が発する後光のようなもの。人を惹きつけてしまう力のことにござる。父は、生まれながらにして持っておられる方がおると申しておりましたが、長尾殿はまさにその御仁。多くの国人衆が頼りにされるのもわかり申す」

景虎は苦笑いして微かに頭を振った。世辞と聞こえたようだった。

「阿諛《あゆ》ではござらぬ。わが息子たちもこの越後の地に来て以来、長尾殿のような武将になりたい、いえ、長尾家の家臣になって働きたいと申すほど」

「確か小笠原殿には三人のお子がおられたが、いくつになられる」

「上から十三、十一、八つと、いずれも元服前にて」

「男子《おのこ》が三人とは頼もしい。早速、明日にでも小姓の中にお加えいたそう。ご異存なくばだが」

「何の異存などありましょうや。越後に来て息子たちが喜んだは、長尾殿にお目に掛かれたことと、海を見たことにござる。それゆえ、この地が気に入っておりまする。小姓に入れるとなれば大喜びにござる。時に長尾殿、一つお訊きしたきことがござるが、宜しいか」

景虎は「何なりと」と言うように笑みを浮かべ頷いた。

「ここで耳にした話にござるが、長尾殿は自らを毘沙門天の生まれ変わりと仰せとか」

景虎は笑みを収め、厳しく挑むように睨んだ。

「それが何か」

「実はわが府中小笠原家の菩提寺、廣澤寺に玄霊禅師という臨済宗の僧がおります。それがしが幼き頃、禅や論語などを教わりました師でもありまする」

「この景虎も幼き頃、城下の林泉寺に預けられた折、禅を学んだ。座禅は己の心と対峙するには実によいもの。ここにいる時は必ず毘沙門堂に籠もり座禅を組み、毘沙門天と心を一《いつ》にする」

「実は玄霊禅師が申すには、崇高な上位の心に立てば、戦をせずとも仁によって、この世を束ねていけると申すのでござる」

「如何にも」深々と頷いた。「その禅師の申されるとおり。それが王道というものにござる。武で制すれば武で制される。それが覇道。覇道ではこの世は治まらぬ。この景虎も毘沙門天と申したり、不動明王と申したりしておるは、王道を目指すため」

景虎は盃を置くと、夜空に浮かぶ月に目を向けた。

「十三の時でござる。父上が亡くなった折、死とは、生きるとは何かと自問自答し、禅を組むうちに何かに導かれるように、偶然たどり着き申した」

「その境地に？　でござるか」

景虎は長時に目を向けて頷いた。

——何と！　十三歳でその境地にたどり着いたとは……。

驚いている長時をよそに、景虎は半ばほっとしたように盃を持った。

「以降、すべてが運命《さだめ》のままに動かされておるとわかり申した。それゆえ、毘沙門天や不動明王の剣を用い、武田などの悪党を成敗しておるのでござる。それにしても同じ境地に立たれた方がおられたとは、一度、その禅師に会うて見たいものよ」景虎は盃を空けた。「天子様が仰せられるには、古《いにしえ》の宮中では、その崇高な上位の心を持った聖《ひじり》という方々が多くおられたそうじゃ」

聖……。歳下のはずが、なぜか、数段、上の存在に思えてくる。

景虎はそれを察したように続けた。

「その境地には若くて達する者もいれば、それすら知らずに歳を重ね死んでいく者も、いや、ほとんどがそうでござろう。目の前の欲に駆られて、己に与えられた天命も知らずに死んでいく」

耳が痛い。

「邪心に操られておる武田晴信が、そうでござろう。己が欲望の欲するままに他国を攻め、領地を広げることだけに夢中になっておる。哀れ哉。先が何も見えてはおらぬ。それが欲に駆られた、否、覇道に魅入られた者の宿命。それゆえこの景虎、孫子の兵法を自慢げに掲げる晴信など歯牙にも掛けてはおらぬ」

「玄霊禅師も、兵法を説く孫子なぞ、論語の孔子には遠く及ばない、と申しておられた」

「孔子と孫子を比べて、孔子が上と申されるとは、その禅師は深い」景虎は感激したように言った。「如何にもそのとおり。天と地ほども違う。孔子の説く論語は仁の上に立った教え。欲の上に立って使うが孫子の兵法。それが王者と覇者の違いにござる。なればこそ、私利私欲、私心を捨てれば、晴信の攻め方など手に取るようにわかるというもの」

つまり王道を歩いているのが長尾景虎で、覇道をひたすら突き進んでいるのが武田晴信ということだろう。この景虎こそが、玄霊が言っていた「仁の心を持った崇高な御位《みくらい》の高い方」なのかもしれないとさえ思えてくる。しかし……。

「禅師は、たとえ孔子のような方でも、時処位が揃わぬゆえ、この乱世を治められるかどうか、と申されておられた」

「時処位……？」

「時は時《とき》、処《しょ》は場所、位《い》は心の御位《みくらい》にござる。その中の時が、今は揃うてはおらぬと」

景虎はますます楽しげに相好を崩した。

「如何にも、この世でままならぬが時。時が合わねば、何事も成就は叶わぬもの。ますますその禅師に会いとうなったわ。これは一刻も早う、信濃より晴信を追い出さねばならぬ」

「では、王道の道筋をご存じで？」

「上洛の折、天子様より伺うた。あと五百年ほどは人心乱れ、覇道が横行して定まることはない。王道がこの世を覆うはまだまだ先と。されど、一時だけでも民のためにこの乱世を終わらせよ、とのお言葉を賜った。欲の突っ張った武家どもを束ねるは難儀なことにござるよ」

にやりとしたが、それ以上は言わず盃を呷った。

「それにしてもわが城にて、かような話ができるとは思いもせなんだ。小笠原殿には災難なれど、天が小笠原殿と会わせるために晴信に松本平を攻めさせたのやもしれぬ。やはり天の運命《さだめ》で人は生かされておるわ。これでわが天命もはっきりとわかった」

その時、耳の奥から玄霊禅師の声が聞こえたような気がした。

人の値打ちは器の大小に非ず、この世に何を残せたか。それが天命にございます――。

「…………」

二

天文二十三年（一五五四）――。越後に来て、そろそろ一年が経とうとしていた。

身辺で変わったことといえば、景虎の小姓に加えてもらった三人の息子たちだろうか。一日の大半を景虎の側近くで過ごしているからか、春日山城下にある長時の曲輪屋敷に戻っても、息子三人の話題は景虎だった。さながら神仏を拝む信者のようだ。

上様（景虎）のような武将になる――。

それが今や、息子たちの共通の夢となっている。やはり国を追われたからだろう。尚も三人は、「父上、われら兄弟三人力を合わせ、必ずや悪党武田晴信を打ち払い、松本平に三階菱の御旗を立てまする」などと勇ましいことを言って、長時や譜代の家臣たちを喜ばせた。

戦嫌いの仙ですら、「長尾様へのご恩、努々《ゆめゆめ》忘れてはなりませぬぞ」と励ましながら、三人の成長を微笑ましく見守っている。それだけに長時は腑甲斐ない己がもどかしく、下伊那に置き去りにしてきた弟信定や貞種のことが心配でならなかった。

そんな悶々とした日々が続いていた六月初旬、長時を歓喜させる出来事が起きた。

下伊那にいる鈴岡城主の信定が、「今こそ武田を迎え撃つ、千載一隅の好機」と、溝口長勝《ながかつ》を長時の迎えに寄越してきたのだった。

長勝によれば、武田が北条と戦をしているさなか、伊那平では知久・座光寺・下条ら伊那勢が武田に叛旗を翻し、塩尻峠で長時を裏切った三村長親までもが戦支度を始めているという。時世の風を摑むのに長けた長親が動いたほどだ。信定の目に間違いはない。

領地奪還を景虎や弟任せにするのは、信濃守護としてあまりに腑甲斐ない。母賢静院から「今こそ兄弟うち揃うて、憎き武田を討つのじゃ」と叱咤激励されては、宗家の当主としては奮い立たずにはおれない。まして今、武田は北条との戦で兵を割けないという、またとない機宜《きぎ》だ。

長時はすぐさま景虎に下伊那に向かう旨を伝え、仙と息子三人を預けると、六月十五日の朝、迎えの溝口長勝ほか百余人とともに、下伊那の鈴岡城に向かった。

長時同様、領地奪還とあって、わずか百人余りながら士気は上がっている。

ただ、一つだけ気掛かりなことがあった。出発の際、いつも首から提げている〈神伝糾法〉が巾着ごと、どこを探しても見つからない。越後から下伊那までは、五十余里（約二百キロメートル）とかなり遠い道筋だ。街道を進んでも大変な道のりを、多くの敵地を通るため危険も多い。それだけに唯一の御守りを失ったようで、長時は少なからず不安を覚えた。

長時たちは越後の関川沿いに山を登り、野尻湖の横を抜け、信州との国境にある黒姫山を越え、川中島のある善光寺平を左に見ながら、戸隠《とがくし》郷を山伝いに進んだ。

今や善光寺平ですら、大方は武田領となっている。溝口長勝の案内で犀《さい》川沿いを、昼は山林を抜け、夜は河原を突き進んだ。犀川はくねくねと蛇行しており沿って歩くのも容易ではない。夏の暑さだけでなく、藪蚊や蛭にも悩まされた。

松本平が見える北安曇の生坂《いくさか》村に着いたのは、越後を出て六日目だった。

難関はやはり松本平だった。

すでに武田の領地となった今は夜しか動けない。松本平の北は仁科一族の領地であり、中央にある深志城には今や武田が入り、西には長時を裏切った西牧一族がいる。途中にはかつて平瀬義兼がいた平瀬城や、犬甘政徳が護っていた犬甘城があり、そこにも武田勢がいる。さらに南に下ると、伊那の入口には三村一族がいる。それらを越えて行かなければ、下伊那に入ることはできない。慣れ親しんだかつての領地を、息を潜めて通ること自体、屈辱でもあった。

夜、松本平に入る手前の犀川の河原で軽く腹ごしらえをし、出立の準備を終えた時だった。

長勝の家臣が女子を捕らえてきた。長時に会わせろと、出向いてきたという。

連れてこられたのは、二十歳《はたち》ほどの若い女だった。髪を後ろで一本に縛り、深い緑色の着物に同色の脚絆という恰好は、どう見ても武田の乱破にしか見えない。おまけに小刀まで腰に差している。

涼やかな切れ長の目で、すぐに小雪とわかった。

「またお前か。何をしに参った」

小雪はにたりと笑みを浮かべ、片膝をついた。

「これを届けに参ったのよ」懐から出したのは、出発の際に失くした、巾着だった。「とんぼ様の御守りであろう？」

「な、何ゆえ、お前が持っておる」

「越後の、とんぼ様のお屋敷よ」

「では、お前が……？」

小雪は悪戯《いたずら》っぽい視線を送ると、傍らの溝口長勝に巾着を渡し、長勝から長時に返された。

巾着は仄かに女の甘い香がする。

「とんぼ様とちょっと添い寝をしたくてな。嘘じゃ。春日山城の様子を探っていたのよ。とんぼ様の館に入った時のように、侍女としてな」

「何と……。誰にも怪しまれずにか」

小雪は得意げに頷いた。小雪によれば、侍女などに目を付けるのは小者しかおらず、男は皆、武田の乱破は男と思い込んでいるので怪しまれることはない。小雪も昔は佐久の侍の家で育ったので、それなりの作法はわかっている。さらに「景虎様にも会うたぞ」と得意げだった。

ますます武田の乱破の凄さを見せつけられた思いだった。

「景虎様にも……わしと同じようなことをしたのか」

小雪の切れ長の目が、驚きの色に変わった。大きく見開いている。

「妬いてくれるのか」

「ば、馬鹿を申せ」

「心配はいらぬ。何もない。景虎様は女子にはまったく興味がないらしい。ああいう殿様が一番扱いに困る」

つまり、長時は扱い易いということか。小雪を拒めなかっただけに顔が赤らむのを覚えた。

「そんなことより、われが来たのは巾着を返すためではない。これより先、案内するためじゃ」

「何……案内？　小雪、わしがそこまでたわけと思うたか。侮るのも大概にせぃ」

小雪は色香の漂う笑みを見せている。

「とんぼ様、これは恩返しぞ」

「また恩返しか。恩返しならば、この前」

「途中で御方様に邪魔されたでな」言下に遮ると意味ありげに上唇に舌を這わせた。「この先は、思うたとおりには進めぬ。所々に乱破が潜んでおるでな」

「したが、武田は闇討ちはせぬのではなかったのか」

小雪は薄く笑った。

「あの時と今は違う。この乱世、朝が無事だからとて、夕暮れも同じとは限らぬ。時が流れれば、風向きも変わる。今はとんぼ様の首の値は下がったゆえ、闇討ちしたとて変わりはない」

「下がった？　何ゆえじゃ」

「越後に……逃げたからよ」

なるほど。もう信濃守護としての価値は、とっくに消えたということか。

「したが、お前は武田方であろう。何ゆえ、わしを助けるような真似をする」

「今は武田方にいるが、われも昔は佐久で武田に追われた一族。われにも心はある」

「どういう意味ぞ。武田に追われ、その下に付いたとなれば、父や兄もおろう。わしの首を武田に渡せば一族の手柄となる」

「父も兄も首を討たれたわ！」小雪は吐き捨てた。

「何と……。では、何ゆえじゃ」

「巾着を返したのに信じぬのか」

「当たり前じゃ。盗んだものを返したからと誰が信じる。所詮、お前は武田の乱破ではないか」

「ならば言う。恩もあるが……今は惚れた男を死なせとうはないでな」

「な、何……」

「そうじろじろ見るな。今は心を男にしておるに、女子に戻ってしまうではないか」

顔に赤みが差していた。以前、館の縁側で体を絡ませてきた時と違い、小娘のように可愛い。

「よせ。そんな目で見るな。それより、どうする。このまま進んでゆけば、間違いなく殺される。

というて、われが手引きする道も油断はならぬ。できれば、ここで越後に引き返してくれたほうが、われは嬉しい」

長時は傍らにいる長勝に目を向けた。今まで己の判断が悉く間違っていただけに自信はない。

「どう見る？」

長勝は長時と小雪を交互に見てから「うーん」と唸ると、やおら口を開いた。

「ここは、この女を信じてみては如何でありましょうや。巾着を返し、殿に惚れたとまで申して、顔を赤らめるほど。なまじ嘘とも思えませぬ。それに女の申すとおり、ここより敵地」

「……そうか」小雪に目を向けた。「わかった。お前を信じる。が、妙な真似をすれば」

「とんぼ様には女子は斬れぬ」言下に遮った。

長時は舌打ちした。

「ならば、動けぬように木に縛りつけておくまでよ」

「とんぼ様らしいわ」ほっとしたように笑みを浮かべた。「それより、鈴岡城に入ったからとて安堵はできぬぞ。武田は北条の憂いがなくなったゆえ、本腰を入れて伊那を攻めてくるでな」

「何、北条とは戦をしておったのではないか」

「それが北条とも手を結んだ。それゆえ今や、北条とも今川とも戦はない」

――何と。それでは、この度の戦は好機とは言えぬではないか。

しかし、ここまで来ては引き返せない。下伊那の鈴岡城では長時を待っている。いや、わしが行かなければ、本当に小笠原家は領地も城もなくなってしまう。

小雪が辺りを見回した。「とんぼ様、そろそろ出立せねば。ここで刻《とき》を無駄にはできぬ」

「わかった。出立しよう。されど小雪、わしらを先導して、乱破の仲間に命を狙われぬのか」

「われの心配はいい。死ぬは一度じゃ」艶っぽく笑った。「その折は、惚れたとんぼ様の腕の中で抱かれて消えるまでよ」

小雪は頭もよく、度胸もあった。

山中で出くわした仲間の乱破には、長時らを仁科一族の使者だと偽り、武田の原虎胤《とらたね》が城将を務める平瀬城の前では馬場信春の家臣団を装い、背中に差す〈白地に山道〉の旗指物を掲げ堂々と通り過ぎた。

その先の、馬場信春が護る深志城の前では逆に、原虎胤の家臣団を装い〈九曜〉の旗を掲げ、南に向かう街道筋を進んだ。武田の内情に詳しい小雪だからできることだった。

危惧していた松本平の洗馬一帯を領地とする三村一族は、意外にも辺りに兵を出してはおらず、また、二木重高や義弟の藤沢頼親の家臣が伊那入口で出迎えてくれていたこともあって、難なく進むことができた。これも小雪が前もって報せていたことだった。

伊那入口の辰野からは、重高が用意してくれた柴舟で天竜川を下った。

この辺りでは、大きな柴舟に柴や米俵を積んで運んでいるため珍しくもないが、何十艇と連ねれば、やはり目立つ。そこで夜陰に紛れて下った。さらには人が乗っていると覚られないように、長時たちは柴舟の底に横たわり、その上から柴や藁《わら》で身を隠した。

小雪の考えだった。お蔭で六月末には、鈴岡城の横を流れる松川が注ぐ伊那上郷まで、何とか無事にたどり着くことができた。

その小雪は、昨晩、柴舟で横たわる長時の腕の中に入ってきて、「とんぼ様に戦は似合わぬ。父上や兄のように死なんでくれ」と腕の中で体を震わせて泣いた。おそらく、本当に長時と添い寝がしたくて、柴や藁で身を隠せと言ったのかもしれない。長時は、ただ優しく抱いてやった。

しかし、朝、目が覚めると、小雪の姿はどこにもなかった。そのせいか、小雪の言葉とぬくもりが残り香のように腕の中に残っており、柴舟から降りる時、妙な寂しさを覚えた。

身支度を済ませた長勝が、そんな長時の胸のうちを知ってか、慰めるように言った。

「あれは季節外れの、なごり雪でござりましょう。冬になれば、また会えるやもしれませぬ。それより殿、まずは武田を潰すが先にござりまするぞ」

「わかっておる」

三

鈴岡城では、弟の信定ほか、譜代の家臣らが具足姿で待っていた。

信定とは文のやり取りはしていたが、会うのは父の葬儀以来、十二年ぶりとなる。すでに三十路に入ったこともあり、信定は体が一回り大きくなっていた。口髭を蓄えた姿は七歳も歳下とは思えないほどで、武将として大きく成長したようにも見える。

塩尻峠の惨敗後、信定の許に行った四男の貞種も出迎えに出ていた。未だに一人逃げ帰ったと思っている長時を責めているのか、信定の後ろで背筋を伸ばし控えてはいるものの、下を向いて目も合わせない。

信定が一歩前に進み出た。

「兄上、お久しゅうござる。よくぞ、ご無事で」

「孫次郎も息災のようじゃのう。皆、変わりはないか」

「はい。意気盛んにござります。兄上が来られれば心丈夫。武田に目に物見せてやりましょうぞ。さ さ、兄上。すぐさまこれを」信定は後ろにあった具足を指差した。「これをまとわば、気分も高まりましょうぞ。陣羽織もありまする」

すべて父長棟のものだ。金色のとんぼをあしらった前立て具足。その横には、赤く目立つ陣羽織が衣桁《いこう》に掛けてある。どちらも野々宮の合戦で身に着けていたもので、二木重高の中塔城に置いてきたものだった。

「ここへ届けたは重高の手の者にござる」信定が不満げに言葉を継いだ。「その重高も今は武田に降り、敵となっており申す。あの恩知らずめが。やはり元西牧一族にござるよ、兄上」

長時との密約を知らない者には、重高が表裏者としか映らないだろう。それだけに重高には申し訳なかった。

「して孫次郎、武田の兵力は？」

信定の隣にいた貞種が答えた。

「武田勢は、物見の報告では八千」

「何！　八千」

小雪が言っていたとおり、武田勢は北条の憂いがなくなったからだろう。

「で、こちらは？」

「わが鈴岡城が三千余。知久と座光寺一族が、千余り。下条勢が五百で、おおよそ五千」

「五千対八千か……」

「さにあらず」信定が得意げに言葉を継いだ。「木曾殿や奈良井殿へ後詰の要請をしてあります る。木曾殿からは兵三千にて駆けつけるとのこと。権兵衛峠を越えて、箕輪にいる武田勢の背後を突くように頼んでおきましたゆえ、武田勢はそちらにも兵を割《さ》かねばなりませぬ。それゆえ、われらに向けるのは、多くとも五千。五分と五分の勝負となれば、地の利を得たわれらが有利」

――なるほど、それで好機ということか。

「で、松尾城の小笠原信貴《のぶたか》はどちらに付いておる」

信定は急に渋い顔になった。

「それが、未だはっきりしませぬ」

城主小笠原信貴は、父長棟が滅ぼした松尾小笠原家の定基《さだもと》の息子だけに、未だに宗家に恨みを持っているとも考えられる。長時らが詰めている鈴岡城と松尾城の間は、わずか半里しかない。敵に回られれば、五分と五分の均衡が崩れるだけに厄介でもあった。正直に言えば、決して好機とは言えない。が――。

攻め寄せる武田を退けなければ、小笠原家は領地をすべて失うことになる。

長時はすべてを受け入れるように大きく頷くと、力強く信定と貞種の肩を叩いた。

「われら兄弟三人力を合わせ、この度の一戦で伊那平から武田を追い出すのじゃ。伊那だけでも死守せねば、父上に申し訳が立たぬ」

「如何にも！」「はい。兄上！」二人の声が力強く重なった。


長時が鈴岡城に着いて十日経った。

気掛かりな松尾城は、その後も態度をはっきりとはさせていない。物見の報せでは、一千の兵を準備しているという。

それに加え困ったことに、頼りにしていた伊那衆の知久と座光寺一族一千余りは小笠原の麾下には加わらず、各々で武田に立ち向かうと伝えてきた。未だに長時いを信じられないらしい。

長時は松尾城の小笠原信貴や、知久・座光寺一族に合力してくれるよう何度も書状を出した。

その間にも、武田方は有利に戦を展開していく。

七月末には、知久郷の知久氏を攻め破った。勢いづいた武田勢は、武田に付いた松尾城の小笠原信貴とともに座光寺氏を攻め立てて殲滅《せんめつ》し、さらには、鈴岡城にいる長時たちにも襲い掛かってきた。

何度か野戦で反撃はしたものの、数にまさる武田方に、長時たちは鈴岡城に逃げ込まざるを得なくなる。籠城しながらも、かつて二木重高と一緒に中塔城で戦ったように奮戦した。奇《く》しくも、ここでも皆の気持ちが一つにまとまり、戦うことができた。しかし――。

反撃もそこまでだった。八月初め、武田方の新手に推され、鈴岡城はついに落城してしまう。

長時は弟や家臣たちを従えて城を抜け出し、さらに南の吉岡城主、下条信氏を頼った。

吉岡城は小高い丘にある平山城で、東西に七町（約七百六十メートル）余、南北に二町（約二百十八メートル）余と大きく、城郭も堅固な造りだった。城主の信氏は、「たとえ二万の兵で囲もうとも断じて落ちませぬ」と胸を張った。

だが、武田勢は執拗だった。逃げ込んだ吉岡城も、今や一万に膨れ上がった武田勢に取り囲まれていく。さらには、駿河の今川勢も駆けつけるという、まことしやかな流言まで流れた。

それを流したのは、またしても武田の乱破だった。

動揺はすぐに下条の家臣に及んだ。城内に内応者が出て、城の所々で火の手が上がり、ついに落城目前まで追い込まれてしまった。

長時らは城内の混乱に乗じて城を脱し、遠州街道を南に向かった。

当てがあるわけではなかった。眼中には生も死もない。ただ逃げるだけ。これ以上、長時を信じて付いてきた弟や家臣たちを死なせたくはない。その思いだけが長時を奮い立たせていた。

「わしに付いて参れ！」長時は声を張り上げた。

味方がどんどん減っていく中、武田勢はますます数を増やしてくる。追ってくるのは武田の兵だけではない。野伏せりや百姓たちまでもが落ち武者狩りとなって、武田方に加勢し追ってきた。千人いた兵も途中で討ち取られたり、離散したりしたため、わずか二百人足らずになった。それでも長時は、弟や家臣たち、残った兵を励まし、馬を走らせた。

ここまできたら何が何でも生き抜いてやる。意地だった。西に向かえば何とかなる。京の都には同族の三好家もあれば、伊勢には遠縁の伊勢神宮外宮《げくう》御師《おんし》を務める榎倉《えのくら》家もある——と、答えらしき道筋が浮かんだ時だった。

遠州街道の前方で、大の字に手足を広げ、行く手を遮る男が目に入った。

深い緑色の着物に同色の脚絆という恰好は、どう見ても武田の乱破にしか見えない。

長時たちが十間ほど空けて立ち止まったのを見て、乱破は片膝をついた。

「とんぼ様、ここより先は行けませせぬ」

女の声と長時の呼び方で、小雪とわかった。

「武田の乱破が何を言う！」と声を張り上げ、槍を振りかざしたのは弟の信定だった。

「待て、孫次郎。あれは心配ない」小雪に目を向けた。「またしてもお前か。どういうことぞ」

「この先で、われらの仲間が待ち伏せしておる」

「したが、ここで引き返すことはできぬ。後ろには武田の兵が迫っておる。小雪、何か手立てでもあるのか」

あるから待っていたのだ、と言いたげに笑みを浮かべている。

「この脇を下りたところに沢がある。そこを下れば天竜川。鈴岡城に来る際に使うた柴舟が川岸にある。われが隠しておいた。それで川を下れば海まで行けるはず。そこまで案内いたす」

「今度も、お前を信じろというのか。それより、何ゆえわしを待っておった」

「とんぼ様には、戦は似合わぬと言うたであろう」

「負けるとわかっておったのか」

「松尾の小笠原が武田に付くと知っておったでな」

「されば何ゆえ、また助ける。恩返しは前にしてくれたはずぞ」

「聞くな」

小雪はやや顔を赤らめた。

「それが返答か。わかった。お前を信じよう」

「兄上！　お待ちあれ」信定が声を荒らげた。「この乱破を信じて、ついて行かれるおつもりか」

「ああ。ついていく」

「兄上は安易に人を信じすぎまする。塩尻峠での惨敗をお忘れか」

「憶えておる。されど、この小雪は心配ない。わけは後ろにいる長勝に聞け。今はわしを信じろ」

長時は馬を降り、小雪の後に続いた。

長時たちは小雪の案内で、天竜川の川岸に無事着いた。

長時を信じられず離れていった者もいたようで、わずか五十人ほどになっていた。

四組に分かれ、岸につないである四艘の柴舟に乗ることとなった。

夕焼けが大空を焦がす頃、長時は川岸で小雪と並んで、弟や家臣たちが柴舟に乗り込んでいるのを眺めていた。

今度の敗戦で、小笠原家の領地は信濃より完全に消えてしまった。そんな思いが誰の胸にもあったのだろう。柴舟に座った誰もが無口で、うなだれている。長時の無念は、それ以上に苦い。

あまりの己の腑甲斐なさに長時が大きく溜め息を吐くと、側にいた小雪が薄く笑った。

「そう、くよくよするな。また取り返せばよいではないか」

「……何もかも失うたのだ。そう容易くはない」

「そうか……。そうだな。相手は名うての戦上手の、御屋形様ゆえのう。されど、われはこれでほっとした。とんぼ様を救えたでな。ここを下れば海に出る。その姿なら落ち武者と思われるかもしれぬが」

長時も含め、柴舟の家臣たちは野伏せりと見まごうほど、泥だらけの哀れな姿だった。中には鎧の袖や草摺など、千切れたままになっている者までいる。

「小雪、そなたも一緒に参らぬか。いや……側にいてくれ」

「どういう意味じゃ」

小雪は艶っぽいまなざしを向けてきた。こんな時に、なぜか、はっとさせられる。

長時は己の気持ちを誤魔化すように言葉を継いだ。

「そなたが側にいてくれれば、少しは戦も巧くなれる気がする」

「何だ。戦のためか」

がっかりしたように横を向いた。

「それだけではないが……今は上手く口にできぬ」

「ならば……」小雪はにやりとするや、頭を振った。「いや、やっぱり今はやめておく。われは男の武器は巧くないゆえ、この先は足手まといになる」

「……乱破のくせに、刀は巧くないのか」

「女子には女子の武器があると言うたではないか。されど、どうしても側にいて欲しくば、国を取り戻してからじゃ。その時には側室になってやる。というても、無理だろうな。とんぼ様は御方様一筋ゆえ、われの入る隙はないし。それに……いや、何でもない」

「何じゃ。申してみよ」

「とんぼ様には戦は似合わぬゆえ、負けは見えておるでな。無理じゃ」

「似合わなくても、いずれ取り戻さねばならぬ。それが宗家を継いだものの運命《さだめ》ぞ」

「そうか。とんぼ様は、小笠原家の当主であったな。では、その日を楽しみに待っておる……」

小雪の顔色が突然、一変した。

「如何した、小雪」

「見つかったようじゃ」

四

武田の乱破と思われる黒装束の集団おおよそ二十人が、こちらに向かってきた。

誰かが「敵襲！」と叫ぶや、柴舟に乗っていた弟や家臣たちが挙って長時の前を固めた。

頭目らしき男が刀を抜き、小雪を睨んだ。

さすがの小雪も怖いらしく、長時の腕の中で小刻みに震えている。

「やはりお前か。情を交わして心まで奪われたか、未熟者めが。これだから、佐久の女は信じられぬ」長時に目を移した。「そちらにおわすは信濃守護、小笠原大膳殿とお見受けいたす」

「如何にも、大膳大夫長時じゃ。さすが武田の乱破。捜すのは早いな。されど、いくら腕に覚えがあるとて、それしきの数で具足も着けず、鎧を着けたわれらを討ち取ろうとは甘いわ」

「われらだけで、ここに来るとお思いか。追っ付け武田本隊がここに駆けつける。もう逃げられはせぬ。何もかもなくなった今、悪あがきはやめて、御一同、府中武士らしく潔う腹を召されよ」

「得意の流言飛語か。そのようなものに今さら騙されるか。侮るでないわ。皆の者、こ奴らを叩き斬れ。一人も逃がすではないぞ」

家臣たちは武田の乱破をぐるりと囲んだ。頭目らしき男が長時を見て、にやりとした。

「さすが極楽とんぼ。最期まで往生際が悪い。戦に負け国を追われ、城もないというに。憐れな男ぞ。未だ守護大名のつもりになっておる。それとも、最期だけも大将ぶるか」

「何」

「兄上！」貞種が叫んだ。「相手の誘いに乗ってはなりませぬぞ。まして乱破など、兄上が相手する手合いではござりませぬ。皆の者、信濃を去るなごりに血祭りじゃ」

おうーっ。

「ふふふ……。負け犬の遠吠えか。口達者は小笠原の血筋と見える。ならば、とんぼども、そこで見ておれ。われらとて、大将首の一つや二つを手にするぐらいの腕はある。者ども、御屋形様がもうすぐここにおいでじゃ。こ奴らの首を取れば、どれも褒美はでかい。取った者勝ちぞ」

二十人ほどの乱破は刀を抜き、背中を隠すように円陣を組み構えると、静かに回りだした。

「何と愚かな」と吐き捨てたのは、前にいた犬甘政徳だった。

政徳は征矢野兄弟二人に目で合図すると、手槍を持った四十人ほどで周りを取り囲んだ。

「突き刺してしまえ！」とは言ったものの、その糸口が摑めないようで躊躇している。

その時だった。長時の腕の中で様子を窺っていた小雪が、「おかしい」と呟いた。

「如何した、小雪。何がおかしい」

「一人、足りぬ」と前に出て、辺りを見回した時だった。「あっ！」と、小雪が長時の体に抱きつくのと同時だった。

何かが吸い寄せられるように小雪の背中に当たった。

あたかもそれを待っていたかのように、囲まれていた二十人ほどの乱破が斬りかかっていく。

長時のほうに気を取られた家臣の何人かは首を斬られて倒れたが、征矢野兄弟らは槍を繰り出し応戦していた。

長時は腕の中の小雪に目を落とした。短弓用の黒く短い矢が、背中に刺さっていた。

矢の飛んできた方向に目をやる。川縁の崖の上で弓を持った黒装束が一人、こちらを見ていた。

「大炊助！　あれを射よ」というより先に、すでに何人かが男を目がけて矢を放っていた。

黒装束は何本もの矢に射貫かれ、ぼろ布のように天竜川に落ちていった。

長時は小雪に目をやった。体が小刻みに震え、顔は蒼白になっている。

「小雪、しっかりいたせ。なぜ、わしを。わしは鎧を着ておるに」

「乱破の矢には、猛毒が塗られておる。少しの傷が命取り……」

「何……。されば、小雪……」

小雪は頷くと「これで恩返しができたわ」と震える口で呟き、長時の胸に手を当てた。

「とんぼ様……胸の巻物は、戦のない世を作る秘伝であろう？」

戦のない世を作る秘伝……？

小雪の目は同意を求めていた。長時は小雪の白い手をしっかりと摑んだ。

「……ああ、そうじゃ。戦のない世を作る秘伝じゃ」

「やはり、そうか。われには読めなんだが、盗まんでよかったわ。……戦のない世。そんな世ができるとよいな、とんぼ様。今度、とんぼ様と出会うは戦のない世ぞ。その時には……妻にしてくれぬか」

「妻に……？　ああ、勿論じゃ。わしの側室に迎えてやる」

小雪への思いがつい口を衝いて出ていた。口にしたからか、今さらながら愛しくて堪らない。

「側室か……やはり、御方様には勝てなんだか」笑みがこぼれた。「さ、最期にもう一度、抱いてくだされ……小雪は、とんぼ様の中で消え……」

小雪は静かに目を閉じた。

「小雪……小雪、死ぬでない！」

しおれた野の花のように、小雪の体から力が抜けていく。

長時は思いっきり抱きしめた。敵ながら憐れでならない。

柴舟の藁の中、長時の腕の中で「父上や兄のように死なんでくれ」と体を震わせて泣いた小雪。佐久の生まれの武家の出というだけで、ほとんど素性も知らない、ほんの短い縁だった。なのに、なぜか、身内が死んだようで悲しくてならない。国を追われた長時には、さらにとどめを刺された思いだった。

「そなたも、わしの許を去っていくか……」

近くでは長時の悲痛な別れを邪魔するかのように、叩きつけ合う刀の激しい音が聞こえていた。

背中に刺さった矢を折り、静かに小雪をその場に寝かせた。

長時は小雪の頬を撫でてから、やおら太刀をするりと抜くと、乱破の頭目を睨みつけた。

――くそっ！　武田の乱破めが……。

「兄上！　何をなさる」

弟の信定の止める声も、長時には届かなかった。

怒りで、心は鬼と化している。諏訪への奇襲のしくじりも、塩尻峠の負け戦も、国中に流した流言飛語も、乱破の仕業ではなかったか。長時には、毒を撒き散らし、すべてを死滅させていく、悪そのものに思えてならない。

長時は走って乱破の集団に突っ込むや、向かってくる乱破の腹を割き、首を斬り落とした。

首のない胴体が真っ赤な血を噴きあげた。今は血の臭いすら何とも感じない。

三人の乱破が、それに臆せず斬り掛かってくる。乱破の刀は長時に当たっても、鎧を断つことすらできない。尚も斬りつけてくる三人を同じように首を断って斬り捨てた。辺りは一瞬にして、血の海となった。それに驚いた頭目は、にやりと笑みを浮かべて構えた。

「ほう。多田様が大膳殿のことを、なかなかの手練《てだ》れと申されておったが、まことだったらしい。戦には弱いが、剣は強いか」

「黙れ、乱破。断じて生かしてはおかぬ」

頭目は残っている八人に前に出るよう目で合図した。

すでに浮き足立っているのは脅えた目でわかる。一歩踏み出すや、乱破二人が同時に斬り掛かってきた。長時は左から斬り込んでくる乱破の刀をわざと籠手で受け、右の乱破の刀を撥ね上げるや真横に太刀を走らせると、二人同時に斬り捨てた。

間髪を容れず、正面の乱破が斬り込んでくる。その太刀筋に合わせて太刀を振り下ろした。

乱破は肩から血を噴きながら倒れた。

残った五人は敵わぬと見たのか、征矢野兄弟やほかの家臣に向かっていった。

四人が槍の餌食となり、残りの一人は体を震わせ、頭目と背中合わせになって刀を構えた。

「極楽とんぼを甘く見すぎたかの」

頭目は長時を見てにやりとするや、背後の乱破の襟を摑まえ、長時のほうに押し出し、自らも斬り込んできた。長時は乱破の刀を太刀で撥ね上げ、腰を落として頭目の刀を避けると、乱破の腹に太刀を走らせ、向かってくる頭目の二の太刀を眼前で受け止めた。

頭目の顔に長時の太刀の血が飛び散り、赤く染まった。

「わしの負けのようじゃ」

頭目は後ろに下がると、あっさり刀を捨てた。

「松本平の誉れ高い府中武士が、まさか丸腰のわしを手に掛けぬであろうな」

「許さん！」

長時は太刀を振り下ろした。


長時は残った家臣たちとともに、四艘の柴舟で天竜川を下った。

それぞれの柴舟には十余人ほどが乗っていた。体中に傷を受け、疲れた顔だった。

もう追っ手はなかった。四艘の柴舟は、夕暮れの中、信濃から押し出されるように流れていく。

脳裏に、塩尻峠の戦からきょうまで、ともに戦った家臣たちの顔が次々と浮かんでくる。

神田将監、須沢清左衛門、平瀬義兼、上条藤太、坂西勝三郎……。

最後に、人種《ひとだね》になってくれと松本平に置き去りにしてきた二木重高の顔が浮かぶや、それを押しのけるように長時を睨む、父長棟の顔が浮かんだ。

父上……。

胸にある〈神伝糾法〉の辺りを鎧の上から摩る。

――結局、これにまた救われたか……。

ついに国も城もなくなった。大将としての智恵もなければ、器でもなかったということだろう。だから戦に負け、国を追われたのだ。あるのは命だけとは、何とも情けない。

鶴のように風を捉え、亀のように泥の中で耐え忍ぶ。人は何を残せるか。それが天命と説いた玄霊の言葉も、もはや心に響かない。村上義清から教えられたという、敵がしつこい奴と辟易するまでしぶとく戦え、と言った内山清宗の言葉も、今は空しいだけだ。日々、鍛錬してきた剣も弓も何の役にも立たなかった。

ただ群をなし、風に流されて飛ぶだけの、戦も知らぬ極楽とんぼと思い知らされた。

そんな長時をまるで揶揄するかのように、赤とんぼの群れが風に流され、頭の上を越えていく。

腕の中にはまだ小雪の体があった。

惚れたとんぼ様の腕の中で抱かれて消えるまでよ、と言った言葉のままに消えた、小雪の命。ただの亡骸《なきがら》とはいえ、あの地に置いてはいけなかった。

膝の上に横たわる小雪の顔に目を落とす。

眠ったように目を閉じている。つい先ほどまで言葉を交わし、あれほど艶っぽい目を向けていた小雪だった。富士額の細面の顔。鼻筋のとおった可愛い鼻の下には、梅の蕾《つぼみ》のようなふっくらとした唇があった。この唇に覆われ、色情に引き込まれそうになったこともあった。それが今、冷たくなって腕の中にある。

胸の巻物は、戦のない世を作る秘伝であろう？——。

そう言った小雪の言葉が耳から離れない。おそらく小雪自身、戦にうんざりしていたのだろう。父も兄も、戦によって奪われたと言っていた。だからこそ、「戦の似合わぬ」長時に惹かれたのかもしれない。

玄霊は、人とは塩水を求めて飲むようなものだと説いた。塩水を飲めば飲むほど喉が渇き、また塩水を求める欲の塊。武田が、それだという。

二十歳にも満たない女を戦場にまで駆り出す武田晴信に、今は母賢静院以上に嫌悪を、いや、憎悪を感じる。そこまでして戦に勝ち、他国を奪って何があるというのか。城を落とし、領地を奪う度に、他国の民ばかりか、自国の民をも不仕合わせにしているように思えてならない。

武田の隆盛も一時のことで、やがては露と消えると玄霊は説く。そうならねば、この世は救われない。しかし——。

今は負け犬の遠吠えにすぎない。国や城、家臣ばかりか、女子すらも護れなかった男なのだ。武田晴信を責める資格もない。

——己は一体、何のためにこの世に生まれてきたのか。国を失い、どこへ行けというのか……。

戦のない世。そんな世ができるとよいな、とんぼ様——。

動くはずもない小雪の口から、そんな慰めの言葉が聞こえたような気がした。

五

武田に降った二木重高が、「小笠原勢、天竜川を下り、敗走」という報せを断腸の思いで聞いたのは、天文二十三年（一五五四）の暮れだった。

小笠原長時――。

弓矢で犬猫や野鳥を殺してはならぬ、と言った。犬追物《いぬおうもの》には犬射蟇目《ひきめ》という刺さらない矢を使うが、長時はそれでも犬が可哀想だと犬追物は一度もしたことがない。弓馬術は好きだが戦は嫌いで、動物を慈しみ、草花を愛でるのが好きな優しい男だった。糾法の時処位でいえば、すべてにおいて戦国乱世に最も相応しくない男かもしれない。

無理に勇ましく振る舞い、戦を好きになろうと懸命なのはわかっていた。しかし、無慈悲な騙し合いの戦場で、そんな男が生きられるはずもない。戦に勝てないのは当然だったと言っていい。そんな長時を嫌いにはなれなかった。いや、野々宮の合戦や中塔城の二年もの籠城戦では見直したほどだ。それがこの度の戦で、小笠原家が有していた領地をすべて失ってしまった。それを思うと心中察して余りある。

歳が二つ下だったからか、心のどこかで弟のように思っていたのかもしれない。今はその生死すらわからない。それだけに「人種《ひとだね》となってくれ」と言った長時の言葉は重く、遺言のようにも思えてくる。が――。

今はそれどころではない。重高自身にも危機が迫っていた。長時が伊那の鈴岡城にたどり着けたのは、重高が手引きをしたのではないかという嫌疑が掛かっている。そのことで、正月が明ける間もなく、重高は弟の政久・宗末とともに甲府に呼び出され、甲斐の一蓮寺《いちれんじ》に連れて来られた。

重高に嫌疑が掛かるよう密告したのは洗場の三村長親だと、中塔城開城の折、命乞いをしてくれた元小笠原家臣の大日方直親《おおひがたなおちか》が密かに教えてくれた。

密告した理由は、この度の伊那平定で、長親が戦の備えをしていたことを武田方への謀反と取られたからだ。備えの兵は千五百。皆、かつて小笠原家に仕えていた者たちだという。

五十過ぎの老獪な長親のことだ。武田と小笠原双方の戦の混乱に乗じ、漁夫の利で、そっくり松本平を奪い取ろうと考えていたのだろう。小笠原家が消えた松本平では、今や最大の国人領主となっている。そんな欲が出てきても、おかしくはない。

ところが、武田勢が圧勝したために、備えの兵千五百の出番はなく、行き場を失った。それを誤魔化すために、重高に目を向けさせたのだ。

武田に降った折、重高は家臣一同の命と領地は安堵されたものの、未だ武田からは信用されていない。だからだろう。小笠原長時を伊那に手引きし、御屋形様の背後を突こうとする動きがあったゆえ、洗場にて待ち構えておりました——などと言えば、三十半ばの晴信など、いとも容易く騙せると踏んだに違いない。

もっとも、長親の推測は、あながち間違いではない。

重高は極秘裏に、三十人ほどの供回りを長時に向かわせている。長時と情を通じたという武田の女乱破が、長時がいつも身に付けていた巾着を見せ、長時からの言付けを伝えに来たからだ。

重高の家臣たちは経緯を知っているだけに、皆、口を揃えて「甲府に出向けば殺されまするぞ。籠城して最後の一戦を」と訴えた。家臣が反対した理由は他にもある。この度の伊那攻めで捕らえられた知久頼元父子、座光寺貞信らは甲府送りとなり、悉く斬首されたからだ。

ただ、戦となれば、ひとたまりもない。それでは長時の「小笠原家再興の人種となれ」という主命は露と消える。しかし甲府に来た以上、もはや命の保証はない。人一倍猜疑心《さいぎしん》が強いと噂のある晴信だ。中塔城で長時とともに二年以上も籠城し抵抗し続けたのだから、有無も言わさず斬首されることは十分にあり得る。

——ここがわしの人生の切所らしい。

一蓮寺の窓から見える、雪を被った甲斐の山々を眺めながら、重高は心の中で呟いた。

重高ら兄弟三人は、一緒に来た供回りの五人とともに、本堂の隣にある一室で待たされていた。午後に武田晴信による裁きがあるという。弟二人は不安げな顔で黒光りした床をじっと見つめたまま、武田から出された膳に箸もつけないでいる。すでに死を覚悟しているようだった。

目の前に出された膳は一汁二菜。里芋と茸の煮しめと豆の煮物に、小梅の梅干が添えてあった。

重高は一つ大きく溜め息を吐いてから、箸を取った。

「頂こうぞ。箸をつけなければ、御屋形様のことじゃ、疚《やま》しいからとご覧になるやもしれぬ」

「もうここに連れて来られた時点で、われらの運命は決まっておるわ」末の弟宗末が床を拳で叩いた。「斬首じゃ。くそっ!」

「宗末、落ち着け。それならそれで仕方あるまい。われら兄弟、一族郎党を助けるために死んだとあれば、無駄死ではない」

次男の政久も拳で床を叩くや、重高の隣に座り、ぞんざいに箸を取った。

「兄上の言うとおりぞ。ここまで来て泣き言を言うても始まらぬ。これが最後の昼餉になるやもしれぬ。三村長親のような両舌者の言うことを信じる御屋形様なれば、先が見えておるわ」

重高と重高の嫡男以外に、長時と交わした密約を知る者はいない。二木郷を出る際、もしものことを考え、嫡男にだけ言付けてきたのだった。

「この梅干は小さいながら、歯応えがあって美味ではないか。のう兄上」

「ああ。さ、おぬしらも食べぃ」

重高に言われて、隅にいた供回り五人も膳に着いて箸を取った。

その時だった。外から馬の嘶きが聞こえてきた。窓の外に目を向けると、ある一団が庭内に続々と入ってくるところだった。

宗末は一旦、膳に着いたものの、すぐ窓際に駆け寄った。

「〈三つ引両〉の旗印。三村家のものじゃ。おっ！　長親じゃ」

「何！」政久も席を立った。「お、まさしく長親。恩賞でももらいに来たか」

「われらを密告して、褒美でももろうたのじゃろうて。くそっ！」と宗末。

「われらと違うて、家老・一族郎党を引き連れておる。われらは斬首ということか、兄上」

けだし……。

重高は胸のうちとは裏腹に突っぱねた。

「知らぬ！　二木一門のことは倅どもに任せた。あとはその一点さえ護れれば、わしの命などいらぬ。お前たちも二木一門として恥じぬよう、最期まで府中武士として振る舞え」

目の前に嫡男重吉の顔が浮かんで消え、その後に長時の涙に濡れた顔が浮かんだ。

重高。そなたしか信じられる者はおらぬのじゃ――。

口に運んだ小梅の酸っぱさがいやに胸に沁みて、喉を通らなかった。

未《ひつじ》の刻（午後二時）。供回りは一蓮寺に留め置かれ、重高ら兄弟三人だけが躑躅《つつじ》ヶ《が》崎《さき》の館に連れて行かれた。

躑躅ヶ崎の館は土塁と堀をめぐらし、多くの木々で囲ったただけの簡素なものだった。

弟二人は武田の下人三十人ほどに囲まれながらも、重高の言葉に従い、堂々と歩いていた。

重高ら兄弟三人が通されたのは、大広間の下にある庭だった。

庭の左隅、土の上に座らされた。扱いはまさに罪人と同じ。おそらくはここで斬首を言い渡されるのだろう。申し開きをしたとて、それは形だけのこと。だからこそ、長親を立会人として呼びつけたに違いない。

しばらくすると、長親が家老など家臣六人とともに案内され、庭の右隅に並べられた床几に座った。その刹那、宗末が何か言おうとしたが、政久が制した。

「府中武士ならば堪えよ」

政久の言葉に長親が皮肉な笑みを浮かべ、嘲笑するように鸚鵡《おうむ》返《がえ》しに言った。

「府中武士じゃと？　どこに来て、そのような戯言を言うておる。やはり、未だに心は小笠原の家臣とみえる。わしが御屋形様に言うたは、まことということぞ」

「何ぃ！」

「よせ！」重高が制した。「三村殿、府中武士と申したは松本平の誇りを捨てるなという意じゃ。その意すら忘れるとは、三村殿は武士としての誇りも忘れたとみえる」

「ははは……。最後の悪あがきか。されど、おぬしらには礼を申す。おぬしらが謀反を企てねば、恩賞をもらいには来られなんだでのう」

そこへ、武田家の家老や重臣ら十名ほどが庭の側の廊下を渡り、広間に入ってきた。

その中には中塔城で籠城した折に戦った、「甲山の猛虎」と恐れられた飯富虎昌もいる。向こうも憶えているらしく、重高を目に留めると不敵な笑みを浮かべた。

御屋形様のお成り――の声とともに重高は平伏した。

ややあって頭上で、「これより二木一族の、謀反の儀の吟味を執り行う。本来なれば公事奉行の役目なれど、この度はこの山県昌景《やまがたまさかげ》が執り行う。一同、面《おもて》を上げい」との声がした。

顔を上げると、広間の奥の上座に三十半ばの男が座っていた。

昨年、武田に降った折、一度会っているが、素顔を見るのは初めてだった。四角い鰓《えら》の張った顔に、太い眉毛と大きな目。眼光鋭い三白眼のまなざしは猜疑に満ちている。硬く真一文字に閉じられた口元は不快感を押し殺し、怒っているかのようだった。

広間の両側に並んだ左末席が、山県昌景だった。こちらも三十半ばと思われた。

「二木殿、小笠原長時を伊那に手引きし、伊那攻めに行かれた御屋形様の背後を突こうとしていたというが、それはまことにござるか」

重高は静かに頭を振った。

「断じてそのようなことはござりませぬ。だいたい、追い落とした長時の所在など、わかるはずもござりませぬし、今さら何ゆえ、手など貸しましょうや。まして伊那攻めにお出ましの御屋形様の背後を突くなど、考えも及ばぬこと。そちらにおわす飯富様もご存じのとおり、わが中塔城の兵は二百余り。下人郎党、年寄り女子供を掻き集めても四百足らず。これで勝てる戦があるのなら、疾《と》うの昔にそれがしが御屋形様に成り代わり、長時を松本平より追い出しておりまする」

昌景は苦笑しながら晴信を見た。

晴信は無表情のまま、「先を進めろ」と言いたげに顎を微かにしゃくった。

昌景は長親に顔を向けた。

「次に三村殿に伺う。御屋形様よりの出陣の御命もなしに、何ゆえ、千五百もの兵を揃えられた」

長親は背筋を伸ばし、余裕の表情で笑みを浮かべた。

「未だ松本平に不穏な動き、これあり。松本平には小笠原の残党も多く、仁科一族も本家が降ったとはいえ、未だに日和見《ひよりみ》。あの長時が伊那の鈴岡城までたどり着けたのも、二木重高のような者が手引きしたゆえにござる。もしあの時、松本平で謀反の火の手が上がれば、重高らが扇動したに違いござらぬ。それでは深志城の飯富様だけでは収まりませぬ。わが領地は松本平と木曾谷、さらには伊那への通り道。伊那への押さえに揃えたまでにござる」

「なれど三村殿、わが兄の飯富兵部《ひょうぶ》（虎昌）が護る深志城には兵が一千。ましてや、兄上は武田の中でも『甲山の猛虎』と呼ばれる猛者《もさ》。二木殿の兵は二百余り。そんな無謀なことをするならば、長時を追い落としはせずに、最後の一兵まで籠城したと思うが、如何か」

意を得たり――というような顔で長親が扇子を取り出し、こちらを指した。

「そこが二木重高という男の愚かなところにござる。あの籠城戦でも幾千もの飯富様の隊に向かって、城よりわずか五十騎で討って出たほどの痴れ者でござれば、おかしくはござらぬ」

「そう言われれば、おかしくもない。が、三ツ者の報せでは」

「三ツ者……？」長親の顔が一瞬、止まった。隣にいる家臣の顔にも動揺が走っている。

武田では忍のことを「三ツ者」と呼ぶ。かつて重高らは「武田の乱破」と呼んでいた。

「松本平の国人衆はすべて三ツ者に見張らせておる。勿論、三村殿もじゃ。三ツ者の報せでは、二木殿は戦支度もされてはおらなんだと。にも拘らず、三村殿は何をもって二木殿が謀反と讒訴《ざんそ》されるのかわからぬ。御屋形様はそこに深い疑念を抱かれておられる」

三村長親の顔はすでに真っ青だった。

「ぎ、疑念を……。こ、このわしに？」

「如何にも。何かを隠そうとしているのではとの疑念ぞ。それで、わざわざ甲府まで来て頂いたのじゃ、三村殿」

山県昌景は目を細め、にっこりと笑った。

六

元号が天文より変わった弘治《こうじ》元年（一五五五）、長時の人生も大きく一変した。

命からがら駿河に落ち延びた長時らは、京と堺の間にある摂津の芥川城《あくたがわじょう》下にいた。

一時、遠縁の伊勢神宮外宮御師を務める榎倉武国《えのくらたけくに》の許に身を寄せていたものの、京にいる同族の、芥川城主三好長慶を頼り上洛したのだった。

今は長慶の推挙で、将軍足利義輝と三好家の弓馬術の指南役となり、河内に弟信定とともに知《ち》行《ぎょう》をもらい、芥川城下の館に客将として住まわせてもらっている。

足利義輝はまだ二十歳と若い将軍だった。政《まつりごと》は家臣たち任せで、剣術や弓術にしか興味がない。長時の二十歳の頃とよく似ている。そのせいか、妙に馬が合った。

芥川城主三好長慶は、長尾景虎には及ばないまでも、人を惹きつける霊力もあり、冷静沈着にして智勇にも優れた一廉《ひとかど》の人物だった。長時より八歳も下の三十四ながら、京の都がある山城や大和、摂津、河内、丹波などを支配し、将軍義輝の影の実力者として実権を握っていた。

松本平と同じく、どこも乱世だった。

三好家は周りの細川氏をはじめ、畠山氏や六角《ろっかく》氏などと戦をしていた。芥川城に着いて早々、長慶が「力になって欲しい」と言った裏には、「戦の時は働いてもらう」という意味が含められている。知行をもらっている客将となれば当然だった。

摂津は松本平とは違い、都に近いだけに様々な報せや噂が耳に入ってくる。

信濃の様子は将軍足利義輝や三好長慶からも入った。ただ、あまり喜ばしいものはない。長時と一緒に戦った木曾谷の木曾義康が武田に攻められ降伏したことや、越後の長尾景虎が信濃に攻め入ったものの、武田と勝負がつかなかったことなどだ。

嬉しい報せといえば、二木重高のことだろう。

長時を裏切った三村長親の讒訴で謀反の嫌疑を掛けられ甲府まで出向いたものの、嫌疑は晴れ、無罪放免で中塔城に帰還し、逆に訴えた三村長親のほうは、一族家臣以下二百余とともに甲府の一蓮寺で皆殺しにされたという。

それを教えてくれたのは、旧府中小笠原家家臣の中島明延《あきのぶ》。通称、茶屋四郎左衛門だった。

今は武士を捨て、「茶屋」という屋号で呉服商を営んでいる。歳は長時よりやや上の四十半ば過ぎ。奇遇にも、将軍義輝の弓馬術師範となった折、茶屋四郎左衛門の家で催された茶会がきっかけで顔見知りとなった。

京では茶会の席が社交の場となっている。それゆえ、京に出向くと必ず茶屋に寄った。

きょうも義輝の弓馬師範の帰りに足を運んだ。茶室は四畳半。蟬時雨の中で茶を点ててもらうと、なぜか心が落ち着く。一服の間。禅に近いものがある。この時だけは、すべてを忘れられた。

長時がしばらく茶の味を楽しむように瞑目してから目を開けると、それを待っていたかのように茶屋が声を掛けた。

「京に来られてほぼ一年にござりまするな。日々、お寂しくはおまへんか」

「国を追われたのだ。寂しくないわけがない」思わず吐き捨てた。

「いえ、そういうことやなしに、身の回りの世話をする女子どす。もし要りようでしたら遠慮のう。間違うても辻君《つじぎみ》や歩き巫女などには、お手を出されませぬよう」

京の巷には、辻君や歩き巫女などの浮かれ女《め》や遊び女があちこちに立っている。松本平の片田舎とは違い、垢抜《あかぬ》けていて美しい。中には長時のように国を追われた武家の娘もいるという。

その度に浮かんでくるのは、天竜川で淡雪のように消えた、小雪だった。なぜか、小雪の死が今も長時の心を捉えて離さない。

どうしても側にいて欲しくば、国を取り戻してからじゃ。その時には側室になってやる――。

あの時の小雪の目が今も胸にある。それだけに、女を側に置く気にはなれなかった。

「心遣い痛み入るが、落人《おちゅうど》の身なれば。身の回りのことは三好殿が付けてくれた小姓で足りておる。それにこの秋、越後より、室が三男の小僧丸と来ることになっておる」

「あ、左様で。ほな、二人の若様は？」

「上の二人は越後を離れとうはないらしい」

仙の書状には、元服したとあった。嫡男豊松丸が「長隆」に、次男久松丸が「貞次」と、それぞれ景虎から名付けてもらい、今は役目に付いている。二人の口癖は「深志城奪還」という。

父親としては嬉しい反面、国を取り戻せなかったばかりか、すべてを失い、息子たちに何一つ渡せなかったこともあって思いは苦い。

長時は話を変えるように茶屋に訊ねた。

「ところで茶屋、そなたはいつから京に？　いや、京言葉があまりに巧いゆえ」

「それはおおきに。手前が京に来たのは、先代様（長棟）の頃どす」

ちくりと胸が痛む。

「十七の時どす。体が弱おしたさけ、父に侍は不向きと言われて、京に上ったんどす」

侍は不向き……。

とんぼ様には戦は似合わぬ――。その言葉ですら、今は心に鋭く突き刺さってくる。

「かれこれ三十年ほどになります。先代様からの京でのご注文はすべて、この茶屋が承っておりました。ご贔屓《ひいき》にして頂いて」

父長棟が健在だった頃が、鮮やかに脳裏に蘇ってくる。

父と母華ノ方が並んで座る大広間には、平瀬義兼と須沢清左衛門の笑みを浮かべる姿があった。最も小笠原宗家が輝き、松本平の春を謳歌していた頃だろう。

「御台様はご健勝どすか……。小笠原様」

「ん……？　ああ、今は越後におられる。相変わらず、わしには厳しい。国を奪われたのだから仕方がない。それにしても、よく侍を捨てられたものよ」長時は話を戻した。これ以上、古傷に触れる話はしたくはない。「躊躇いはなかったのか」

茶屋は苦笑した。

「それはおましたとも。侍の家に生まれて商人になれと言われるは、男に非ずと言われたと同じ。京への道筋で、何度、死のうと思たことか。けど、どうせ死ぬんやったら、京の都を見てからと。ところが最後の清水の舞台で、妙なお坊様に出会いまして。手前の顔を見るなり、この世はお前様がおらぬと成り立たぬとおっしゃるんどす」

「ほう。凄い眼力よ。茶屋の今が見えておったのかのう」

茶屋は苦笑しながら頭を振った。

「そんなんやおへん。そのお坊様がおっしゃるには、どのような者にもこの世に生まれてきたからには役目がある。死ぬのなら、背負わされた天命を成就してからにせぃ。代わりはおらぬ、と言わはんのんどす」

天命——。

長時には、はっとさせられるものがあった。

「そこで言い返したんどす。手前のような者が、いようがいまいが、世の中は動いていく。ましてや、侍を捨てろと言われた手前に何ができるんやと。するとと、武力でこの世は治まらぬ。侍を捨てろと言われたは天命。無駄に死なずに済んだと思えばええ。周りの有り様に流されてはあかん。侍を捨てた先にある、手前だけに背負わされた天命をしかと聞け！　と一喝されたんどす」

どこかで聞いたことがあると思った瞬間、玄霊禅師の言葉が蘇ってきた。

人の値打ちは器の大小に非ず、この世に何を残せたか。それが天命にござります。任《にん》重くして道《みち》遠し。天命を求めるに、楽な道も近道もござらぬ——。

「その時は何もわからず、お坊様に気圧《けお》されてしまい、死のうという気さえ、どこかに吹き飛んでいってしまったんどす。それで、今に至っているのでござります」

「……で、天命は聞こえたのか」

茶屋は曖昧に首を傾げてから、頭を振った。

「聞いてはおまへん。ただ何となくどすが、これが手前に背負わされた天命と思うことはおます。それがご縁で先代様からのご依頼で、そのお坊様を松本平の龍雲山廣澤寺へお連れしたのどす」

「廣澤寺……。もしやその御坊は、玄霊という名では？」

「やはりご存じでおましたか。そうどす。茶の湯へ導いて頂いたのも玄霊様。お蔭様で人を尊び、もてなすという心を教わりました。茶の湯の心も教えて頂き、今ではそれが縁で将軍家ばかりか、多くの方々ともご縁ができておます。これすべて玄霊様のお蔭様どす」

「わしも玄霊禅師にはいろいろ教わった。塩尻峠の戦で負けた折、やがては乱世も終わり、必ずわが家の糾法が役立つと励まされたものよ」

「さすが玄霊様や。この世ばかりか、小笠原様の行く末まで見通されたはる」

長時は苦笑した。「もっとも今は、戻る国ばかりか、城すらもないが」

「今の小笠原様は、かつての手前と同じにござりますな」

「そうやもしれぬ。今は世捨て人よ。もうわしには何もない」

「いいえ、ござりますとも」

「何があるというのじゃ？」

「命がございます。命があるいうことは、まだお役目があるということどす。それが、小笠原家に代々伝わる糾法やおへんか。将軍様のご指南役を頂けたのも、糾法があってこそどす」

長時は思わず溜め息を吐いた。

「指南役とは聞こえはいいが、信濃守護職が今はただの宮仕えぞ」

「ご立派どす。京におりますと、栄枯盛衰は世の常としみじみ感じます。将軍はんや大名はんは家を残そうと必死。その家臣は己の名を残そうと、これまた必死どす。されど、お武家はんが残したものなど何がおます。城と鎧兜や刀など、人を殺めるものばかり。武家で礼を重んじる糾法を持つのは、小笠原家だけどす」

長時は手を上げて制した。

「何が言いたい、茶屋」

「この乱世で、人を尊ぶ礼法を持った武家が、どこにおますか」

思いっきり顔を張られた思いだった。

人を尊ぶ礼法――。これこそが、小雪が言った、戦のない世を作る道筋ではなかったか。

人を尊ぶ心があれば、戦は起きない。今にして思えば、小雪は長時にそのことを伝えるために現れ、伝えたために役目を終え、姿を消したとさえ思えてくる。いや……。

世の中には、命に代えても残さねばならぬものがある、という父の遺言は糾法ではなかったか。

――そうじゃ。たとえ一人でもやらねばならぬ。それが天命。

その時、まるで長時の背中を押すかのように、どこからともなく、小雪の声が聞こえてきた。

とんぼ様……胸の巻物は、戦のない世を作る秘伝であろう？――。

なぜか、切ないほどの痛みを、長時は胸に感じた。

大八州の大風

一

瞬く間に十年が過ぎていった。

その間に京に聞こえてきた大きな出来事といえば、永禄《えいろく》三年（一五六〇）に尾張の弱小大名、織田信長が、三河・駿河・遠江の大大名、今川義元率いる三万の兵を桶狭間《おけはざま》にて、わずか三千の兵で打ち破ったことだろう。

また、翌永禄四年に信濃の川中島で、長尾景虎と武田晴信の両大軍が戦ったことも、京まで聞こえている。

長時は日々、礼法こそが戦のない世を作る道筋と信じ、周りの風に流されることなく、糾法に打ち込んだ。己の鍛錬だけでなく、京に住む公家や武家にも弓馬術とともに立ち居振る舞いの礼法を教えている。糾法を教えることで、少しずつでも人を尊び、周りを思いやる慈悲の心が広がれば、いくらかでも戦を減らせるのではないかという思いだ。

勿論、それだけではない。多くの家臣を死なせたことへの償いであり、供養でもある。家臣ばかりではなく、長時を助けるために死んでいった小雪など、戦の巻き添えで亡くなった多くの者たちのためにも、また、一体、何のためにこの世に生まれてきたのかという答えを見つけるためにも、糾法に取り組んだ。

下鴨神社で「百手《ももて》の的《まと》神事」や流鏑馬などの奉納もした。戦や疫病、干ばつで不安に駆られる民のために、少しでも心が安らぐようにとの祈りを込めた。そのお蔭もあって、今や京で弓馬術・礼法といえば「小笠原流」と呼ばれるまでになっている。

糾法に没頭することを一番喜んだのは、四十路に入った仙だった。長時と同じく戦嫌いだからだろう。もう松本平には帰りたくないとまで言っている。

それは家臣たちも同じ。戦ばかりしてきたからか、束の間の安息の日々にほっとしている。領地や城にばかり固執しなくても、また、戦をせずとも生きていけることを知ったからか、心が解き放たれたようだった。しかし――。

長時のそんな思いも空しく、相変わらず周りでは乱世が続いていた。

各地の大名は、時には敵対し、時には和睦して均衡を保ちながらも、今も戦を繰り広げている。それればかりか、慈悲を説かなければならないはずの石山本願寺や一向宗門徒までもが戦に加わわっている。正義も善悪もない、弱肉強食の覇道の世だった。そこには人を尊ぶなどという礼法の入る余地すらない。

万民餓死に及ぶ、といわれた永禄八年（一五六五）――。

長時は五十二歳になった。五十にして天命を知る、とはいうが、未だに何も見えてはこない。住まいも立場も、相変わらず、摂津の芥川城で客将のまま。何も変わっていない。

十年で変わったことと言えば、身の回りだろうか。

三男貞虎が、芥川城主の三好長慶から「慶」の一字をもらい、名を小笠原喜三郎貞慶《さだよし》と改め、将軍義輝の仲立ちで、日野大納言輝資《てるすけ》の息女百姫《ももひめ》を娶った。

凶事もあった。永禄七年（一五六四）、越後にいた母賢静院が亡くなった。最期まで松本平に帰ることを願っていたという。その心情を思うと小笠原宗家の嫡子として申し訳なく、改めて己の腑甲斐なさが身に沁みた。

さらに凶事は続いた。同じ年の七月、長時らを庇護していた三好長慶が、四十二という若さで病に倒れた。それを機に実権を握ろうとした将軍足利義輝が、翌永禄八年五月、三好三人衆と家宰《かさい》の松永久秀に二条御所で暗殺されてしまう。その後、三好三人衆と松永久秀との間で主導権を巡って亀裂が生じ、かつての小笠原家同様、三好家は四分五裂となった。

これにより、京の風は一変した。


永禄十年（一五六七）四月、三好三人衆と松永久秀との政権争いは、ついに火蓋を切った。山城周辺の筒井順慶《じゅんけい》や池田勝正、畠山高政などの大名国人衆を巻き込み、さらに翌永禄十一年には尾張の織田信長までもが加わった。戦は京の山城や摂津に留まらず大和にまで拡大し、多くの寺院が焼かれ、奈良の大仏殿も炎上した。

三好方に属していた小笠原一族も、戦火に巻き込まれてしまう。これまでとは違い、何の大義もなく、誰のための戦かもわからないまま、ただただ兵の頭数として組み込まれていった。

三男貞慶は織田勢を相手に桂川で初陣を果たすも、芥川城は陥落。長時の弟信定は討ち死にした。

信定を失って初めて、家臣たちの本当の辛さが身に沁みた。が、悲しんでいる間などなかった。仙と百姫が織田方へ捕らえられ、長時は弟貞種や貞慶とともに、戦火の中で戦い続けなければならなかった。

その後、三好宗家の当主三好義継《よしつぐ》を担いだ松永久秀とともに多聞山城《たもんやま》に逃れたものの、松永久秀が圧倒的な織田勢に恐れをなし、すぐさま芥川城に出向き恭順の意を示したため、一応の幕引きとなった。それにより、人質となっていた仙と百姫は返され、小笠原一族も織田家の家臣として組み込まれた。

時の風を摑んだ織田信長は、さらに近江の観音寺城にいた六角義賢《よしかた》・義治父子も駆逐。将軍足利義昭を奉じて上洛を果たす。そして——。

元亀《げんき》四年（一五七三）七月。織田信長は、有名無実だった将軍足利義昭をも京より追い出してしまう。これにより、長らく武家の棟梁として君臨していた室町幕府は滅亡し、年号が「天正《てんしょう》」と改まった。

二

天正元年（一五七三）。長時は越後にいた。

織田家家臣となった貞慶を京に残し、仙や弟貞種ほか、主だった家臣とともに戻っていた。もう京に留まる理由はなかった。戦場で槍働きする歳でもなかったし、これ以上、家臣に苦しみを与えたくもない。信長の許にいれば、信濃守護という有名無実の晒し者として利用されるだけだった。

世の中が大きく変わったこともある。信長をはじめ多くの戦国大名の目は、今や弓矢ではなく、鉄砲に注がれている。それは戦そのものを変えてしまうほどの存在になりつつあるばかりか、今まで取り組んできた糾法の存在すらも危うくしてしまうほどだった。それゆえ、すべてにおいて、もはや京には居場所がなかったと言っていい。

越後では、上杉謙信と名を改めた景虎から五百貫の知行を受けた。

還暦となった長時にとっては有り難いほどだった。おそらく、長隆と貞次の二人の息子の働きによるものだろう。長隆はすでに三十三歳となり、一向一揆を鎮めるため越中の松倉城にいる。貞次は、こちらも三十路に入り、侍大将として上野《こうずけ》にいる。

越後に戻っての訃報といえば、義弟の村上義清が亡くなったことだ。

享年七十三。同じ信濃を追われた者として心中を思うと察して余りある。

その頃より、長時の人生を狂わせたと言ってもいい、信玄と名を改めた宿敵、武田晴信が病死したという噂が流れ始めた。昨年の元亀三年の暮、織田信長と同盟する徳川家康を三方ヶ原で破った折には、天下に号令するのは武田信玄しかいないとまで囁かれるほど、信玄の西上遠征は破竹の勢いだった。ところが今年の三月に入り、進軍が突如として止まり、四月初めには甲斐に引き返したという。

病死とはっきりとわかったのは八月末。松本平にいる二木重高から届いた書状だった。それを密かに持ってきたのは、信濃に出入りしている茶屋四郎左衛門の手の者だった。

書状には、〈吉報にて候。松本平の地よりわれらを追い出しし賊徒武田信玄、四月、病にて死去。感涙溢れるは滝の如し。又、跡目の勝頼は大将の器に非ずして、家臣国人衆の中には不満多く、束ね能わず。武田が内より崩れるは明白なり――〉とあった。

つまり、これから重高が小笠原旧家臣たちに呼び掛けていくゆえ、謙信に「今が攻め時」と伝えてくれと暗に言っている。

長時は年甲斐もなく小躍りして喜んだ。すぐさま春日山城に登城して、この報せを謙信に進言した。ところが、謙信の返事は意外なものだった。

信濃攻めはしない。理由は、今、越中の一向一揆を鎮めるために軍勢を出しており、一向宗を悪に利用しておる連中を捨ててはおけない。また、信玄亡き後の勝頼を攻めるなど、大人げないとのことだった。

信濃奪還という夢を打ち砕かれ、今さらながら、己の無力さを思い知らされた。やはり信濃守護という器ではなかったのかもしれないとさえ思う。

夕方、長時は春日山城を下ってくると、供に付いてきた赤澤経直《つねなお》と海岸に出た。暮色に包まれた寂寞《せきばく》とした風景が、より長時の無念さを誘ってくる。打ち寄せる波に洗われる砂利の音までもが空しく聞こえた。

しばらく日没に輝く茜色の海を眺めてから、大きく溜め息を一つ吐いた。

「貞慶を通じて、織田殿にやってもらうか……」と誰に言うでもなく呟くと、後ろに控えていた経直が後を引き取った。

「大殿、もう十分ではありませぬか」

「十分……？　どういうことぞ。松本平の地を諦めよとの意か」

長時が振り向くと、経直は片膝をついていた。

経直は、京で織田家の家臣となった貞慶を補佐している赤澤経智の三男だった。

経智のたっての願いで、越後に一緒に戻ってきた。経智は二人の息子を戦で失っている。おそらく京にいては残った経直までもが戦死する。そうなれば、赤澤家が絶えると思ったのだろう。

経直は、今は出家して名を「丹斎《たんさい》」と改めている。歳は次男の貞次と同じ、三十一歳。長時が教えた糾法の一番弟子と言っていいほどに筋がよかった。

「さればご無礼を承知の上、言上仕る。松本平のことは、もはや、若君お三方にお任せすれば、と申し上げたいのでござりまする」

「丹斎、わしが年寄りゆえ、もう口出しするなと申すか！」

「違いまする。又二郎様（長隆）も松次郎様（貞次）も、謙信公の下で立派な侍大将となられた。喜三郎様（貞慶）におかれては織田様の覚え宜しく、従五位下右近大夫の位まで昇られております。それぞれ嫡子もおられ、いずれが先かはわかりませぬが、やがて松本平の地は小笠原家に戻りましょう。それより大殿には、やるべきことがあると申し上げたいのでござります」

「やるべきこと？　松本平を取り戻すことを置いて、他に何があるというのじゃ」

命が消える前に、せめて父から残された松本平だけは取り返したい。

「糾法にござります。これとて大殿のお父上、長棟公が戦の末にようやく手に入れられたもの」

「鉄砲の時代に、弓馬術の糾法か」

「弓馬術ではなく、礼法にござります。いくら鉄砲が優れた武器であっても、人を殺めるだけのもの。人を尊ぶ礼法は持っておりませぬ。礼法の奥義を残すは、大殿以外に誰がありましょうや」

奥義……。頭を振った。

「丹斎、そなただから言う。わしは奥義などと呼べる域には達しておらぬ。そなたに教えたは糾法の弓馬術の技だけぞ。時処位の、時の風を捉えることもできぬばかりか、国たる処を失い、上位の心の位に達することもできなんだ。所詮、わしはこの乱世に合わぬ男。風を摑む鶴にも、泥の中で耐え忍ぶ亀にもなれぬ」

「大殿、僭越ながら、糾法の一文を思い出されませ。『わが心に思うことをやめて、人の道理を立つること、さ候えば環《わ》の端《はし》なきが如くにて候。初めの一念を捨てて真実の道理を求め、自ら悟るべきなり』」

己の考えに固執せず、普遍の真理に立って考えよ。そうすれば端のない輪のように真理は続いていく。己の思い込みを捨て真理を求めれば、自ら悟ることができる——という糾法の教えだ。

「理屈ではわかっておる。が、その境地に立てたことは一度もない。技などというものは、長くやっておればいずれ身に付く。したが、上位の心はそうはいかぬ。わしは小笠原家の当主としても、いや……何においても尻切れとんぼ、極楽とんぼじゃ!」

「そのお考えをお捨てなされればよいではございませぬか。長く続けてきたからこそ、目指す上位の心にたどり着けるのではございませぬか。大殿も、国許のことでは十分苦しまれた。されど、小笠原家は潰れてはおりませぬ。否、今はそんなことより、以前、言うておられたように、周りの風に流されては、矢は的を射貫けませぬ。大殿には大殿しか残せぬものがあられるはず。礼法の奥義を残すことこそが、大殿の天命ではございませぬか」

天命——。すでに記憶の彼方に消えていた言葉だった。

脳裏に玄霊禅師の声が蘇ってくる。

人の値打ちは器の大小に非ず、この世に何を残せたか。それが天命にございます——。

残すものは、領地でもなく城でもない、礼法の奥義……。

長時は懐から、いつも持ち歩いている〈神伝糾法〉の入った巾着を取り出した。

探していた天命が糾法の中にあったか……。

その時、天竜川の河原で息を引き取った小雪の顔が浮かんだ。

胸の巻物は、戦のない世を作る秘伝であろう？――。

京では糾法こそが、戦のない世を作る道筋と信じ励んだ。多くの家臣を死なせたことへの償いであり、供養でもあった。それが、武田信玄が亡くなったと知るや、すっかり忘れ、松本平に目を向けて心を躍らせている。

――何と愚かな男であろう。己の矢が、周りの風に流されていたことにすら気づかない。

また懐かしい小雪の声が耳の奥で蘇ってくる。

とんぼ様には、戦は似合わぬと言うたであろう――。

小雪は長時の性分ばかりでなく、天命をも見抜いていたのかもしれない。

「これがわしの天命……」

――そうだ。そのために主君の座と信濃守護の職ばかりか、領土も城も失い、「すべからく回《え》光返照《こうへんしょう》の退歩を学ぶべし」道に追いやられたのだろう。だが……。

長時は丹斎を見た。

「丹斎、還暦になったわしに、果たせるかのう？」

「今、ここに命あるは、まだ天命を果たしていない証にござりまする」

命がある――。今までになく、心にずしんとくるほどの重い響きだった。

三

海から爽やかな初夏の風が吹き込んでいた。

ここ越後は松本平と違い、風にも塩の香りがある。

天正六年（一五七八）四月。長時は春日山城の城下にある館の弓道場で、十五歩先にある的の前に立ち、ゆっくり胴造りをして弦を引き絞った。

直江津の海岸で、長時は赤澤丹斎の言葉で救われた。それ以降、丹斎ともに糾法に励んでいる。長時の人生の中での時処位が、合致したようにも感じる。

玄霊の「武士というは誰もが龍や虎になりたがる。されど、鶴や亀の生き方もある。誇り高く生きる道は一つだけではござらぬ」と言った意味が今はよくわかる。すべてを失ったからか、外へ外へと求めるのをやめ、内なる己を見つめるという、退歩の学もわかってきたような気がする。それだけに、ようやく礼法の奥義、仁の心の真髄らしきものが見えてきた。

京で人に教えてきたことも、功を奏しているのかもしれない。そう考えると、今までの人生も無駄ではない。というより、それを知るために歩かされてきたのだと思えるようになった。だからだろう。周りの風には一切、左右されなくなった。

天正三年（一五七五）に長篠《ながしの》の戦で、武田勝頼率いる武田勢が織田信長に大敗した時も、その織田勢が天正五年（一五七七）に手取川《てどりがわ》の合戦で上杉謙信に大敗した時も、心が躍ることはなかった。己を毘沙門天の生まれ変わりと称した上杉謙信が亡くなった時ですら、悲しみはあったものの、上杉家家臣団のように、それに引きずられることはなかった。

すべてはこの世の在り様として受け止めることができた。

所詮、龍や虎、軍神と崇められようが、知略謀略に優れた大将と讃えられようが、玄霊禅師の言うように、諸行無常、これ生滅の法なり——なのだ。

唯一心を掻き乱されたことといえば、次男貞次の死だった。

生まれたばかりの娘を残し、流行病《はやりやまい》で妻とともに亡くなった。享年三十四。病とはいえ、あまりに若い。だが、家臣の手前、あからさまに嘆くこともできなかった。ほとんどの家臣が戦で多くの身内を亡くしているからだ。

長時は雑念を払い、矢を放った。

矢は的の中央にある白い小眼をやや外れた。残心の姿勢のまま、ふうーっと息を吐く。

「色は匂《にほ》へど散りぬるを、わが世誰《たれ》ぞ常ならむ……か」

「大殿、何でござりますか、突然、いろは歌など」

後ろで控えていた丹斎が、次の矢を渡しながら訊ねてきた。

丹斎はすでに指南になれるほどに成長し、免許皆伝を与えている。長時が見込んだ以上に弓馬術の筋はいい。

「人はいつまでも生き続けられぬ。一生を終えてしまえば何も残らぬものと、改めて思うたのよ。あれほど武力を誇った武田信玄も、軍神の化身と言われた謙信公も消滅なされた」

謙信は王道を知りながらも、武田や北条、織田など、周りで吹く覇道の暴風に引きずり込まれてしまった。

「そうかもしれませぬ。諸行無常、これ生滅の法なり、でござりまするな。なればこそ、有為《うい》の奥山《おくやま》今日《けふ》越《こ》えて浅《あさ》き夢見《ゆめみ》じ酔《ゑ》ひもせず、と続くのでありましょう」

悟りに至れば、儚い夢を見ることなく、現世《うつしよ》に酔いしれることもないと説いた歌だ。

「確か無常偈《むじょうげ》では、生滅を滅しおわらば、寂滅《じゃくめつ》を楽となす、と続いたかの？」

「はい。この世のものはすべて生まれ滅すると知らば、安楽の境地に至ることができる——という意と承知しております」

「なるほど。王道をゆくも覇道をゆくも、安楽の境地に至り、悟らねば」

意味はない――と続けようとして、的の側に張った陣幕の小笠原家の家紋〈三階菱〉が目に入った。ん……？

〈三階菱〉は、かつて帝より賜った「王」の一字を家紋にしたものだ。それは、わが小笠原家は覇道ではなく、王道を進めとの意ではなかったか。

――そうじゃ。

こんなにも身近に進むべき道の答えがあったとは……。

急に目の前が開けたような思いがした。玄霊の言ったとおり、すべてが一本につながっている。覇道の世にあっても王道の道はある――今、ここが、そうだ。これこそが糾法小笠原流。

――八風吹けども、われ動ぜず。

長時は再び的に向かい、矢を放った。

矢は吸い込まれるように、的の中央の小眼を射貫いた。

「丹斎。われ、ついに糾法の奥義を極めたり！」

四

上杉謙信が亡くなった、天正六年五月、かつての三好家と同じように、上杉家でも家督相続を争う内戦が始まった。

長時は家臣を引き連れ、越後を出た。小笠原一族にはまったく意味のない戦だった。律儀者の弟貞種は恩があると越後に残ったが、長時は蘆名《あしな》盛氏《もりうじ》を頼り、会津に向かった。一緒に付いてきた家臣も、もう戦に巻き込まれるのはうんざりだったのだろう。足取りは軽かった。

仙は嫡男長隆を越後に置いてきたにも拘らず、道中、笑顔だった。今の仙にとっては次男貞次の忘れ形見の四歳になる孫娘、霄《そら》を育てることだけが心の支えなのかもしれない。

長時らは会津の黒川（若松）城下にある、蘆名盛氏の家臣、星野味庵《みあん》の館に寄寓した。

会津は松本平と同じく盆地で、近くには諏訪湖と同じような大きな猪苗代湖があった。戦に巻き込まれることもない、のんびりとした場所だけに、糾法を星野味庵や蘆名家の家臣にじっくり教えることができた。その点では、今までの人生で最も充実していると言ってよかった。

気掛かりは家督相続だった。もっとも、相続する領土も城もなく、官位すらもない。渡せるのは、小笠原家に代々伝わっている家宝〈糾法七巻〉と、禁裏から託された密書〈神伝糾法〉だけ。ただ、次に託すまでは死ぬわけにもいかない。

天正七年（一五七九）、雪が解けるや、越中の長隆と京にいる貞慶を呼び寄せるため、書状を送った。

長隆の返書には、〈宗家のことは喜三郎貞慶にお任せ仕る。後はよしなに――〉と書いてきただけで、貞慶からは返書すらもない。どちらも戦で、家督相続どころではないのだろう。

ところが、四月に入り、貞慶が百人ほどの供回りを連れて、ひょっこりやってきた。

すでに三十半ば。久しぶりに会った貞慶は侍大将の姿で堂々としていた。主君信長から武田の動向を探るようにと、会津行きを許されたという。

心根の優しい貞慶だけに、貞次が亡くなり、うちひしがれている両親の悲しみを少しでも和らげたかったのか、長時には茶器を、仙には京で流行の打掛を土産に持ってきた。が、何と言っても大きな土産といえば、一緒に連れてきた十歳の孫の、幸松丸《こうまつまる》（後の秀政《ひでまさ》）だった。幼い頃の貞慶に生き写しで、仙は昔に戻ったように貞慶と幸松丸に抱きつき、涙を流して喜んだ。

翌朝、朝餉が終わると、長時は貞慶を自室に呼んだ。

長時の座っている側には、小笠原家の伝書〈糾法七巻〉が入っている桐箱があった。

貞慶はそれに目を留めると、前に座った。

面長な顔は長時似だ。切れ長の目とすっと伸びた鼻は仙にそっくり。多分に景虎の影響もあるのだろうが、冷静で物怖じしない重みを持っている。親馬鹿かもしれないが、長時の二十歳《はたち》の時に比べても当主としての器もあり、人を魅了する霊力も備わっているようにも思える。

「貞慶、わしはもう六十六になる。いつ死んでもおかしくない歳になったわ」

「何を仰せられます。父上にはまだまだ生きてもらわねば困ります。今、わが御屋形様（信長）は長篠の合戦で武田に勝利してより、本腰を入れて武田を潰しに掛かられておられます。されば、松本平に帰れるも日もそう遠くはありますまい」

「それは楽しみじゃ。が、今の話は母にはせぬがよい。母は、織田殿にいるこなたと、上杉殿にいる長隆が敵味方に分かれて戦にならぬかと案じておる」

あり得ないことではない。現に天正五年九月、まだ上杉謙信が存命の頃、加賀の手取川で上杉勢と織田勢がぶつかり、織田勢は大敗を喫している。それゆえ、織田信長にとって謙信亡き今、また、武田信玄亡き今、甲斐信濃ばかりか越後をも狙う、またとない機会と言っていい。まして、上杉家は家督相続争いにかまけているほどだから、まさに千載一遇の好機だった。

「貞慶、話というは他でもない。家督のことじゃ。こなたに継いでもらいたい」

「されど、越後の兄上が」

「したが、長隆は貞慶に任せると言うておる。これも運命《さだめ》と思うて受けてくれ、頼む」

貞慶はしばらく瞑目してから目を開け、やおら両手を付いた。

「されば、及ばずながらこの貞慶、天子様より賜りし〈三階菱〉の家紋を持つ小笠原家の長として、家紋に恥じぬよう全身全霊を以《もっ》て励む所存にござりまする」

貞慶は背筋を伸ばし、深々と一礼した。あまりに堂々としていたからか、思わず涙が溢れた。

ふと、若かりし折、深志城で家督を譲られたあの日のことが脳裏に蘇る。目の前には父長棟と母華ノ方が並んで座っていた。小笠原一族を束ね、松本平と伊那平を治めていた父と比べれば、雲泥の差だ。

「すまぬ、貞慶。こなたに譲れる領地もなければ、城もないというに」

「何を仰せにござります。この貞慶、幾度も戦場に出て、初めて父上のご苦労がわかりました。戦は時の運。勝てぬは時処位が揃わなかっただけにござります」

長時は感無量だった。息子に認められることほど嬉しいことはない。

「父上。世辞ではござりませぬ。時処位は今、わが御屋形様（信長）にありまする。じきに武田も潰され、松本平もわが小笠原家に戻りまする。その時は必ず、父上を深志城へお連れいたしまするゆえ」

やはり玄霊の言ったとおりだった。栄枯盛衰は世の常。領地や城は永遠に残せるものではない。しかし、人を尊ぶ礼法だけは、この先、何百年も残るような気がする。いや、礼法こそが、玄霊の言う、真の人の世を作る礎に違いない。

「その日を楽しみにしておこう。されど、世の中には、領地や城以上に大事なるものがある」

「武士にとり、領地や城以外に大事なるものがありましょうや」

「それが、これぞ」傍らの桐箱を引き寄せ蓋を開けた。「これはわが父上長棟公が伊那の定基を滅ぼし、小笠原家を一つにまとめた折に得た、門外不出の奥義の伝書〈糾法七巻〉じゃ。世が定まれば必要となる。否、矛《ほこ》を収めるにも必要なものぞ。それともう一つ」

懐から巾着を取り出し、別の一巻を出した。

長時がいつも肌身離さず持ち歩いていた〈神伝糾法〉だ。長時は父から伝えられたことに加え、昔、玄霊から教わったことを交えて貞慶に説いた。

「やがてはこの乱世も終わり、倉廩は満ち、礼節が重んじられる時が必ずくる。武で世を治めるが覇道。戦をせず仁によって世を束ねるが王道よ。それゆえ、天子様より賜りし『王』の一字を〈三階菱〉にした家紋のわが小笠原家に天子様は託されたのじゃ。即ち、わが小笠原家は武を誇る覇道ではなく、人を尊び、礼を極める王道を進まねばならぬということぞ」

貞慶は眉根を寄せた。

「されど今は乱世。そのようなことでは、たちまち国は滅ぼされましょう」

「それゆえ、時処位が揃う何百年先かは知らぬが、世の中が男と女子の心が五分五分になる時まで、これを隠し、護らねばならぬ」

「男と女子の心が五分五分になる時？　それは、何のことにござります」

「人の世は男と女子の心が五分五分に整うて、初めて真の人の世となる。人の世は、競う男の心が勝ちすぎても、和する女子の心が勝りすぎてもならぬのよ」

理解できないのか、貞慶はますます険しい表情になっていた。

「とにかく、今の世では使えぬのでござりますな」

長時は思わず苦笑した。おそらく厄介なものを渡されたと思ったに違いない。長時も玄霊から説明を聞いた若かった折、同じようなことを考えたからだ。

「とは申せ、捨ててはならぬ。人の世となった時にこれがなくば、後の世の民は今以上に苦しむことになる。今の世は戦ばかりじゃが、人を尊ぶ礼の心と振る舞いを重んじる時と場は常にある。いや、覇道の世にあっても、仁を尊ぶ王道の場はどこかにある。それが小笠原流の生き方ぞ。時勢に流され、己を見失うてはならぬ」

自省だった。長時の人生は時勢の風に流され続けたといってもいい。

「貞慶。今はわからずとも、いつか必ずわかる時がくる」

「小笠原流の生き方と聞いては、否、禁裏から託されと聞いては蔑ろにできませぬ」

「頼む、貞慶。命に代えても残さねばならぬと心得よ」

「はっ。骨身に刻み、子々孫々、末代まで伝えていきまする」

それからまもなく貞慶に〈直ちに帰参のこと――〉との信長からの命令書が届き、貞慶は息子と家臣を引き連れ、京へ帰っていった。

五

「爺さん。いるだか？　あんたが若い頃、仕えていた小笠原家が深志城に戻ったとよ」

甲斐の塩山《えんざん》にある禅左衛門《ぜんざえもん》の家にそう言って入ってきたのは、留蔵《とめぞう》というごろつきだった。

小春日和を縁側で楽しみながら富士山を眺めていた禅左衛門は、急いで玄関に行った。

留蔵は相変わらず、薄汚れたボロ着を羽織っていた。体臭がぷーんと鼻を突いた。

「何だとう！　小笠原が松本平に帰ってきただと？」

「きのう、韮崎《にらさき》まで行ったらよ、そんな話を聞いたずら。世の中、おもしれぇよな。信玄様がお亡くなりになり、四郎（勝頼）様が織田信長にやられたかと思たら、その信長が死んでよ。これからどうなるかと思とったら、徳川に仕えた小笠原が昔の領地を取り戻しとるずらよ」

天正十年（一五八二）三月、天目山《てんもくざん》で武田勝頼が自害し、甲斐信濃で権勢をほしいままにしてきた武田家は呆気なく滅亡した。しかも武田家を滅ぼした織田信長は六月、京の本能寺で家臣明智光秀に倒れ、それを今度は豊臣秀吉が討ち取るという、わずか半年弱の間に大風が吹き、時代は大きく動いた。

今、武田家亡き後、甲斐信濃では徳川家康が徐々に勢力を伸ばしている。

禅左衛門は留蔵の襟首を摑んだ。

「小笠原の誰だ！　長時か！」

「そんなこた、おらが知るだか。二木とかいう、元小笠原の家臣が駆けつけたっちゅうこんずら」

「二木……？　二木重高か」

「知らねぇ。とにかくよ、旧小笠原家臣が続々と集まって、昔裏切った野郎どもを次々と血祭りにしとるらしいずら」

「裏切り者を血祭り……」

「爺さん、あんたも松本平に帰《けえ》って、ほら、酒に酔うとよく出た、左馬允とかいう野郎を叩きのめしたら、どうずらよ。ま、そんな歳じゃねえか。でもよ、ここに来て、金《きん》もたんまり貯まったずらから、国許に帰って若い娘っこでも嫁にしたらどうずら。松本平は甲斐とは違うて、美しい女子ばかりおると自慢しとったずらよ」

禅左衛門は名も捨て、武士も捨て、甲斐の黒川で金山《かなやま》衆の人足として働いていた。

野々宮の合戦の折、「今度は逃げるなよ、又二郎。逃げたら、わしがうぬの首を武田に差し出してやる」と言ったにも拘らず、天文二十一年（一五五二）の大晦日に、長時は二木重高と仲違いして城を出ていった。その後まもなく、城主の二木重高は武田に降った。だが――。

禅左衛門は武田には従わなかった。兄弟ほか一族が悉く武田に殺されたのだ。その武田に降るわけにはいかなかった。城兵たち小笠原家臣団が続々と降る中、禅左衛門はどさくさに紛れ、一人、甲斐の塩山まで逃げ延びた。

そこで、黒川の金山衆に加えてもらったのだった。金山衆は金山から出る金の何割かを武田家に上納しているものの、属しているわけではなく、自立した山師の武士集団だった。

命を張った勝ち負けの戦や、騙し合いの駆け引きは懲り懲りだった。長時や重高のこともあり、誰を信じればいいかもわからなくなっていた。ただ人目を避け、隠遁したかった。

武田が権勢を誇っていた頃は、金山衆も武田の命で城攻めの穴掘りとして幾度か駆り出されたが、禅左衛門は一度も出ていない。この村からもほとんど出たことがなかった。

あれから三十年余の月日が流れた。来る日も来る日も、薄暗い坑道の中で金を掘り続けた。三十半ばだった男が、今や七十を超えている。まさか、こんなにも長生きしようとは思ってもいない。皮肉にも甲州金はわずかながら貯まったが、それと引き換えに、昔のように陽気に戯けることも、腹の底から笑うこともしなくなった。

留吉が顎を撫でながら、意味ありげな笑みを浮かべた。

「爺さん、おいらが松本平まで付いていってやろうか。山道は物騒ずらよ。おいらもここにいても仕方がねぇし、向こうで一旗あげるのも悪くはないだで」

狙いはわかっている。禅左衛門の貯めた金だ。昔とは違い近頃は金もさほど採れないと、家に碁を打ちに来た金奉行の金山兵庫がよくこぼしている。その分、人足たちの取り分も少ない。

近頃、留蔵は三日に上げず顔を出した。しかも、あたかも禅左衛門がボケ老人でもあるかのように、貯めた金の在りかをそれとなく訊ねてくる。

「なぁ、爺さん。そうしろし。年寄りの一人歩きは危ないずらよ」

禅左衛門はやおら部屋に入ると、鴨居に掛けてある自慢の槍を手にし、振り返った。

「やかましいわ！　小僧。わしはれっきとした府中武士じゃ。うぬ如きに寝首を掻かれるほど老いぼれてはおらぬ。今度、わしの前に現れたら、その首、刎ね落としてくれる」

「ひぃーっ！　とうとうボケやがったずら、この糞爺ぃ」

「まだ言うか！　小僧が」

禅左衛門は槍をしごき、留蔵を追って外に出た。留蔵は一目散に坂を駆け下りていった。

久しぶりに槍を持ったせいか、昔の記憶が昨日のことのように蘇ってくる。

戦場で槍を振り回したあの頃……。いくつもの大将首を取る度に、「今度こそ信州一の女子を嫁に取る」と叫んだものだ。それが今や嫁ばかりか、護るべく家もなければ家人もない。あるのはわずかな甲州金だけ。

北にある八ヶ岳に目を移す。あの向こうに松本平がある。

とにかく、一度、松本平に戻らねば……。

六

歳を取ると、月日の流れは早い。

齢《よわい》七十にもなると、光陰矢の如しだった。

天正十一年（一五八三）に入り、正月が終わったかと思えば、二月の節分も過ぎている。

家宝の〈糾法七巻〉や〈神伝糾法〉を貞慶に渡したからか、気が楽になっていた。わずかながらも小笠原宗家の伝承を次に渡せたという安堵だろう。いつ死んでも構わないとさえ思える。

最後の望みは、死ぬ前にもう一度、あの松本平を見たい。その願いも、もうすぐ叶う。

長時は朝から、会津の黒川城下で世話になっている星野味庵の館で落ち着かなかった。

わけは十日ほど前に届いた、貞慶からの書状だ。二年前の秋に長男長隆が越中で戦死して以来、久しぶりの吉報だった。

幾度も読み返してはいるが、囲炉裏の側に座る度に、また書状を手に取ってしまう。それほど、内容が長時を歓喜感泣させて余りあるものだった。

貞慶の書状によれば、昨年天正十年、織田信長の死後、徳川家康に付いた貞慶は、徳川家重臣、石川数正《かずまさ》の家臣となり、家康の命で信濃攻めを任されたという。

貞慶は小笠原譜代の家臣とともに下伊那から入り、すでに徳川家の家臣となっていた旧小笠原家家臣の下条信氏の子頼安《よりやす》の居城、吉岡城に入った。それを知った旧小笠原家家臣たちは、続々と兵を率いて吉岡城に集まってきた。

筆頭は、長時が「松本平に留まり、人種《ひとだね》となってくれ」と懇願した二木重高だった。

貞慶は五千の兵を率いて伊那平を北上。途中、箕輪にいる義弟藤沢頼親が息子らとともに兵を率いて加わり、軍勢はますます増えていった。

大殿（長時）のために――。それが駆けつけた将兵の合言葉だったという。その行《くだり》を読んだ刹那、嬉しさのあまり泣き崩れてしまった。

さらに喜ばせる文面が続いた。松本平に入るや、塩尻に小笠原家の家紋、〈三階菱〉の旗を高々と掲げたという。そこはかつて長時が塩尻峠の戦で武田に敗れた折、一人で駆け抜けた場所でもある。それだけに、目を瞑るだけで景色が思い出され、日の光を浴び、松本平の風にたなびく〈三階菱〉の旗が見えるようだった。

長時は嗚咽して先を読んだ。

貞慶が塩尻に布陣したという報せに、旧小笠原家家臣が続々と集まった。皮肉にも、奪還しようとする深志城を護るのは、上杉に残り家臣となっていた長時の四番目の弟貞種だった。始めは激しい攻防戦があったものの、攻め手が貞慶と知るや貞種は、「宗家に矢は向けられぬ」と言って開城。越後に落ちていったという。そして――。

次の一文が長時の心を震わせ、歓喜感涙させて止まない。

〈七月十八日、上様より深志城と松本平を賜り候。わが小笠原一族の悲願、ついにここに叶い、家臣一族郎党に至るまで皆、号泣し候。流れる涙、雨の如し。これを記念し、深志を松本と改め候。さ候えば、父上様をお迎え参上仕る――〉とあった。

その迎えの一行が、きょう二月二十五日に、この会津に着く――。

「大殿」ふいに声を掛けたのは仙だった。囲炉裏に炭を足していた。若かった仙もすでに還暦を過ぎており、髪には白いものが目立っている。

「また文を読んでおられましたな。目の辺りが濡れておりまするぞ」

長時はぞんざいに袖で涙を拭った。

「炭火の煙が目に沁みただけぞ。ここな炭は松本平とは違うて煙が出る」

「いつまで経っても嘘が下手にござりますな。それより、少しは落ち着きなされ。まるで子供のようにそわそわなされて」

「迎えの中には年寄りもいるそうな。おそらく重高じゃ。あれはわしより二つ年嵩であったでな。どのような顔をしておるのか、早う会いたいのよ」

「大殿も年寄りになられたせいか、気が急《せ》きまするな。それにしても、大殿は仕合わせ者よ」

「ああ。仕合わせ者じゃ。糾法も見極めたし、深志城にも戻れる。於仙は仕合わせではないのか」

仙は炭を摘まんだ火箸を止めてから、やおら笑みを浮かべた。

「さあ、如何でありましょう。大殿の支えにもなれず、ただ子を産み、生き長らえただけのような気がしまする」

「何を言う。上の二人は残念であったが、残った貞慶は立派に育ち、わが小笠原家を継いで深志城に戻ったのだぞ。その貞慶を産んでくれたのじゃ。小笠原家にとって、これほどの大手柄があろうや。否、於仙はこのようなわしをきょうまで支え続けてくれたではないか。他の女子では務まらなんだわ」

「大殿を支えたのは、別の女子にござりましょう」

真顔で睨んでくる。

「な、何を言う！　わ、わしは……そ、そ、そなた以外に」

「戯言にござりまする。一度は、大殿を困らせてみたかっただけにござりまするよ」くすっと笑った。「それにしても大殿はわかり易いお方じゃ。これでは騙されるのもようわかる」

「なっ、何……」

仙は笑みを返すと、逃げるように部屋を出ていった。

長時は呆れながら見送ると、囲炉裏の側で横になり、読み終えた書状を胸に目を閉じた。

浮かんでくるのは、やはり松本平の深志城だ。天守楼と抜けるような青い空。思い出すだけで、仄かに白牡丹の甘い香が漂ってくるような錯覚に囚われてしまう――。

長時は視線を青空から下に落とすと、大広間に続く廊下を歩いていた。

廊下には、春の日差しが燦々《さんさん》と降り注いでいた。庭には、母の好きだった白牡丹が咲き乱れている。やはり春の到来を告げるのは、牡丹だ。より華やかにしてくれる。西側の塀の上に見える白く雪を被った穂高岳は、日の光をたっぷりと浴び、青空に映えていた。

どうしたわけか、体が若返ったように軽い。いつもより背筋も伸びている。

大広間に入るや、長時は思わず息を呑んだ。

上座には金屏風が立ててあり、その前にはひと際目を引く鴇《とき》色の打掛を着た、美しい姫が座っている。長時を見とめると、笑みを浮かべた。

どこかで会ったような気もするが思い出せない。

「ようやく、お戻りになられましたな、殿。お待ち申しておりましたぞよ。さ、こちらに」

長時は言われるまま、隣に用意された錦の座布団に座した。

「そなたは、誰であったかの」

「えっ……、もうお忘れか。何と悲しいことにござりましょう」

姫は打掛の袖で目を覆った。

「いや、忘れたわけではない。ただ、わしも歳ゆえ、時々、思い出せぬこともある。それより、重高が参っておるはず。貞慶はどこにおる」

「お二人とも、まだこちらには参りませせぬ」

「何ゆえじゃ。わしがここにこうして来られたのも、貞慶と重高のお蔭ぞ」

そこへ、侍女たちが膳を捧げ持って入ってきた。その後ろには見覚えのある顔が何人も続いている。

——んっ！ 父上に、母上……。

それだけではない。息子の長隆と貞次、弟の信定、平瀬義兼、須沢清左衛門などの顔もあった。

長時は思わず姫の顔を見た。ん……？

——おっ！ そなたは小雪。

小雪は長時の心の声が聞こえたかのように、満面に笑みを浮かべて頷いた。

「ようやく思い出されましたな。そうじゃ、われは小雪。とんぼ様は、国を取り戻したならば、われを妻に迎えると申されたではないか」少し悲しげな顔を見せた。「まさか、それもお忘れではあるまいな」

「いや、憶えてはおるが……。すまぬ。正室は於仙と決めておるゆえ、側室でよいか」

「ほっとしましたぞ。それでこそ、われが惚れるとんぼ様じゃ。われは側室でよい。もうすぐ、ここに御方様が参られるでな」

「於仙が、ここに？」

「心配なされるな。われは二番手。御方様とは争わぬ。争いは嫌いであられたでな」

「では、ここは……？」

小雪が答えようとする前に、横から父長棟の声が飛んだ。

「これ、長時。わしに顔を見せぬか」

「あ、父上」長時は思わず頭を下げた。いや、下げずにはいられない。「申し訳ありませぬ。父上から譲り受けし松本平、並びに下伊那をすべて武田に奪われ」

「長時、面を上げぃ」

顔を上げると、優しい目を向ける、若々しい父の顔があった。

「そなたはようやった。糾法を見極めたではないか。命に代えても残さねばならぬものとは糾法がことよ。もう何も言うな。言わずともよい。きょうはそなたの祝言ぞ。のう、於華」

側には、藤色の打掛を羽織った母華ノ方が、笑みを浮かべて座っている。母も昔に戻ったように若々しく美しい姿だった。

「如何にも。きょうは目出度い晴れの祝言ぞ。見目麗しい姫を隣に置いて、無粋はなりませぬ。皆で祝いましょうぞ。のう、下野守殿」

裃《かみしも》姿の平瀬義兼が慇懃に平伏した。

「仰せのとおり。皆がこの深志城に集い、宗家の繁栄を心よりお祝い奉る。これほど目出度きことはござりませぬ。のう、方々」

「若……」須沢清左衛門が感極まったように膝を進めた。「ようやられた。あの極楽とんぼと言われた若が、羽も折られず、乱世をよう生き抜かれたわ」

長時は苦笑いを返した。

「爺、そうではない。とんぼゆえ、風に流されたまでよ」

「それは違うぞ、長時」と父が言下に言った。「風の中で揉まれ鍛えられたゆえ、ようやく風を捉えることができ、己が願う的にたどり着けたのではないか。玄霊和尚が言うておったとおりぞ。現世で手にした物は何一つ、持ってはこられぬが、心の位だけは違う。そなたはようやった。よくぞ、己の心の位を高めたものよ。わしもそれだけは、そなたには到底、及ばぬ」

「……父上」

思わず涙が溢れてくる。初めて父に認められた思いだった。

「さぁさぁ、難しき話は、それぐらいになさりませ」母が語気を強めた。「きょうは目出度き祝言。花嫁御寮を悲しませては、小笠原の礼法にも悖る」

「相変わらず、於華は長時には厳しいのう」

母はきりりと背筋を伸ばし、「わらわは下野守殿とは違いまする」と義兼を睨んでから小雪に顔を向け、「小雪殿、側室として長時の手綱をしっかりと頼みましたぞよ」と笑みを浮かべた。

「はい、お任せを。仙ノ方様を支え、しっかりと手綱を取り、王の道を走らせまする」

清左衛門が噴き出した。

「若も大変じゃ。とんぼの次は、馬になって走らねばならぬとはのう。あ、ははは……」

清左衛門の笑いに釣られ、皆が笑い出した——。


「見えましたぞ！」

丹斎の声で目が覚めた。囲炉裏の側でうたた寝をして、夢を見ていたらしい。頬はまだ涙に濡れていたが、心は清々しく穏やかだった。

「大殿！　使者の一行が来ましたぞ！」と外から、また丹斎の声が聞こえてきた。

「……そうか、着いたか」

長時は急いで玄関を出て、門の前に出た。

すでに仙や九歳になる孫娘の霄ばかりか、大勢の家臣たちが、雪道の坂を下ってくる一行に目を向けている。

長い行列の先頭には小笠原の家紋、〈三階菱〉の旗が見えていた。

感無量だった。命があることに感謝せずにはいられなかった。

長時の視界は、次第に溢れ出る涙でぼやけていった。

七

迎えの一行は五十人ほどだった。だが、長時の知った顔は一人もいない。

使者頭は平林弥右衛門という四十ぐらいの男だった。越後からではなく、下総《しもうさ》の古河《こが》を通ってきたという。わけは、今、貞慶が仕える徳川家は越後の上杉と戦状態にあり、武蔵を治める北条とは同盟を結んでいるから、と話してくれた。

長時は旅の労をねぎらいながらも、到着早々、二木重高のことを平林に訊ねた。

「二木様はわが殿と松本城にて、大殿のお帰りをお待ち申しておられまする。積もる話が山のようにあるゆえ、大殿に早う会いたいと仰せにござりまする。きょうは二木様の命で、松本平の酒を持参しておりまするゆえ、心ゆくまでお過ごしなされませ」

「そうか。書状には、わしが驚くような年寄りも来るとあったので、重高かと思うておった」

ああ――と、平林は思い出したように白い歯を見せた。

「そのお方なれば、少し遅れて着かれるかと存じまする。実は途中まで一緒でござりましたが、何せご老体ゆえ、久しぶりに馬の背に揺られたせいで腰が痛いと申されて、皆に付いてこられませなんだ。供の者が付いておりますゆえ、遅くとも夜までには着くものと」

「そうか。して、その年寄りの名は？」

「大殿、それはご容赦くだされ。その方よりきつく口止めされておりまする。それゆえ、楽しみにと言うておられました。ま、その方を探る手掛かりとしては、自慢の槍を大殿にお見せしたいと言うておられた、とだけ申し上げまする」

自慢の槍──。一瞬、脳裏に朱槍の上条藤太の名が浮かんだ。

「誰であろう？ ま、楽しみはいくつあってもよいわ。長旅で疲れたであろう。宴の支度も整うておるし、この辺りの温泉で温まるも良しじゃ。ささ、上がって休め」

「はっ。では遠慮のう」

迎えの一行は長時に従い、次々と館の中へ入っていった。

夕刻、使者の歓迎と長時の壮行の宴が星野館の大広間で始まった。

上座には館の主である星野味庵と長時が座り、下座には左右に分かれて主だった家臣が座った。下人郎党は別の広間で、使者と迎える側とが入り交じり、宴を開いている。

庭には煌々と篝火が焚かれており、そこかしこから鼓や笛の音が唄や手拍子、笑い声などとともに聞こえていた。

宴もたけなわの頃、若い武士に肩を借り、長槍を杖にした老人が一人、大広間の下にある中庭に入ってきた。若いほうはすぐに片膝をつき、「只今、到着してござ候」と挨拶したが、老人は突っ立ったままだった。

長時は席を立ち、縁側に出て行って、老人の顔を見た。

残念ながら朱槍の上条藤太ではなく、顔にも見覚えはない。髷は白髪混じりでぞんざいに束ねられ、顔はどす黒く、深い皺がある。ただ、着ているものはさほどみすぼらしくはない。長旅のせいか、やや肩衣はよれているものの、胸元には家紋もあった。

丸に松皮菱――。確かに小笠原庶流の紋だが、それを見ても、名すら浮かばない。

老人は鬱屈したようなまなざしで長時を睨んでいた。というより、気色ばんでいる。

「極楽とんぼ！　わしを忘れたか」

懐かしい渾名だった。久しく聞いていない。

「その渾名を知っているということは……。ま、まさか……坂西勝三郎？　生きておったのか」

気色ばんだ顔が破顔した。

「当たり前じゃ、又二郎。嫁を取るまでは死ねぬわ！」

「その物言い。まさしく勝三郎じゃ。この歳になって会えるとはのう。さぁ、上がれっ」


長時は松本平の酒に、したたか酔った。

相手をしていた勝三郎も盃から、吸い物の椀に代え、がぶ飲みし始めている。かなり目付きが怪しくなっているにも拘らず、携えてきた長槍を持って中央に立つと、即興で謡い舞い始めた。

それが面白かったのだろう。侍女など十人ほどが手拍子を入れ、中には一緒に舞う娘まで出るほどに盛り上がった。傍らにいた仙と霄も、珍しい生き物でも見るかのように目を向けていた。

勝三郎は舞い終えると、長槍をぞんざいに床に放って、長時の前にどっかりと座った。

「又二郎！」

すかさず平林が声を掛けた。「坂西殿、大殿と」

「やかましいわ！　小童《こわっぱ》が。わしと又二郎は旧知の仲、いや、竹馬の友ぞ。うぬら下っぱが口出すことではないわ。のう、又二郎」

長時は苦笑するしかなかった。

「遠路遥々来てくれたのじゃ。まあ、礼儀を尊ぶわが小笠原家なれど、今夜は無礼講じゃ」

「そうこなくてはならぬ」勝三郎は酒を呷り、空になった椀に目を向けた。「それにしても懐かしいのう、お椀酒。戦場でよう飲んだ、あの頃のことが、つい昨日の如く思い出されるわ」

「そうよのう。三日前のことなど憶えてもおらぬが、若い頃のことははっきり憶えておる」

「あの時の又二郎は無様じゃった。武田勢を前に、戦場より逃げ出したのだからのう」

え！——と、仙の隣に座っていた霄が驚いて訊ねてきた。

「お祖父《じい》様は戦場から逃げられたのですか」

長時が答えようとする前に、勝三郎が霄を睨んで答えた。

「塩尻峠でわれら五千の兵を残して、たった一人でじゃ」勝三郎は長時に目を移した。「又二郎、あの時、わしの言うことさえ聞いておれば負けはせなんだ。馬鹿が。両舌者の山家左馬允如きに騙されおって」

「坂西殿！」平林がまた声を張り上げた。「いくら無礼講とは申せ、大殿を、そのように罵られるは無礼でござろう」

「黙れ！　わしはあの戦で兄上ばかりか、叔父上も亡くしたのじゃ。……腹立たしくて、西牧や山家の家臣どもの首を取ってやったわ」

塩尻峠の敗退の後、勝三郎がその生首を深志城の水濠に放り込んでいったことは憶えている。それと同時に、あの時の忸怩たる思いが蘇ってきた。

勝三郎は目に涙を溜めて、長時を睨んだ。

「わしの母上は武田の首と思うて、泥だらけの生首を水で洗うておったわ。少しでも位のある武将に見えるようにすれば、褒美がもらえると思うてのう。母上は……嫁が来ぬわしのことを最期まで心配しておった」

一瞬、母賢静院の顔が瞼に浮かんだ。

「又二郎、あの折、寝返った左馬允は、ここに来る前にわしが討ち取ってきてやったぞ」

「何と……。左馬允はまだ生き長らえておったのか」

「桐原村に隠れておった。あれも哀れよ。最後まで武田についておったばかりに一族を失い、己も片足を失うて。あの両舌者、わしを憶えておった。まるで化け物にでも出会うたかのような顔であったぞ。逃げ回るあやつを捕まえ、地獄に落ちても二度と二枚舌を使えぬよう、舌を切ってから、とどめを刺してやったわ」

塩尻峠の戦いの前にやってきた、貧相な山家左馬允の顔が浮かんだ。が、もう怨みはない。あの戦で勝っていたなら、今頃、武田信玄や上杉謙信と同じく覇道の道を突き進み、無益な殺戮を繰り返していたに違いない。それだけに、感謝したいほどだった。

それにしても、殺し方が勝三郎らしい。歳を取っても性格は昔のままだ。

「あの男だけは許せぬでな。おう、許せぬといえば、思い出したわ」勝三郎は仙に目を向けた。

「塩尻峠で一番に逃げたはうぬの父親、仁科盛能であったわ。あれも武田にこき使われ、家名を武田に乗っ取られてしもうたぞ。その武田も今はないとは面白いものよ」

その話は長時の耳にもすでに届いていた。あの塩尻峠の戦いで長時を裏切った三村一族も西牧一族も、その後、すべて武田に滅ぼされている。結局、残ったのは小笠原家に縁ある者たちというのは、何とも、運命の皮肉を感じてしまう。

勝三郎が仙を睨みつけた。

「したが、その娘が、よくもおめおめと生きられたものじゃ」

宴は急に静まり返った。霄が「怖い、このお爺さん」と言った。

長時は盃を下ろした。

「勝三郎、もうそのぐらいにせよ。酒が過ぎたようじゃ」

「偉そうに言うな、又二郎。二度ならず、三度も逃げおったくせに」

「三度も逃げただと……？」

「一度目は塩尻峠。二度目は、うぬが林城を捨てた時じゃ。あの折、わしの一族はほとんど殺されたわ。三度目が中塔城ぞ」

やはりすべて逃げたと思い込んでいる。長時は今さら言い訳しても始まらぬと、口をつぐんだ。

「ふん。そんな男が今や大殿と呼ばれ、息子に領地を取り返してもろうて、また松本平に帰れるとはのう。それに比べ、わしはどうじゃ。甲斐の金山で、三十年余り働いて貯めたわずかの金だけぞ。家もなければ、嫁も家人もおらぬわ」

勝三郎の後ろにいた丹斎が、上座にいた平林に目配せした。

平林は渋い顔で小さく小刻みに頷くと、周りの家臣たちに同じく目配せをしてみせた。

勝三郎も気づき、椀を床に下ろした。

「されば又二郎。野々宮の合戦の折、わしが言うたことを憶えておるか」

「野々宮の合戦の折……」長時は頭を振った。「憶えてはおらぬ」

「都合の悪いことは何でも忘れるか。ならば、もう一度言うてやる。今度は逃げるな。逃げたら、わしがうぬの首を武田に差し出してやると、戦の前に申したはず」

「そんなことを言うておったのう。したが、わしはいずれの戦も逃げてはおらぬ」

「いや、逃げた。中塔城より逃げ出したではないか」

「あれは逃げたのではない。重高とめぐらした策じゃ」

「ふん。おぬしら上の者は嘘を策と言うて、下の者を散々騙してきたではないか」

「違う。あの時に蒔いた種のお蔭で、わしは皆とともに松本平に帰れるのじゃ。あの頃とは違い、糾法も極められ、武士としての誇りも取り戻せて今は感無量よ。それより勝三郎、もう下がって休め。目が怪しくなっておる」

後ろから家臣二人が勝三郎の両腕を取ろうとした時だった。

勝三郎は二人を払い除けるや、側に置いていた長槍を取って、いきなり長時の腹に突き刺した。

「わしは、嘘は嫌いじゃ！」

長時は一瞬、何が起きたかわからなかった。ただ、腹部にカッと焼け火箸を当てられたような熱さが走った。

ややあってから、あっ——と、隣にいた星野味庵が驚いて後ろに仰《の》け反《ぞ》ると同時に、周りにいた女子衆から悲鳴が上がった。

「何をする！」と、家臣たちは立ち上がったものの、皆、丸腰だった。

うっ……。ようやく痛みが伝わってきた。妙に懐かしさを覚える痛みだった。微かに片鎌槍が浮かんで消え、代わりに肌身離さず持ち歩いていた〈神伝糾法〉の巻物が浮かんだ。

——やはりわしは、あれに護られておったか……。

痛みを思い出させるように、勝三郎は槍を長時から抜いた。

「何が感無量じゃ。うぬだけは松本平に帰さぬ。ふん。痛いであろうが、又二郎。わしの一族は皆、その痛みの中で死んでいったのじゃ。あの時の約定、今、果たさせてもろうたわ」

勝三郎は、周りから寄せてくる家臣を追い払うように、槍を振り回した。その穂先が不幸にも、茫然と突っ立って見ていた霄と、隣で並んで座っていた仙の喉元をさらった。

広間は瞬く間に血の海と化した。長時が見えていたのは、そこまでだった。

視界はなくなり、亡くなった父長棟や母華ノ方、息子の長隆と貞次、弟の信定、平瀬義兼、須沢清左衛門、小雪などの顔が次々と浮かび、脳裏に様々な光景がよぎっていく。そして仙と霄、貞慶がぼんやりと浮かんで消えた。

静寂があった。今まで経験したこともないほどの、妙な安堵感だった。

今朝、囲炉裏端で見た夢は、これを暗示していたのかもしれない。おそらく、死ぬ前に帰郷の思いを遂げさせてくれたのだろう。もう思い残すことは何もない。

しばらくして「大殿！」と、大声で叫んだのは丹斎だった。

「しっかりなされませ。松本平に帰りましょうぞ、大殿。皆が待っておりまする」

「於仙と霄は……無事か」

「今、手当てをしておりまするが……。大殿もしっかりなされて」

「やはり刺されると痛いのう。これで二度目じゃ……。したが、勝三郎には感謝ぞ。刺されねば悟れぬことであったわ。丹斎、わしは糾法指南としても失格であった。王道たる糾法は……人を尊ぶ礼法とは、型や作法に非ず、怨みを残さぬことであったわ。それを勝三郎が最期に教えてくれたわ、有り難い。これですべてを悟った……」

「大殿！　目を開けられて」

「丹斎、わしは、もう駄目じゃ。……糾法を頼んだぞ。糾法こそがこの世から戦をなくす王道への道筋……。そこを行くが、上位の心ぞ。任《にん》重くして、道《みち》遠し。覇道の中にあっても、礼を尊ぶ王道の場は……必ずある。それを胸に……」

「わかりました、大殿。しっかり胸に刻んで糾法を広めまする。大殿、大殿！」

丹斎の声がどんどん遠ざかっていった――。

王道への新風

天下分け目の関が原の戦いの後、天下は徳川家康のものとなった。

昨年の慶長八年（一六〇三）、家康は征夷大将軍となり、江戸に幕府を開いている。

長時の弟子、赤澤丹斎はすでに還暦を超えていた。

門外不出とされた小笠原家の伝書〈糾法七巻〉と〈神伝糾法〉は、長時の三男貞慶が一族の者に命じて、伊豆の遥か南にあるという島に無事に隠した。その足跡を知られないためにも、島に向かった者の名は小笠原家の系図から省くという徹底ぶりだった。

今、小笠原宗家には貞慶が〈糾法七巻〉をまとめた「礼書」の七冊と、丹斎が書いた「神伝糾法修身論」だけが受け継がれている。が、「神伝糾法修身論」には礼法だけで、人束ねの法に関する事柄は、一切、記されてはいない。

小笠原宗家は、九年前に亡くなった貞慶の嫡子秀政《ひでまさ》が継ぎ、関が原の戦いの勲功により下総古河から飯田城に移封されて信濃守となり、五万石を与えられている。それが縁で、きょう丹斎は江戸城に呼ばれ、家康に拝謁することとなった。

巳の刻（午前十時）。裃を着け正装で臨んだ丹斎は、江戸城の大広間にいた。

目の前の左手上座には、きらびやかな袈裟を羽織った南光坊天海僧正《てんかいそうじょう》がどっしりと座り、一段高くなった上座には、脇息に凭《もた》れた、やや肥満した家康の姿があった。

家康が顔を突き出した。

「そのほうが赤澤丹斎か。歳はいくつじゃ」

「六十一になりまする」

「若いのう。わしより二つも下ぞ」家康は傍らで眠ったように座っている天海に目を向けた。

「この天海より七つも下じゃな」

「はっ。それがしはまだまだ小童《こわっぱ》。洟垂《はなた》れにござ候」

「ほう。洟垂れの小童とは面白い。そのほうは小笠原家に代々伝わる糾法とやらの達人と、信濃守（秀政）から聞いておる。糾法とは、弓術、騎射馬術、礼法の三つを総したものと聞いたが、今ひとつ、ようわからぬ。弓術、騎射馬術はわかるが、礼法とは茶道の作法のようなものか」

小笠原秀政は三十六。糾法の心技を修行する域にはまだ達していない。

「似て非なるものかと存じまする。茶道は茶を介しての作法。礼法は日々の暮らしすべて。美しき生き方の作法にござ候」

「美しき生き方の作法……？　わかるようで、ようわからぬのう」

その時、傍らで居眠りをしていた天海がカッと目を見開いた。

「もそっとわかりやすく話されよ、丹斎殿」

「はっ。美しき生き方とは正しき姿勢、無駄のない動きにござりまする。弓術、騎射馬術しかり。戦しかり。日々の暮らしにおいてもしかり。正しき姿勢、無駄のない動きは体を疲れさせませぬ。体が疲れなければ心は正しき動きをしまする。心が正しく動かば戦場においても、日々の暮らしにおいても、また、上様の政《まつりごと》においても、判断は間違えませぬ。心と体は表裏一体。つまりは心と体を美しく保つ法にござりまする」

「それが礼法なるものか。しかし、それを説いた小笠原長時殿というは、無駄のない動きどころか、無駄な動きばかりして戦に負け、逃げ回っておられたようじゃのう。最期は元家臣の手に掛かり、命を落とされたと聞いたが」

丹斎は背筋を伸ばした。

「ゆえに悟られたのでござりまする。覇道の中にあっても、王道たる糾法の道はあると」

「ほう。糾法とは王道か」

「糾法とは武を以て制すに非ず、礼を以て天下を治めるものにて候。それゆえ王道と」

家康の目がやや吊り上がった。

「そういうお題目を並べておるから、国を追われ、逃げ回らねばならなかったのじゃ。この世を礼などで治められれば苦労はないわ。のう、天海」

天海は苦笑いした。

「上様の仰せのとおりかと」

「それゆえ、覇道の中にあっても、と申したのでござりまする。勇にして礼なくんば、則ち乱す。現に今、上様と天海僧正様、それがしの間は礼によって治まっておりまする。畳には血も流れておらず、刀も要りませぬ。これは互いに敬う心があるゆえにござりまする。これこそが王道。これは上様の掲げられる、〈厭離穢土《えんりえど》、欣求浄土《ごんぐじょうど》〉の心にも通ずるものと存じまする」

厭離穢土、欣求浄土――。

煩悩に穢れた現世を嫌い離れ、心から喜んで浄土に往生することを願い求める、という意味らしい。

家康が若い頃、桶狭間の戦いで今川義元が討ち死にした後に三河の大樹寺《だいじゅじ》へと逃げ隠れた折、前途を悲観し先祖の墓前で切腹しようとした際、住職の登誉上人《とうよしょうにん》が「厭離穢土欣求浄土」と説き、切腹を思いとどまらせたと言われる。以降、家康は戦場において必ず〈厭離穢土欣求浄土〉の旗を立て臨んだという。

「わしの〈厭離穢土欣求浄土〉の心にも通ずると……？」

家康は、天海に訊ねるように目を向けた。天海はしばらく瞑目してから「なるほど、一理あるかと」と呟いた。家康はそれでも納得しない様子で訊ねてきた。

「ならば何ゆえ、悟られたという長時殿の最期は元家臣の手に掛かったのじゃ。歳を取って美しい心を忘れたゆえ、判断を誤られたか」

「あの場に、それがしもおりましたゆえ、よう存じております。大殿、いえ、湖雪斎（長時）公を槍で刺したは竹馬の友でござりました。若い頃、その友が『今度、逃げ出したならば、命を取る』と言った言葉をすっかり忘れておられた」

「何と。元家臣にそのようなことを言わせるとは」

「若い頃の湖雪斎公は未熟でありました。それゆえ、国を追われ、時勢の風に流され流浪しております。されど悟られてからは、槍で刺された折もその友を怨まず、否、怨むどころか最期に悟ることができたと感謝し、こう仰せられました。王道たる糾法は、人を尊ぶ礼法とは、型や作法に非ず、怨みを残さぬことであったと」

「怨みを残さぬこと……？」

「いくら礼が正しく、その場を治めても、その場を出た後に諍いがあっては、礼は型や作法だけのものになってしまいまする。怨みを残さぬ。すなわち、老若男女はもとより森羅万象、身の回りのすべてを日々敬い、その心を養う——これが糾法の奥義。これこそが、小笠原流にござ候」

家康は「身の回りのすべてを日々敬い、その心を養うが小笠原流か……なるほどのう、確かに神仏の意に適うておる」と呟いてから、宙に視線を漂わせた。

ややあってからポンと扇子で膝を打ち、丹斎を見た。

「そうじゃ、丹斎。そのほうをきょうより旗本衆に加え、大名・旗本の糾法指南を命ず」

「それがしが糾法指南……」

「これですべて整うた。神事仏事は、ここな天海。剣術指南は柳生一族の新陰流。礼法は小笠原流といたす。どうじゃ、天海」

「礼を以て、武を治むる。天下泰平の世となれば、武家の礼儀作法を統一するも、大名・旗本を束ねる一つかと。ことに行儀の悪しき外様《とざま》大名には打ってつけかと存じまする。口汚い物言いは怨みを買い、禍根を残し、やがては戦の種にならぬとも限りませぬ」

「そうじゃ。されば丹斎、今より赤澤の姓を捨て、小笠原と改めよ」

「小笠原と……？」

家康は渋い表情で笑みを浮かべた。

「糾法とは型や作法ではないと申すが、小笠原流糾法を指南するに赤澤では、ちと美しゅうない。のう、天海」

「はい。小笠原家がやってこそ、小笠原流。赤澤という名では小笠原家の者が怒りだし、やがては怨みを買い、諍いの種となる。そうなっては上様が仰せのように、美しゅうはない」

「丹斎、長時殿もあの世で同意されておるはずじゃ」

その時、暖かな風が吹き込んできたかと思うまもなく、目の前を金色に輝くとんぼがゆっくりと円を描き、大広間を抜け、大空に飛んでいった。

「……ははっ」

平伏した途端、なぜか、涙が止めどもなく溢れ出してくる。

その刹那、瞼に長時の顔が浮かび、どこからともなく懐かしい声が聞こえてきた。

王道たる糺法。それをつなぐのが、わが一族の運命《さだめ》ぞ。先の世で、また会おうぞ、丹斎。きっと王道の世が、そこにあるはずじゃ――。

顔を上げて家康を見た。

そこには家康ではなく、長時の笑みを浮かべた姿があった。

参考文献

『武田信玄と松本平』笹本正治／著（一草舎）
『戦国大名勢力変遷地図』外川　淳／著（日本実業出版社）
『小笠原流　日本のしきたり』小笠原清忠／著（ナツメ社）
『武道の礼法』小笠原清忠／著（日本武道館）
『小笠原流礼法で強くなる日本人の身体』小笠原清忠／著（青春出版社）
『小笠原流礼法美しいことばとしぐさが身につく本「おそれいります」』小笠原敬承斎／著（講談社）
『雑兵たちの戦場』藤木久志／著（朝日新聞社）
『戦場の精神史』佐伯真一／著（ＮＨＫ出版）
『上杉謙信のすべて』花ヶ前盛明／編（新人物往来社）
『論語』金谷　治／翻訳（岩波文庫）
『新訂　孫子』金谷　治／翻訳（岩波文庫）
『戦国武将を育てた禅僧たち』小和田哲男／著（新潮社）

＊その他、長野県松本市、大町市、信濃町、長野市、諏訪市、伊那市、飯田市、木曽町、福島県会津若松市などを視察・取材しました。
尚、人名や城などは各市町村ほか、インターネット情報も参考にしています。

本書は書き下ろしです。原稿枚数553枚（400字詰め）。

〈著者紹介〉
仁志耕一郎(にしこういちろう)　1955年生まれ。東京造形大学卒業。広告業界で働いた後、2012年6月『玉兎の望』(講談社)で第7回小説現代長編新人賞、同年8月『無名の虎』(朝日新聞出版)で第4回朝日時代小説大賞を受賞し、作家デビュー。2013年5月、同2作で第2回歴史時代作家クラブ賞新人賞を受賞。同年10月『玉繭の道』(朝日新聞出版)を発表する。

GENTOSHA

とんぼさま
2014年5月20日　第1刷発行

著　者　仁志耕一郎
発行者　見城 徹

発行所　株式会社 幻冬舎
〒151-0051 東京都渋谷区千駄ヶ谷4-9-7

電話:03(5411)6211(編集)
03(5411)6222(営業)
振替:00120-8-767643
印刷・製本所:株式会社 光邦

検印廃止

Printed in Japan
ISBN978-4-344-02577-6 C0093
幻冬舎ホームページアドレス　http://www.gentosha.co.jp/

この本に関するご意見・ご感想をメールでお寄せいただく場合は、comment@gentosha.co.jpまで。